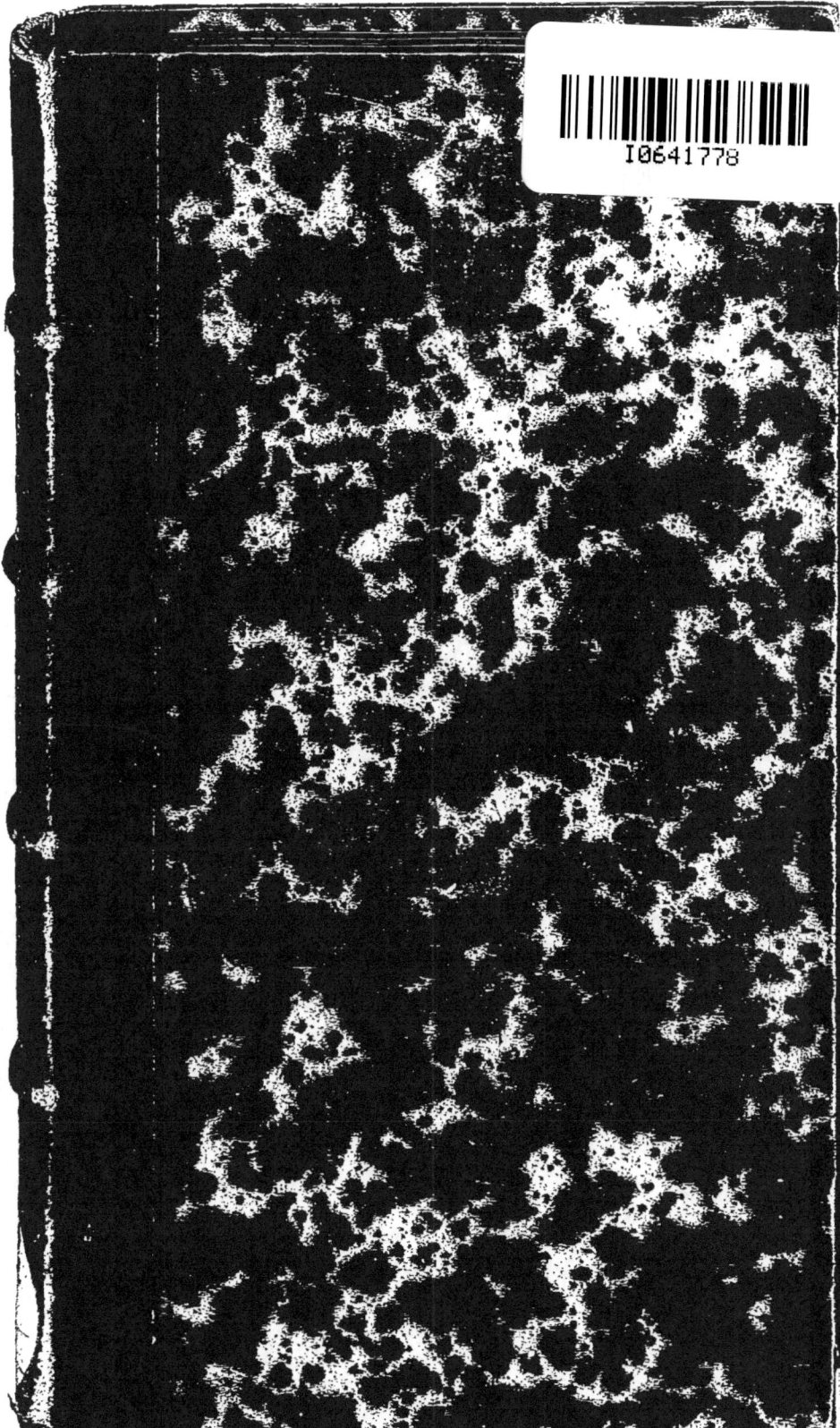

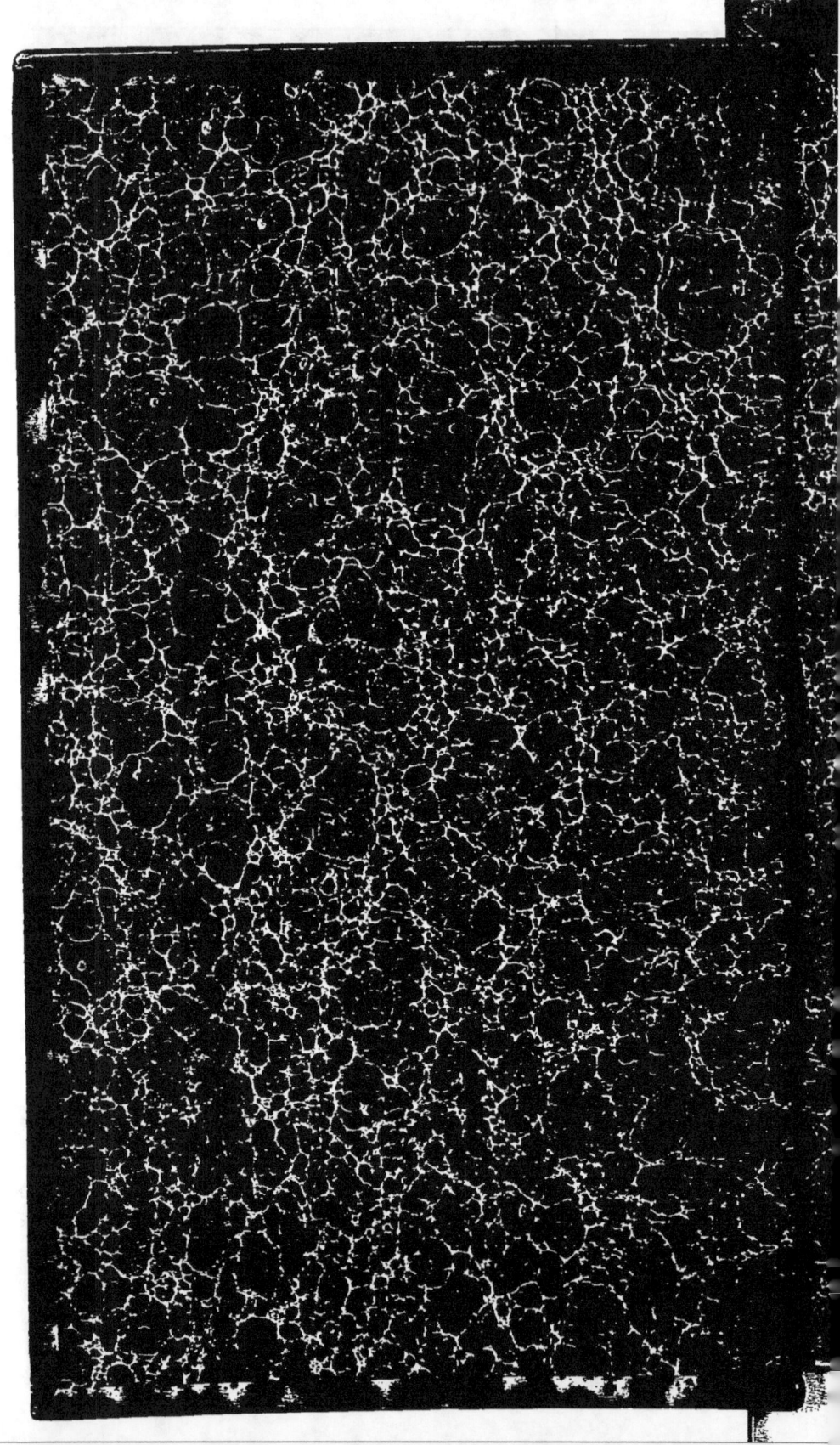

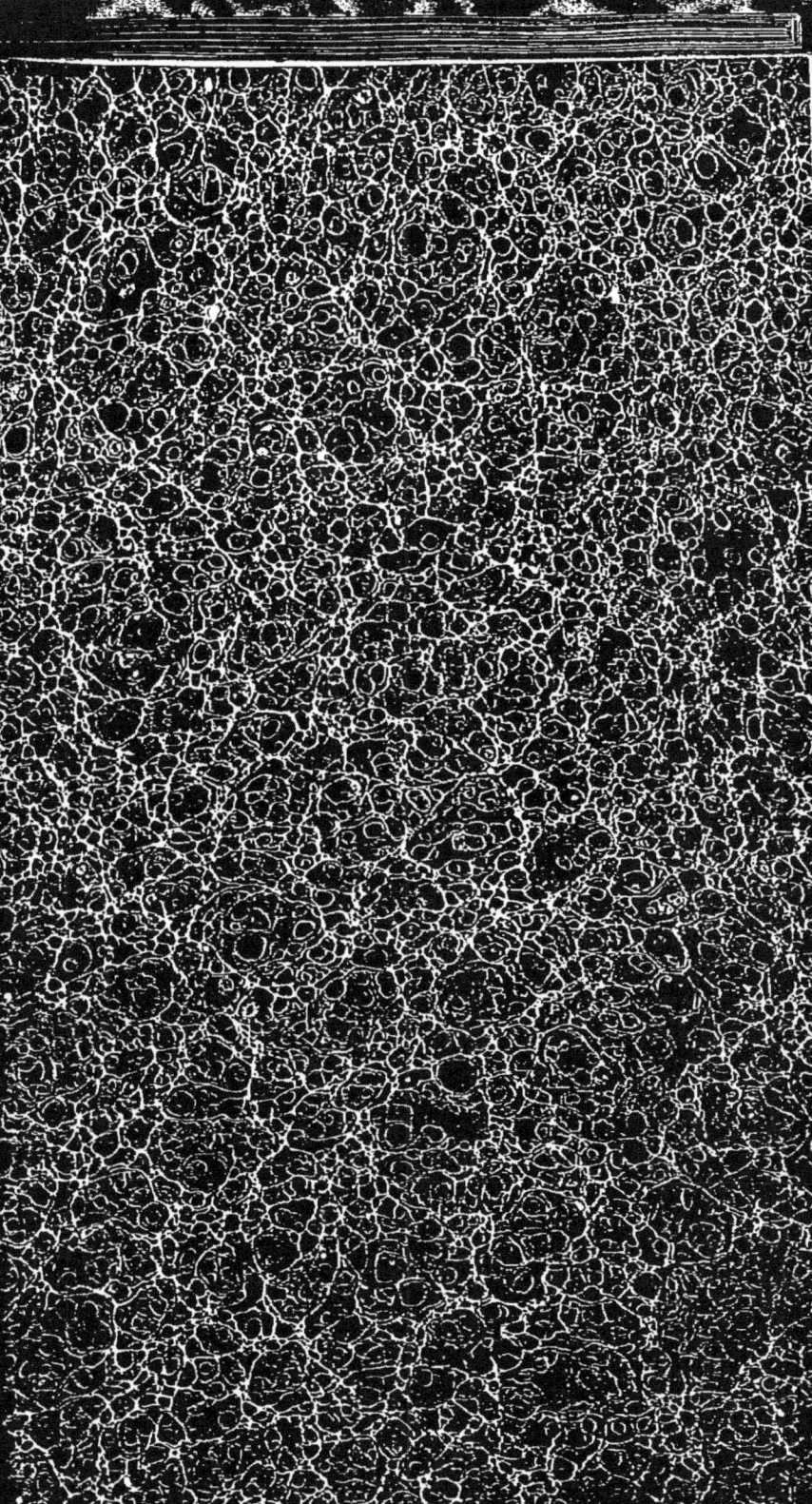

L_e ⁵⁹/₃₅.

DISCOURS

DE M. BASTERRÈCHE.

LE NORMANT FILS, IMPRIMEUR DU ROI,
Rue de Seine, n° 8, F. S. G.

CHOIX
DE DISCOURS

PRONONCÉS

PAR M. BASTERRÈCHE,

ANCIEN DÉPUTÉ DES BASSES-PYRÉNÉES,

DURANT LES SESSIONS DE 1820-1826.

AVEC UNE NOTICE SUR SA VIE;

Par le lieutenant-général
Maximilien Lamarque.

PARIS.

LE NORMANT PÈRE, RUE DE SEINE.
SAUTELET, PLACE DE LA BOURSE.

1828.

NOTICE

SUR LA VIE

DE M. BASTERRÈCHE,

DÉPUTÉ DES BASSES-PYRÉNÉES,

Par son beau-frère, le lieutenant-général

MAX. LAMARQUE.

MONSIEUR BASTERRÈCHE, qu'une mort prématurée vient d'enlever à la patrie qu'il servait avec dévouement, à son département qui s'applaudissait de l'avoir pour représentant, à sa famille qui ne se consolera jamais de cette perte douloureuse, était né à Bayonne. Sa première éducation fut confiée aux oratoriens de Juilly chez qui il fit de brillantes études. A peine les eut-il terminées, que commença son éducation commerciale. C'est chez les Hollandais, chez ce peuple actif, soigneux, probe, économe, qu'il en apprit les premiers élémens. Des voyages dans le Nord, en Angleterre, en Espagne, étendirent le cercle de ses connaissances, et il revint à Bayonne, déjà négociant consommé, à un âge où les autres débutent à peine dans cette carrière si difficile, si hasardeuse. Aussi, dès le premier moment, fut-il environné de l'estime et de la confiance de ses concitoyens. Appelé dans toutes les réunions commerciales, on était frappé de la justesse de son esprit, de la profondeur de ses vues, de son élocution facile et brillante; ses opinions y décidaient presque toujours les questions qui étaient agitées.

La révolution, ce fruit inévitable des temps, cette émanation d'un nouvel ordre de choses, cette coordonnation d'élémens qui avaient changé leurs formes primitives, arriva, et Basterrèche crut y voir l'aurore d'un jour pur et sans nuages. Il applaudit aux travaux de l'assemblée constituante, et, fortement attaché aux principes monarchiques, il prêta avec enthousiasme serment de fidélité au Roi qui voulait le bonheur de la nation, à la nation qui ne voulait pas se séparer de son Roi. A cette époque, tous les cœurs généreux s'ouvraient à l'espérance, tous les esprits s'occupaient de vues d'améliorations; Basterrèche partagea le mouvement général, et composa plusieurs écrits pour réclamer la franchise du port de Bayonne; il y faisait sentir toute l'importance de ce point qui, unissant l'Espagne, alors riche et puissante, avec la France où l'agriculture et l'industrie avaient pris plus de développement, pouvait devenir un entrepôt également utile aux deux nations.

Ses principes, sa conduite à-la-fois modérée et patriotique, lui concilièrent promptement l'estime de tous les partis, et, le 18 décembre 1792, les assemblées de sections le nommèrent, presque à l'unanimité, maire de la ville de Bayonne. Cet emploi, dans une place frontière que menaçait déjà une puissance voisine qui s'armait contre nos institutions, était alors d'une grande importance. Que de talent, de force d'âme, de courage, d'adresse, d'activité, ne fallait-il pas pour dévoiler et combattre les intrigues des ennemis extérieurs qui trouvaient des auxiliaires dans nos murs, pour exciter l'ardeur sans produire l'exaspération et le désordre, pour concilier les prétentions du militaire et les droits des citoyens, pour faire exécuter les lois sans blesser l'humanité! Basterrèche prouva que ces talens si divers et si rares, ces qualités si difficiles à réunir, il les possédait au plus haut degré. Il acquit rapidement une immense influence sur ses compatriotes qu'il protégeait, et sur le soldat qui le voyait accourir au-devant de tous ses besoins. Quand il s'élevait quelqu'altercation, le cri *allons chez M. le maire* partait de toutes les bouches, et, par ses soins, l'harmonie était sur-le-champ rétablie.

Le début de la guerre ne fut pas heureux. Dans le midi comme dans le nord, à Sare comme à Courtray, nous préludâmes par des déroutes à cette longue série de victoires qui, plus tard, punirent l'Europe d'avoir osé nous attaquer. Le 1er mai 1793, tandis qu'à la tête de quelques braves, Latour-d'Auvergne contenait les Espagnols

qui ne surent pas profiter de leurs premiers
avantages, nos bataillons épouvantés fuyaient
vers Bayonne dont les remparts n'avaient
pas une seule pièce en batterie, Basterrèche,
résolu d'imiter l'exemple que donnèrent en
1523 les habitans qui, encouragés par
Lautrec, repoussèrent seuls une formidable
armée de Castillans, fait fermer les portes;
il court au-devant des fuyards, les harangue,
leur parle d'honneur, de patrie, et parvient
à les rallier et à les ramener vers la frontière; quelques lâches l'insultent, le me-
nacent; il les désarme, les fait arrêter, et
les remet aux chefs qui applaudissent à son
courage et à son énergique dévouement.

La ville de Bayonne le regarda comme
son sauveur, et cet essai de son influence
sur les masses, de son action sur les hommes
qu'agitaient les passions les plus tumultueuses, changea la direction de ses idées.

Un moment, il eut le projet de déposer l'é-
charpe municipale pour revêtir l'uniforme,
militaire. Prodigue de sa fortune, il avait
levé et habillé à ses frais plusieurs compa-
gnies de ces chasseurs de montagnes qui ren-
dirent pendant toute la guerre des services
si importans. Le général en chef Servan lui
offrit de les réunir en bataillon, et de lui en
donner le commandement; mais au moment d'accepter, une défiance de lui-même,
une modestie peu réfléchie, le portèrent à
un refus dont il s'est depuis souvent repenti.
Nul doute, en effet, qu'il n'eût parcouru
avec succès une carrière vers laquelle semblaient l'appeler ses forces physiques et ses
qualités morales.

La révolution qui, sans les obstacles
qu'on lui opposa, eût continué son cours,
comme un fleuve majestueux et paisible,
était devenue un torrent destructeur.

Pour résister aux efforts de l'Europe con-
jurée, il avait fallu intéresser les masses
populaires; et qui pût jamais mesurer et
diriger l'action de ce puissant et redoutable
levier? Basterrèche avait l'âme trop élevée,
le cœur trop généreux pour s'associer à des
turpitudes et à des crimes. Sa tête devait
tomber quand régnait l'anarchie, car il ne
pouvait pas devenir son complice, et son
courage ne lui permettait pas de plier devant elle. Le premier il osa donc s'élever
contre les représentans en mission; il osa
lutter contre les clubs, cratères menaçans
d'où s'écoulait la lave révolutionnaire. Son
patriotisme tant de fois éprouvé, ses sacrifices, sa popularité, son éloquence, le pro-
tégèrent quelque temps; mais on découvrit
bientôt qu'au tort de s'opposer aux bour-
reaux il joignait le tort plus grand de venir
au secours des victimes, et sa perte fut

résolue. Mu par des sentimens d'humanité, il avait, en effet, ouvert sa bourse à un général français fait prisonnier au service de l'Espagne (le général Roufignac); il avait protégé des émigrés, il avait défendu quelques pauvres prêtres fugitifs à qui il fournit les moyens de franchir les frontières. C'étaient des actions qu'il fallait alors expier! et le 18 septembre 1793, à une heure du matin, deux gendarmes vinrent l'arrêter par ordre du représentant du peuple Monestier: de cachot en cachot, il fut traîné jusqu'à Tarbes où se firent les apprêts de son supplice. Dans ce cruel moment, son courage ne l'abandonna pas, et par le soupirail de la prison il voyait sans pâlir dresser son échafaud, quand arriva la révolution de thermidor qui fit enfin cesser l'atroce régime de la terreur.

Rendu à ses concitoyens, Basterrèche

ne déserta pas la cause pour laquelle il avait souffert. La réaction le trouva opposé à ses vengeances comme la révolution à ses persécutions. « Les lois, les lois, ne » cessait-il de dire; la justice sans les lois » n'est elle-même qu'un crime! » Long-temps retenue sur nos frontières où elle avait livré des combats sans résultats, mais non sans gloire, l'armée des Pyrénées-Occidentales les avait enfin franchies. Sur tous les points de la France, la victoire, réveillant l'esprit public, avait rendu la guerre nationale : Basterrèche aimait trop sa patrie pour ne pas jouir des succès de nos armées; il contracta avec Moncey, Willot et les autres chefs qui guidaient nos immortelles phalanges, une amitié qui dura autant que sa vie. Il fit plus, il voulut aussi combattre pour la cause que leur talent et leur courage faisaient triompher.

Les Anglais infestaient nos mers, ils couvraient de leurs vaisseaux le golfe de Gascogne, et le port de Bayonne hermétiquement fermé ne pouvait plus recevoir les approvisionnemens qui manquaient à l'armée. Il fit des armemens, il mit en construction plusieurs corsaires; il chercha à réveiller dans le cœur de ses concitoyens cette ardeur aventureuse qui les porta les premiers vers les bancs de Terre-Neuve et au milieu des glaces du nord ; il leur rappela que Larue qui, en 1740, avait enlevé à l'abordage le vaisseau anglais *le Vautour*, que Mainvielle qui, en 1775, sauva le Canada, que Ducanson *, la terreur des flottes anglaises, étaient nés dans

---

* Ducanson mourut prisonnier de guerre. Une longue et dure captivité n'avait pas détruit son ardeur martiale, et dans le délire de la fièvre, il ne cessait de crier : *à l'abordage, à l'abordage!* C'est en prononçant ces mots qu'il cessa de vivre.

leurs murs, que Duler, Dalbarade, Lafar-
gue, etc., etc., s'étaient depuis montrés dignes de marcher sur leurs traces, et jaloux
de les imiter. Une foule de braves entendirent
sa voix et s'embarquèrent sur ses vaisseaux.

Ses connaissances nautiques lui permet-
taient de concevoir des plans vastes, et son
caractère lui en inspirait quelquefois de
hasardeux; il ne cherchait pas seulement
le lucre en s'emparant de bâtimens sans
défense, mais, comme notre compatriote
Dominique de Gourgues, qui vengea l'honneur français sur les côtes ensanglantées des
Florides, il voulait aussi moissonner de la
gloire. Malheureusement les moyens dont
pouvait disposer un particulier ne suffisaient
pas pour exécuter des projets qui auraient
fait la réputation d'un ministre, et c'est à
cela seulement qu'il faut attribuer la non-
réussite d'une attaque audacieuse qu'il avait

conçue contre Rio-de-Janeyro et quelques
autres points des côtes du Brésil. Mais s'il
ne retira pas de ses nombreux armemens
tout le fruit qu'il pouvait en espérer, il fournit à un de ses concitoyens, à l'intrépide
Bergeret *, qui déjà s'était illustré dans la
carrière de la marine, l'occasion de se couvrir d'une gloire nouvelle. C'était lui qui
avait armé et envoyé dans les mers des
Indes la frégate *la Psiché*, qui fit tant de mal
au commerce anglais et qui soutint contre
un vaisseau, de beaucoup supérieur, un

---

* Bergeret est né à Bayonne. A vingt-cinq ans il
commandait la frégate *la Virginie*, et soutint, contre
un vaisseau rasé, commandé par l'amiral Pellew
(aujourd'hui lord Exmouth), un combat qui immor-
talisa son nom. Les Anglais, quelquefois appréciateurs
du vrai courage, le portèrent en triomphe. Il fut renvoyé en France pour être échangé contre le fameux
Smith, alors détenu au Temple. Ne pouvant pas l'obtenir, nouveau Régulus, il retourna prendre ses fers.

Aujourd'hui contre-amiral, Bergeret commande la
station des Antilles.

b

combat dont s'enorgueilliront long-temps
les annales maritimes.

Tout occupé de ses relations de commerce, Basterrèche ne voulait plus exercer
de fonctions publiques; il céda cependant
aux sollicitations de ses amis et accepta, à
la fin de 1796, la place de commissaire du
gouvernement près l'administration municipale de Bayonne. Ce gouvernement qui,
à son début, donnait déjà des signes de
caducité et dont on pouvait facilement
prévoir le peu de durée, était le Directoire.
On n'a pas encore bien caractérisé cette époque où les institutions qui luttaient contre
les mœurs n'ayant pas assez de force pour
les maîtriser, les dépositaires du pouvoir
crurent se maintenir par des coups d'Etat,
où, sans dignité et sans prévoyance à l'extérieur, comme sans nerf et sans habileté
dans l'administration intérieure, ils laissaient

flétrir nos lauriers et se relâcher tous les
liens du gouvernement. Le gouvernail tom-
bait de leurs faibles mains quand Bonaparte
le saisit. On sait avec quelle sagesse le jeune
héros guida le vaisseau de l'Etat, comme à
sa voix se calmèrent les passions, se tûrent
tous les partis! Comme la victoire revola
sous nos drapeaux! Ces services éclatans
n'en imposèrent pas à Basterrèche; dès le
premier moment, il vit le despote dans le
général victorieux, l'usurpateur futur de
nos libertés dans l'administrateur habile,
et il se prononça contre lui avec la franchise et l'audace de son caractère.

Fixé à Paris où il venait de porter son domicile, il se réunit aux ennemis du premier
consul : Garat qui avait le cœur et la tête
d'un républicain, Moreau qui ne voulait pas
reconnaître un maître dans un rival de gloire
dont il se croyait l'égal, devinrent ses amis

intimes, et lorsque, jeté dans les cachots,
ce dernier fut placé sur les bancs des accusés, il n'est pas de démarches, pas de tentatives que ne fît Basterrèche pour le sauver ; malgré tous les soins d'une police om-
brageuse, il parvint à établir des communications avec lui, et eut beaucoup de part
au discours calme et sublime que prononça
le vainqueur de Hohenlinden, et qui fit
tomber la hache des mains des licteurs.

Moreau fut exilé ; pendant qu'il traversait
l'Espagne pour aller en Amérique, une vaste
conspiration, dont il ne m'est pas permis
de donner les détails, se forma en sa faveur. La liberté était menacée, et c'était pour
elle encore plus que pour un homme, qu'une
élite de Français, lancés dans diverses
carrières, voulait en appeler aux armes.
Basterrèche, prêt à sacrifier sa fortune et sa
vie pour cette belle cause, se montra l'un

des plus ardens ; mais Moreau, qui joignait
alors à l'éclat récent de ses victoires, à sa
grande réputation militaire, l'ascendant
du malheur, et le titre, si puissant sur les
cœurs généreux, de victime du pouvoir,
refusa de quitter Cadix et de venir s'associer
à ces nobles hasards. Plus tard, il parut en-
rôlé sous les drapeaux étrangers, oubliant
ainsi sa vie passée, et éloignant de lui tout ce
qui avait des sentimens patriotiques. Seul, il
eut sans aucun doute trouvé de nombreux
partisans ; avec les Russes, il ne trouva pas un
seul complice. Entre César et Pompée, un
Romain pouvait choisir ; mais sous les drapeaux des Volsques, Coriolan n'était plus
qu'un traître. Aussi lorsque, quelques années
après la restauration, on proposa dans la
Chambre des députés d'ériger à Moreau une
statue aux frais du trésor public, Basterrèche,
son ami, Basterrèche qui s'était exposé pour

l'arracher à la mort, prononça-t-il avec l'ac-
cent de la douleur ces touchantes paroles :
« J'étais l'ami de Moreau ; son nom réveille
» encore dans mon cœur les sentimens qui
» l'ont rempli ; mais la patrie avant tout.
» Que l'image de Moreau orne l'asile d'un
» particulier, le sanctuaire de l'amitié, mais
» ne donnons pas l'exemple funeste de
» rendre des honneurs publics à celui qui
» est mort sous les drapeaux de l'étranger. »

Les malheurs qu'éprouva l'empereur ne
rapprochèrent pas Basterrèche de lui ; cependant il ne resta pas insensible à ceux qui
allaient peser sur la France ; et dès que les
frontières furent menacées, il courut à
Bayonne pour défendre ces murs que ne
souilla jamais le pied d'un ennemi. Là le maréchal Soult le trouva prêt à l'aider de tous ses
moyens, de tout son crédit. Bientôt, par ses
soins, les vivres arrivèrent en abondance sur

ce point où il est si difficile d'alimenter une armée ; et remonté sur le trône de ses pères, Louis XVIII apprécia ses services, et le nomma membre de la Légion-d'Honneur.

L'empereur était tombé ; son caractère, à qui il devait son élévation, avait plus contribué à sa chute que la fortune qui déserta ses drapeaux. Avec lui s'éteignirent ces passions qui, dans les Gaules réunies sous son empire, semblaient avoir fait renaître l'esprit conquérant de l'ancienne Rome. Des institutions sages et conformes aux besoins de la société remplacèrent la volonté du héros qui nous entraînait après lui. A l'amour enivrant de la gloire succéda, dans les âmes généreuses, l'amour de la liberté. Basterrèche n'eut pas besoin de changer de sentimens. La monarchie, tempérée par l'influence de l'opinion, le pouvoir royal, gardien et exécuteur des lois, lui avaient

toujours semblé le meilleur des gouvernemens et la seule république qui convint
à une grande nation. Dévoué à la dynastie, il voyait dans nos princes les descendans de cet Henri IV, dont le nom fait
encore tressaillir tous les cœurs béarnais.
Aussi fut-il un des premiers à se ranger
sous les drapeaux de la légitimité; mais il
le fit avec la dignité d'un homme qui
remplit un devoir, et non avec l'empressement intéressé d'un transfuge qui change
de parti. Long-temps il résista au vœu de
ses concitoyens qui l'appelaient à la Chambre des députés; mais en 1819, leurs sollicitations devinrent si pressantes, qu'il con-
sentit à se charger de ces hautes fonctions,
dont plus que personne il sentait l'importance.

Avant d'offrir à mes lecteurs une analyse rapide de ses travaux législatifs, je dois

faire connaître les dispositions qu'il portait
dans l'assemblée, dispositions que le séjour
de la capitale modifia, et que le choc des
opinions contraires, la bonne foi et la
candeur qu'il portait dans toutes les discussions ne tardèrent pas à changer. Basterrèche aimait avec idolatrie son pays natal
et le croyait sacrifié aux intérêts de Paris.
Il s'affligeait du système de centralisation
qui, concentrant tous les pouvoirs dans
les bureaux des ministres, les fait en réalité exercer par des employés subalternes,
au lieu de les laisser entre les mains des
délégués du peuple : moyen de gouvernement bon pour un chef qui, cherchant à
se créer des partisans, veut que tout paraisse
découler de lui, mais inutile, et même dangereux, pour une autorité légitime que personne ne conteste. Son caractère énergique
le portant aux partis extrêmes, il ne voyait

de remède à ce mal que dans une espèce de
gouvernement fédéral où les parties fussent
moins sacrifiées à l'ensemble et conservassent
quelques droits. Remontant vers le passé,
il lui arrivait quelquefois de donner des regrets à ces temps où notre Gascogne, où
notre Béarn avaient une existence politique, et jouissaient d'une sorte d'indépendance; alors Bordeaux, Bayonne, étaient
dans un état de splendeur qu'il désespérait
de voir renaître.

Mais bientôt à ces regrets inutiles suc-
cédèrent d'autres idées : Basterrèche sentit
que dans nos temps modernes la richesse
ne pouvait pas exister sans la puissance
qui la protège, que l'époque des petits États,
celle où les villes anséatiques dominaient
dans les mers du Nord, comme Gênes et
Vénise dans celles du Midi, ne pouvaient
plus renaître, et que c'était dans la pros-

périté des grandes agrégations que les frac-
tions devaient chercher leur bien-être.
Des observations profondes lui firent en
même temps sentir l'avantage des grandes
capitales qui ne prospèrent pas, comme on
l'a cru longtemps, en portant la misère
autour d'elles, mais en étendant au contraire, comme des astres vivifians, l'industrie et la richesse qui ont aussi leur
contagion.

Ce changement dans ses opinions n'en
apporta aucun dans ses sentimens. Issu de
ce peuple singulier dont l'origine se perd
dans la nuit des temps, et dont la langue,
comme celle des Chinois *, n'a jamais
éprouvé d'altération, Basterrèche se plaisait

---

* Scaliger reconnait que la langue basque est plus
ancienne que la langue latine. Comme en hébreu tous
les noms appellatifs dérivent des attributs et de la
propriété intrinsèque de la chose qu'ils expriment.
L'abbé Diharce a été encore plus loin que Scaliger,

à rappeler tout ce qui honorait le nom basque. Combien de fois je l'ai entendu répéter d'après Horace :

Cantabrum indoctum juga ferre nostra.

Et avec Silius Italicus :

Cantaber antè omnes hiemisque, œstúsque. . . .
Nec vitam sine morte pati.

Il aidait, il encourageait dans ses recher-

et il fait remonter la langue basque jusqu'au berceau du genre humain.

Quoi qu'il en soit, après avoir résisté aux Carthaginois, les Cantabres devinrent leurs alliés et, dans la seconde guerre punique, ils s'enrôlèrent en foule sous les drapeaux d'Annibal, et formèrent son avant-garde. Plus tard ils combattirent sous *Viriatus.* Ils s'étaient dévoués au sort de Sertorius, et quand ce grand capitaine tomba assassiné sous les coups de *Perpenna* (an de Rome 681), une foule de leurs guerriers ne voulurent pas lui survivre. On lit sur cette vaste tombe, découverte près des frontières de l'Aragon, une touchante expression : *Sertorio interfecto, Multæ turmæ, morte optata jacent, valete posteri.*

ches plus curieuses qu'utiles, le savant abbé
Diharce qui, malgré son exaltation politique,
demeura toujours son ami. Mais s'il était
fier d'appartenir à ce peuple si brave, si
renommé, il repoussait tout ce qui aurait
pu flatter sa vanité personnelle. Il exigea
qu'on supprimât dans l'histoire des Cantabres la généalogie qui le faisait descendre
de l'antique maison de Lopez, de cette noble
famille, alliée des souverains de la Navarre.

Investi de la confiance de ses concitoyens,
Basterrèche se livra avec ardeur à ses
nouvelles fonctions. Assidu aux séances de
l'assemblée et à celles des comités dont il fit
quelquefois partie, il suivait les discussions
avec l'attention la plus consciencieuse. Ses
opinions, étaient franches, mais jamais
hostiles. On voyait qu'il voulait améliorer et
non renverser, diriger le gouvernement
vers les intérêts généraux et non entraver

sa marche et diminuer sa force. La première
fois qu'il monta à la tribune (le 7 mai 1820),
ce fut pour défendre la liberté individuelle.
Un crime horrible, fruit d'une imagination
en délire, venait de jeter la consternation
dans tous les cœurs, et la France entière s'as-
sociait à la douleur de la famille royale. Cependant c'était la France qu'une faction voulait punir en lui enlevant une de ses plus
précieuses libertés. Bientôt la loi des élections
fut attaquée et, athlète infatigable, Basterrèche monta plusieurs fois à la tribune pour
la défendre. Ses discours sont tous empreints
des sentimens qui remplissaient son âme.
« Né près du berceau d'Henri IV, disait-il,
» j'ai sucé avec le lait l'amour de ce grand
» roi et de ses descendans: heureux si, lors-
» que je vois un autre Henri sur le trône,
» je pouvais découvrir un Sully à ses cô-
» tés! »

Il signalait avec force le danger de violer le pacte social, de briser l'ancre qui retient le vaisseau de l'Etat et de nous jeter ainsi dans de nouvelles révolutions. « Les restau-
» rations, ajoutait-il, ne se font pas seu-
» lement pour les rois ; elles se font et doivent
» se faire aussi pour les peuples. Si elles ne
» servaient qu'à ressusciter les abus, qu'à
» faire revivre ce que condamnent l'opi-
» nion et les intérêts généraux, de nou-
» velles restaurations ne tarderaient pas à
» les suivre. »

Après avoir traité avec talent et quelquefois avec succès les hautes questions politiques, Basterrèche rentra dans les questions spéciales qui avaient été l'objet des méditations et des expériences de toute sa vie. Le 22 et le 26 avril, il parla sur le projet de loi relatif aux Douanes : attaquant à la fois le système et la gestion, il prétendit que l'institution, telle que nous l'avions, n'avait été *conçue par un homme, contre lequel on criait anathème, mais qu'on cherchait à imiter*, que comme un moyen d'envahissement, un auxiliaire de ses forces militaires; que l'unique but de Bonaparte avait été de combattre les Anglais, et de tarir la source de leur prospérité.

Après ces considérations préliminaires, l'orateur s'élève aux principes généraux, et soutient que le système des prohibitions est le plus mauvais de tous les systèmes, et que c'est à tort qu'on lui attribua si long-temps la prospérité de l'Angleterre. Il pose en principe, que toute fabrication qui ne peut pas se maintenir avec un droit de vingt pour cent au plus, doit être abandonnée, et que tout droit sur des matières premières que notre sol ne peut produire, est une lésion irréparable.

Il appuie dans la même session la demande de cinquante millions, faite pour le
ministère de la marine. L'idée généralement
répandue que la France doit se borner à être
redoutable sur terre, et que nous devons renoncer à l'espoir de redevenir une puissance
navale indignait son patriotisme. Il convenait que nous ne pourrions plus lutter avec
la puissance anglaise en lui opposant des
flottes et des escadres de haut bord, mais
il pensait qu'il nous était facile de couvrir
les mers de frégates, de corvettes, d'escadres
légères. Appréciant la difficulté des enrôlemens et l'insuffisance des classes, il proposait d'étendre à la marine le système de
la conscription, et de rétablir les équipages
de haut bord, institution précieuse qu'on
devait à Bonaparte et que nous n'aurions
jamais dû abandonner. Dans ce discours remarquable par la sagesse et l'étendue des

vues, l'orateur, après s'être élevé contre les
épurations injustes qui avaient principalement frappé les braves qui, à Lutzen
et à Bautzen, aidèrent l'armée de terre à
moissonner ses derniers lauriers, formait
des vœux pour que, émule du beau siècle de
Louis XIV qui vit s'élever l'Hôtel royal des
Invalides, notre siècle offrît à la marine son
hôpital de Greenwich.

Durant la session de 1820, Basterrèche, déjà familiarisé avec la tribune où
l'attendaient toujours l'attention et la bienveillance de l'assemblée, parla sur la pétition
du colonel Simon Lorière, sur la loi des
comptes et sur l'exportation des grains. Il
prononça aussi dans le comité secret du
23 février un discours très-remarquable
et qui fit une impression profonde. Il
proposa la suppression des préfets et des
sous-préfets et leur remplacement par des ad-

ministrations départementales qui auraient auprès d'elles un commissaire du roi. « Au » lieu, disait-il, de briser avec fureur ou de » rejeter avec dédain les instrumens de tant » de victoires, c'étaient ceux qui, dans l'ad- » ministration civile, avaient secondé tous » les excès du pouvoir, qu'il fallait éloigner; » mais non, nous sommes tombés sous une » domination qui croit pouvoir amalgamer » pour le civil le gouvernement des Bour- » bons, avec le gouvernement qu'ils ont » remplacé, c'est-à-dire les succès doulou- » reux et momentanés du despotisme, avec » les bienfaits d'un gouvernement sage et » paternel..... »

Mais le travail auquel il tenait le plus, celui auquel il avait sacrifié le plus de temps, qui était l'objet de ses méditations et de ses recherches, c'était une nouvelle organisation des municipalités. Malheureusement il ne put prononcer le discours qu'il avait composé sur ce sujet important; quelques traits pris au hasard pourront en donner une idée à nos lecteurs.

L'orateur ne cherche pas à repousser cette argumentation de mots avec laquelle on s'efforce à combattre tous les projets d'amélioration. Après avoir protesté de son dévouement à la royauté, il dit, il avoue, il proclame qu'il veut être *républicain* dans sa commune, c'est-à-dire pouvoir en soigner les intérêts locaux, les *affaires de famille*, avec l'attention, la suite, l'économie, l'indépendance du pouvoir, qui sont des garanties de prospérité. Il veut qu'on érige de grandes municipalités cantonnales qui permettent de réformer les sous-préfets, ce degré de juridiction qui ne sert qu'à ralentir la marche des affaires et à *fatiguer le trésor et les administrés.* Combattant avec les idées

nouvelles Montesquieu et Delolme, dont
l'un écrivit sous l'inspiration d'un ordre de
choses qui n'existe plus, et l'autre sous l'influence du gouvernement anglais, il conseille de chercher ailleurs que chez ces publicistes des règles de conduite, et reproduit
avec des développemens plus lumineux ce
qu'il avait déjà dit dans son discours sur la
loi des élections, des trois prétendus principes. aristocratique, démocratique et monarchique dont on ne voit dans nos sociétés modernes que des élémens imparfaits.
C'est là que se trouve cette phrase remarquable qui pourrait devenir le texte d'un
grand ouvrage : « Il n'y a point de patrie
» pour celui qui n'aperçoit dans la chaîne
» de ses devoirs qu'une complète dépen-
» dance sans aucune adhésion volontaire,
» sans aucune compensation de ses sacri-
» fices ! »

Déjà, dans son discours prononcé dans le comité secret, Basterrèche avait rappelé que « dans l'ancienne monarchie, les communes » de France avaient le droit d'élire leurs » administrateurs; que les ordonnances de » François Ier, de Henri III, de Louis XIII, » avaient solennellement reconnu ce droit; » qu'un édit de Louis XV, de 1764, l'avait » maintenu, et que les décrets de l'Assem- » blée constituante l'avait consacré comme » essentiellement français. C'est seulement » dans l'an VIII, que les communes de » France se virent enlever, arracher ty- » ranniquement, cet antique droit de l'é- » lection municipale; c'est alors, qu'une » autorité modeste, éclairée, prévoyante, » fut mise à la merci des préfets, des sous- » préfets, et remplacée par leur clientèle. » C'est alors que des règles uniformes s'éta- » blirent sur tous les points; et cependant,

» observait judicieusement l'orateur, les
» procédés de l'administration devraient
» varier suivant les besoins; il est absurde,
» il est inique de vouloir astreindre au
» même régime, un pays riche, une grande
» cité manufacturière ou commerçante, et
» un sol infertile et une pauvre commune.
» Un juge peut sans inconvénient être
» transporté du nord au midi, et y vivre
» pour ainsi dire inconnu, comme ces di-
» vinités qui ne se manifestaient que par
» leurs oracles; mais l'administrateur ne
» peut être utile qu'en s'identifiant avec le
» pays qu'il habite, en s'associant à tous
» les intérêts, en descendant jusqu'aux plus
» petits détails qui sont souvent le fonde-
» ment inaperçu de tout l'édifice social. »

Dans les sessions suivantes, Basterrèche,
qui ne chercha jamais des succès de tribune,
s'enferma de plus en plus dans la spécialité,

et, hors une ou deux circonstances où tout
député devait une profession de foi à ses commettans, il n'aborda pas les questions générales qui servent de texte à des discours souvent plus brillans qu'utiles. La marine avait
été, comme il le dit quelque part, l'occupation
d'une partie de sa vie. Il saisit toutes les occasions d'en faire sentir l'importance. Dans
son discours du 1ᵉʳ avril 1822, dont l'assemblée ordonna l'impression, il comparait
l'état de la marine en 1790, avec son état
actuel.

« A la première époque, notre force
» était de 155 vaisseaux ou frégates, et en
» 1822, nous n'en avions plus que 95;
» mais en 1790, nous n'avions que 135
» intendans et 963 élèves, et aujourd'hui,
» où tout se perfectionne, nous avons
» 1196 commissaires, syndics, etc. L'An-
» gleterre, plus économe et mieux avisée,

» l'Angleterre, que nous devrions prendre
» pour modèle toutes les fois qu'il s'agit de
» la marine, fait exercer le commissariat
» par les officiers de sa marine royale. On
» a vu Anson, Rodney, Hood, remplir ces
» fonctions civiles, et les quitter pour aller
» prendre le commandement des flottes :
» qui, mieux que des officiers expérimen-
» tés, peut en effet diriger les détails si
» importans de l'armement et des appro-
» visionnemens des escadres. »

Nous ne suivrons pas Basterrèche dans ses
discussions sur les budgets de 1822 et de
1823, dans ses discours sur le recrutement,
où il proposa des idées nouvelles, auxquelles
l'expérience et la force des choses nous ramè-
neront; sur les tabacs, où il déplore de nous
voir tributaires de l'étranger, quand notre sol
pourrait si facilement produire cet objet de
consommation; sur l'emprunt des cent mil-

lions, où sa voix prophétique annonçait
toutes les calamités qui devaient fondre sur la
malheureuse Espagne; mais nous ne pouvons
nous empêcher de nous arrêter un moment sur son opinion relative à l'indemnité
des émigrés. Son âme était trop grande,
trop généreuse, pour ne pas compatir à
tous les malheurs; mais, comme *le feu Roi, de
vénérable mémoire, il eût voulu fermer toutes
les plaies de la révolution.* Il proposait donc
d'étendre l'indemnité aux manufacturiers,
aux négocians, aux armateurs, qui s'étaient
vus dépouillés de leurs marchandises, de
leurs vaisseaux; aux départemens qui avaient
été le théâtre des deux invasions, aux habitans de Lyon et de la Vendée qui mar-
chaient encore sur les cendres de leurs maisons détruites, etc., etc. C'est là que se trouve
ce passage si remarquable, qui fit une impression profonde sur l'assemblée et que j'ai

entendu citer à Foy, comme une noble et
belle inspiration :

« Malgré toutes les calamités qui la sui-
» vent, la guerre civile est la guerre des
» hommes forts, et surtout des hommes de
» bonne foi. Le spectacle qu'ils donnent au
» monde, ne doit pas faire rougir la patrie.
» Le Vendéen s'armait pour ses croyances,
» il défendait le sol natal, il mourait pour
» conserver ce qu'il tenait de ses pères; on
» ne l'eût jamais vu accéder au démembre-
» ment de notre belle France; jamais il
» n'eût consenti à donner Valenciennes à
» l'Autriche, ni Dunkerque à l'Angleterre;
» en combattant des Français, il n'oublia
» jamais qu'il était Français.... »

Par la nouvelle loi des élections, l'opposition se trouvait réduite à un petit nombre
de membres, et la mort vînt frapper au
milieu d'eux le plus éloquent et le plus

national; Basterrèche à qui l'unissait une
tendre amitié, qui, plus que personne, admirait son talent, son énergie, son désinté-
ressement, lui donna des larmes sincères.
Bientôt un mal sans remède atteignit à ses
côtés, le spirituel, le bon, le courageux
Girardin, et il se trouva presque solitaire
sur ces bancs où se pressaient naguères
tant de défenseurs des droits populaires.
Alors, je l'entendis désespérer de l'avenir,
du sort de nos institutions, de la prospérité
de cette patrie, à qui il était prêt à faire
tous les sacrifices; mais ce découragement
qui m'étonnait, tenait plus à son état physique, qu'à un affaiblissement moral. Lui
aussi était atteint de la cruelle maladie qui
nous enleva Girardin. Soit par suite d'une
trop forte contention de tête, ou des émo-
tions trop vives, trop douloureuses que lui
causaient des luttes où toujours le nombre

arrachait une victoire qu'il croyait devoir appartenir à la raison et à la justice, il se vit attaqué, dans la force de l'âge, d'une congestion cérébrale dont la marche fut d'abord lente et inaperçue. Malgré un état habituel de souffrance, il continua à être assidu aux séances de la Chambre, et à prendre part aux discussions. Il parla même encore sur le projet de loi des finances de 1827, et recommanda vivement de ne rien négliger pour maintenir le crédit public, « cette » puissance magique, l'âme de l'Angleterre, la base de sa grandeur colossale, » et qui l'a mise à même de soutenir pendant douze ans une guerre qui lui a » coûté onze milliards, après une autre qui » lui en avait coûté plus de neuf.... »

Son état empirait; toute occupation lui devenait pénible; on crut que les eaux thermales des Pyrénées, l'air pur de la campagne, les distractions qu'il trouverait dans son château de Biaudos, que depuis long-temps il se plaisait à embellir, et où dans des rêves qui ne devaient jamais se réaliser, il voyait doucement s'écouler les jours d'une paisible vieillesse, amèneraient quelque soulagement à ses maux ; mais il éprouvait une peine extrême, une répugnance dont il ne pouvait pas se rendre raison à s'éloigner de Paris : il semble qu'une voix secrète l'avertissait qu'il ne devait plus le revoir ; chaque jour il renvoyait au lendemain le moment fatal de son départ, et il fallut presque l'arracher des bras de sa fille, le plus doux objet de sa tendresse, de ceux de ses amis qui, prévoyant son triste avenir, l'entouraient de témoignages plus vifs de leur affection, et mêlaient leurs larmes aux siennes, dans un adieu qui devait être éternel.

Je ne décrirai pas les derniers momens

de Basterrèche : entouré de ses enfans, qui faisaient la joie et l'orgueil de sa vie, il mourut avec calme et courage, en formant des vœux pour leur bonheur et pour la prospérité de la France, qu'il aimait comme sa famille. Regretté par tous ses concitoyens qui se pressaient en foule autour de son cercueil et l'arrosaient de leurs larmes, il le fut aussi par tous les membres de cette assemblée, où la chaleur des débats, l'importance des objets qu'on discute, créent souvent des inimitiés. Nul n'y proclama des vérités plus acerbes ; mais comme elles étaient l'expression de ses sentimens intimes, le cri de sa conscience, et jamais les accens de la passion et de la haine ; comme elles s'adressaient aux choses et jamais aux personnes, l'indulgence les accueillait, quand des intérêts privés les faisaient repousser.

Le pouvoir même, ordinairement si susceptible, ne s'en irrita pas, et quand Charles X monta sur le trône, la croix d'officier de la Légion-d'Honneur, vint chercher sur les bancs de l'Opposition, le député fidèle qui, en défendant les droits du peuple, ne méconnut jamais les droits de la Couronne. Bénissons sa mémoire, et puissent les dépositaires de la confiance publique s'animer de son esprit et marcher sur ses traces!

OPINION

SUR LE PROJET DE LOI RELATIF A LA SUSPENSION
DE LA LIBERTÉ INDIVIDUELLE.

[SÉANCE DU 7 MARS 1820.]

MESSIEURS,

JE n'ai pu obtenir, il y a quelques jours,
d'être entendu dans une discussion où je tenais
à venir rendre hommage aux vœux présentés
par mes concitoyens, et le sentiment qui me
remplit aujourd'hui, en prenant la première
fois la parole, c'est une sorte de regret de
l'avoir demandée ; c'est moi qui dois attendre
de vous tous les conseils dans le projet de loi
qui nous occupe et qui même nous trouble.

1

Des questions de commerce, d'administration municipale et départementale, seraient
tout-à-fait de mon ressort; elles sont entrées
dans mes études et dans les expériences de
toute ma vie; je suis presque étranger à quelques unes de ces grandes questions sur les
principes de l'ordre social, approfondies et
éclaircies si souvent par vos lumières.

Cependant, lorsqu'il s'agit de liberté individuelle, de liberté publique, le sentiment a
sa lumière aussi, et je me suis senti invinciblement pressé de vous exprimer le mien
devant la nation qui nous regarde et nous
écoute plus attentivement que jamais. Il faut,
dans cette circonstance si importante, que nos
départemens ne puissent ignorer quelles ont
été nos opinions : se taire en cas pareil a trop
l'air de se cacher.

Mon premier mouvement est de rendre
grâces au rapporteur d'avoir dit si franchement, dès l'abord, que c'est le crime de Lou-
vel, ce crime si horrible pour tous, qui a
poussé ou décidé les ministres à vous présenter un projet tendant à couvrir de nouveau la sainte image de la Charte des mystères effrayans du pouvoir arbitraire. Ainsi,
parce qu'il s'est trouvé un scélérat qui a péné-

tré la nation entière d'horreur et d'affliction,
les ministres veulent que la liberté individuelle perde ses plus sûres garanties; ils veulent que la nation entière soit considérée en
état de suspicion, qu'elle soit mise et tenue
en état de prévention.

C'est de tous les ministres qui ont paru
autour des trônes, dans les pays esclaves et
même dans les pays libres, qu'on a été vraiment fondé à dire : *dès qu'on leur est suspect
on n'est plus innocent.*

Les nôtres ont eu beau couvrir de quelques
formes, dans leur projet, le pouvoir au-dessus
des lois qu'ils vous demandent, ces formes
n'ont rien de judiciaire; tout y est ministériel
ou sous-ministériel; tout commence par eux,
et pendant trois grands mois, s'ils le trouvent
bon pour eux, ils pourront tenir sous leurs
verroux le plus honnête homme de la France,
l'ami le plus sincère des princes régnans et
des lois.

Trois mois de détention! est-ce donc là
seulement une précaution prise ? Durant ces
trois mois, le détenu pourra tout perdre : sa
famille dévorée d'inquiétude, sa fortune sur
laquelle il ne veillera plus lui-même, la santé
qui se ruine presque toujours dans les pri-

sons, même lorsqu'on sera parvenu à écarter
tout ce qui les remplit d'infection et de contagion.

A la suite des mots que je viens de prononcer, Messieurs, une observation vous frap-
pera et vous affligera sans doute autant que
moi : ils pourraient faire tant de mal à un
innocent, nos ministres, et il n'y a pas un
seul article de leur projet de loi qui parle
d'une indemnité pour cet innocent ou pour sa
famille ! Quelle justice, grand Dieu !

Et voilà ce que c'est que de sortir des lois,
que de vouloir un pouvoir absolu et arbitraire, on perd tout sentiment d'équité et
d'humanité ; on parle de prévenir des crimes,
et, sans le vouloir, sans s'en douter, on en
commet soi-même qui feraient frissonner, si
l'on était resté sous cet empire de la loi qui
ne borne la puissance des rois que pour la
rendre sainte et chère à tous les cœurs.

Mais je veux examiner, je veux voir par
moi-même, Messieurs, ce que vous me ferez
voir mieux encore à votre tour. Est-il vrai
que l'arbitraire et l'absolu soient les seuls ou
les meilleurs moyens d'arrêter les assassins
avant qu'ils aient pu frapper ?

Il n'y a que deux moyens qui puissent être

assez bons pour être infaillibles. Le premier,
c'est la surveillance d'une police active, infatigable, éclairée, qui aura partout les yeux et
la main, qui sera servie non pas seulement par
d'infâmes espions, que je ne crois pas très-
nécessaires, mais par tous les bons citoyens,
par tous les hommes qui aiment l'humanité,
la royauté constitutionnelle, la paix publique
et la dynastie qui l'assure. Eh bien! cette police, l'a-t-on refusée aux ministres? N'est-elle
pas dans leurs mains avec toutes les forces et
tout l'argent nécessaires? Qu'est-ce que l'absolu et l'arbitraire peuvent y ajouter? Rien.
Seulement, d'honorable qu'elle peut être avec
facilité, ils la rendront redoutable, odieuse,
abhorrée des honnêtes gens; et par là les scé-
lérats la craindront moins.

Le second moyen, c'est de hâter, de pré-
cipiter même, si l'on veut, l'action du pouvoir judiciaire qui doit mettre au plus grand
jour le crime, les complices, ou l'innocence
complète de ceux que la police a déjà arrêtés
et interrogés. Eh bien! qu'est-ce qui manque
aux organes de la justice ordinaire pour remplir cette mission sacrée avec assez de rapidité? N'y a-t-il pas, dans toute la France, une
police et une justice très-près l'une de l'autre?

Quel temps y aurait-il de perdu à faire passer
de l'une à l'autre le prévenu que l'on tient
sous la main? Tout ce qui donne des soupçons,
des préventions ou des preuves, ne peut-il pas
être mis sous les yeux des juges de la loi avec
la même célérité que sous les yeux des ministres et du conseil d'État? Des magistrats
accoutumés à instruire et à juger des affaires
criminelles, ont-ils dans leur esprit, de par la
nature, quelque chose de moins pénétrant, de
moins prompt et de moins juste que des ministres si souvent troublés et étourdis par le
fracas de tant d'affaires et de tant d'intrigues
politiques?

Hélas! en laissant même les lois et les juges
dans leur état actuel, il ne reste à des ministres
que trop de moyens d'influence pernicieuse
sur tous ceux qui, même légalement en apparence, commencent, poursuivent et terminent
les procédures criminelles.

Les annales de tous les pays et de tous les
siècles n'offrent que trop d'exemples de tribunaux judiciaires qui n'ont pas su ou voulu
refuser au pouvoir le sang qu'il leur a demandé. Ce qui devrait être toujours le plus
saint sur la terre, la justice, n'a été que trop
souvent ce qui a le mieux servi le despotisme,

la tyrannie et leurs ministres. Rome, sous les empereurs; l'Angleterre, sous les Tudors et les Stuarts; la France, tout à l'heure sous ses ministres, dans Nîmes, dans Lyon et dans Grenoble, n'ont fourni que trop de sanglantes preuves de cette vérité, qui semble une accusation contre le cœur humain.

Conjurons donc nos ministres de laisser nos lois criminelles telles qu'elles sont, la France en croira davantage à toutes leurs bonnes intentions; s'ils persistent à les changer, elle ne leur en supposera plus que de mauvaises. Et nous, Messieurs, si la minorité, qui, plusieurs fois, a approché si près de la majorité, ne l'atteint pas et ne la dépasse pas enfin dans cette haute cause nationale, tenons pour certain qu'il n'y aura pas, dans toute la nation, un seul individu indépendant d'âme et de caractère, qui ne nous fasse un blâme, et peut-être un crime, d'avoir sacrifié aux vues égarées des ministres, la plus sainte des garanties nationales, la liberté individuelle.

J'allais finir, Messieurs; mais le rapport, d'ailleurs plein de sagesse, qui vous a été fait, vous propose, comme amendement du projet des ministres, des dispositions qui, à mon avis, rendraient la loi d'exception moins cons-

titutionnelle et beaucoup moins libérale encore. La commission juge utile de spécifier
que, pour arrêter moins arbitrairement, il y
ait eu au moins des discours, des menaces,
des écrits, des faits *quelconques;* elle croit
beaucoup exiger des ministres! mais loin d'a-
mender l'arbitraire, c'est l'accroître mons-
trueusement. Qu'y a-t-il au monde de plus
inexactement rapporté que des paroles qui
s'envolent au moment où on les prononce? Et
quand elles seraient exactement retenues et
rapportées, que sont des paroles sujettes à
tant d'interprétations, sans ce qui les a pré-
cédées, sans le ton qui les a accompagnées?
Des écrits paraissent avoir plus de consistance;
mais qui écrit, qui lit avec précision? Avec
des milliers d'écrits sur le sens dans lequel
une seule pensée, une seule intention a été
écrite, on peut nager et on nage dans une mer
d'incertitudes.

Messieurs, aucun de vous ne peut l'ignorer,
puisque je le sais, moi, des dénonciations et
des arrestations, sur des paroles et sur des
écrits, ont toujours soulevé l'indignation de
tous les publicistes qui n'ont pas été les rédacteurs ou les commentateurs salariés des
axiomes de la tyrannie.

Parmi les bruits, vrais ou faux, qui se sont répandus, à l'occasion de cet exécrable crime qui a frappé de mort un Bourbon, et dont on ne rougit pas de vouloir se faire un appui, pour frapper aussi de mort la liberté de la nation, on a débité qu'un maître de postes, qui avait le tic de dire, à chaque nouvelle racontée devant lui : *Je le savais,* entendant annoncer l'assassinat du duc de Berri, par le premier courrier qui pouvait le répandre hors de Paris, s'écria, suivant son tic : *Je le savais,* et qu'il a été arrêté et conduit aux interrogatoires ; et en effet, ne voilà-t-il pas un mot qui semble prouver un complice ou au moins un confident ?

Voici un autre fait, consigné dans toutes les histoires de l'Angleterre, et qui rend aussi sensible, pour les Rois que pour les peuples, l'extrême danger de ces lois criminelles portées contre les paroles : Henri VIII, le roi Henri VIII, ce mari, cet égorgeur, successivement de trois ou quatre femmes, avait prononcé la peine de mort contre ceux qui prédiraient sa mort. Dans sa dernière maladie, son médecin n'osa, ni la prédire, ni ordonner les remèdes qui auraient été aussi comme une espèce de prédiction. Le roi mourut, et mou-

rut, dit-on, beaucoup plus tôt, par suite des
effets de sa loi contre les paroles; et ce second
exemple ne m'autorise-t-il pas, Messieurs, à
adresser ici aux ministres, ces mots, qu'un de
nos plus grands orateurs, un de nos orateurs
sacrés adressait aux puissans d'alors : *Et eru-
dimini qui judicatis terram.*

J'ai reconnu que les écrits ont quelque
chose de plus permanent; mais ils n'ont rien
de plus probant, s'il ne s'y joint quelque acte,
quelque fait extérieur.

Et ce n'est pas un fait *quelconque*, comme
le dit l'amendement de la commission, c'est
un fait relatif aux écrits et aux crimes dont
on recherche les preuves et les auteurs : à
propos d'écrits, Messieurs, une puissante
considération me pénètre et doit vous pénétrer.

On parle de censure, après un an de liberté,
pour ceux des écrits qui influent le plus rapidement et le plus continûment sur l'opinion
publique; les délinquans, si la censure passe,
ne pourront subir que des peines correction-
nelles; mais la loi destinée à mettre les jours
augustes de nos princes en sûreté, associée à
celle destinée à garantir les ministres de la
sagacité des journaux, peut bien aisément,

faire, d'un écrit qui ne sera que hardi contre un pouvoir responsable, un crime de lèse-majesté. Une partie de l'histoire romaine, sous les empereurs, est composée de tels faits.

Mes collègues (et je ne me tourne préférablement d'aucun côté, en vous donnant cette appellation; dans cette question, j'en suis sur, nous sommes tous également collègues), le plus superbe de nos Rois, celui qui n'a pas eu le bonheur de donner la liberté constitutionnelle à son siècle, mais qui lui a donné une autre espèce de grandeur, Louis XIV, ce roi, qui avait bien plus encore les principes que le caractère du despotisme, admirait et aimait par-dessus tous les gouvernemens celui du grand-turc : voilà du moins de la franchise, et, si ce prince n'eût pas été franc et loyal, il n'eût pas élevé très-haut la nation par son règne. Voilà aussi un modèle pour les ministres; qu'ils nous disent avec la même franchise que ce qui leur plaît le plus, ce serait de pouvoir nous gouverner en visirs.

Quand ils nous auront déclaré ce qu'ils préfèrent, nous leur déclarerons, à notre tour, ce que pense le peuple, dont nous sommes les représentans; et déja je commence par dire, pour ma part, à ces ministres : Vous

empiétez sur la liberté légale, vous restrei-
gnez le bénéfice de la loi, vous brisez nos
plumes, vous nous réduisez réellement au silence, en nous imposant votre censure ; vous
nous présentez comme le chef-d'œuvre de
votre sagesse et de votre *candeur* une loi
d'élection si déraisonnable, si ridicule, même
dans son exécution, qu'on est presque tenté
de dire qu'un de ses moindres défauts est de
mettre la réalité du résultat à la disposition
de vos subordonnés, c'est-à-dire à la vôtre ;
dans les mains de vos gagistes, dans les mains
d'un juge que vous pouvez déplacer, dans
celles d'un maire, d'un juge de paix que vous
pouvez destituer ; et c'est là ce que vous appelez du gouvernement représentatif! Ah!
soyez plus sincères : ce que les Français dé-
testent par-dessus tout ; bien plus, ce qu'ils
méprisent, c'est l'hypocrisie et la fausseté.
Agissez donc avec plus de franchise, montrez
plus de courage ; fermez aussi cette tribune,
d'où s'échappera toujours la voix sévère de la
vérité, chassez de cette enceinte les députés
du peuple, et vous aussi gouvernez-nous à la
russe, à la turque : nous verrons après, qui,
parmi les Français, sera assez lâche pour subir
le knout ou pour accepter le cordon.

Fils de Henri IV, c'est surtout à un député de nos Pyrénées, qu'il appartient de redire tes derniers momens; c'est en faisant des vœux pour le bonheur de la France que ton âme s'est envolée. Les anciens regardaient les dernières paroles des mourans comme des oracles; elles étaient exécutées comme des ordres; les tiennes n'ont pas obtenu cette consécration.

Et lorsqu'une affliction si générale, et qui devait être si longue, courait porter des larmes au Louvre, la précipitation d'un zèle inhabile, et peut-être perfide, de la part de quelques ministres, est venue ajouter à la douleur sincère de ta perte, une autre douleur publique non moins profonde : des hommes, ennemis de ta famille et de ta patrie, plus occupés de parer ton cercueil, par de vains ornemens, que de l'embellir de tes dernières paroles et des pleurs de tes concitoyens, n'ont pas craint de mêler à des souvenirs d'amour, des souvenirs de reproches; ils ont voulu que l'arbre de la servitude, planté sur ta tombe, couvrît tout de son silence, et c'est le premier rameau dont ils cherchent à environner le berceau de ton héritier.

Illustre et malheureuse famille, repousse avec indignation ces conseillers funestes, qui

osent fonder l'extension de ton autorité sur
l'aliénation des sentimens de la France. Toujours disposés à semer des divisions entre la
nation et ses rois, c'est dans ce calcul régi-
cide qu'ils placent la durée de leur puissance
et la nécessité de leurs services ; mais, tout
député loyal et désintéressé s'écriera avec
moi : Princes, il n'y a désormais de pouvoir
solide et durable que celui qui est fondé sur
l'amour des peuples ; il n'y a plus, pour vous,
de repos constant et assuré que celui qui s'ap-
puiera sur la confiance inspirée et rendue, et
ce n'est pas par des lois de circonstance, par
des lois d'exception, par des lois contraires au
pacte fondamental, que l'on peut acquérir désormais l'amour des Français et la certitude
de leur obéissance.

Je vote contre le projet de loi des ministres,
et contre les amendemens de la commission.

OPINION

SUR LE RAPPORT DE M. CHEVALIER-LEMORE,

RELATIVEMENT AUX PÉTITIONS CONCERNANT LE MAINTIEN DE LA LOI DES ÉLECTIONS.

[SÉANCE DU 13 MARS 1820.]

MESSIEURS,

JE viens m'opposer à l'ordre du jour, proposé par votre commission. Déjà la délibération prise par vous, dans votre séance du 15 janvier, relativement aux premières pétitions sur le même sujet, a consterné les véritables amis de la monarchie constitutionnelle ; des précédens, suivis d'un effet fâcheux, ne doivent plus nous servir d'exemple ni d'appui. Il est un fait que nul ne peut contredire, c'est que les pétitions, loin de se taire, depuis que vous avez passé sur un si grand nombre à l'ordre du jour, se font entendre tous les jours avec plus de force ; sans doute ce n'est pas la nation qui parle, elle ne peut parler que par la voix du Monarque et par la vôtre ; mais c'est bien certainement là voix imposante d'une partie considérable des individus par qui la nation est composée. Comment ne pas leur accorder quelque attention et quelque examen ? Non, ce ne sont pas des ordres qu'on prétend vous intimer, tout ce qui approche-rait même de cette prétention serait criminel : des vœux, où il entre beaucoup de prières, n'ont rien de commun avec des lois, ni avec leur initiative ; ce sont les pensées et les sen-timens de cent mille individus disséminés sur toute l'étendue de la France, et dont les noms et les vœux ne se trouvent ensemble que sous vos yeux, dans vos mains et dans vos comités : défendrez-vous à tant d'âmes de s'entretenir avec la vôtre.

Mon intention, Messieurs, n'est, ni de trai-ter formellement cette question, déjà par vous tant agitée, ni de m'en éloigner ; ce que je me propose, c'est de vous présenter quelques ré-

flexions sur deux des opinions qui ont été pro-
noncées ici, lors du premier rapport sur les
pétitions : ce ne sera pas là disserter sur un
projet de loi qui n'est pas encore en discussion, mais seulement revenir sur quelques uns
des motifs qu'on a déjà plaidés ici, et qu'on a
fait valoir d'avance en faveur de ce projet de
loi.

Ne peut-il pas arriver que des éclaircisse-
mens, anticipés sur un sujet aussi capital
pour notre existence politique, deviennent
une cause de méditation plus profonde, et
peut-être un avertissement utile et pour nous
et pour le gouvernement?

Quelques orateurs qui ont parlé, lors de la
première discussion, ont considéré la chose
sous ce point de vue, puisque plusieurs
d'entre eux ont moins dirigé leurs raisonnemens sur la question du sort de ces pétitions,
que sur le fond et le but de leur contenu.
Les principaux orateurs du côté opposé se
sont moins occupés de l'objet du rapport
qu'ils appuyaient, que de la matière qui donnait lieu à ce rapport; ils ont saisi cette occasion de proclamer d'avance leurs doctrines
sur les points les plus délicats du projet de
loi; vous les avez écoutés avec complaisance,

parce qu'en effet, dans des matières aussi
graves, il convient que cette assemblée se
montre facilement disposée à examiner et à
s'instruire.

Ainsi, dans la confiance que j'obtiendrai de
vous aujourd'hui la même indulgence que
vous montrâtes alors envers ces orateurs, je
vais me permettre de vous retracer les points
capitaux de la discussion qui a déjà eu lieu
devant vous.

En parlant de la nécessité du changement
de la loi des élections, un de ces orateurs a
cité, comme un des principaux motifs de son
opinion, la faiblesse, dans cette Chambre, des
intérêts aristocratiques, et le prétendu besoin
d'assurer au ministère une sorte de domination sur les choix à faire, par les électeurs,
pour la composition de la seule partie populaire de la représentation.

Nous devons quelques remercîmens à l'im-
patience des improbateurs de l'état actuel des
choses; nous en devons à la clarté de leurs
aveux. Quoi! les intérêts aristocratiques ne
sont pas assez fortement protégés, dans une
Chambre où l'on ne peut être admis qu'en
payant mille francs d'impositions, et où l'on
ne peut être envoyé que par des électeurs qui

paient cent écus! Mais, quelle est donc la nature de ces intérêts aristocratiques, auxquels
on veut faire acquérir une plus grande influence au milieu des députés du peuple?

Il n'existe pas d'intérêts aristocratiques
dans un pays, sous une constitution qui a
proclamé l'égalité des droits.

Si l'on n'a en vue, en citant les intérêts
aristocratiques, que de désigner les intérêts
de la grande propriété foncière, l'autre
Chambre est instituée pour faire intervenir
constamment, dans la discussion des lois, les
intérêts de cette propriété, et c'est dans son
sein que ces intérêts, qu'on se plaît à désigner
sous le nom d'aristocratiques, doivent se défendre ou peuvent prédominer sans trop d'inconvéniens. Ici, il n'y a que des effets fâcheux
à attendre de la présence trop influente de ces
intérêts; c'est cette présence, trop fortement
caractérisée, qui a mis tant d'aigreur, et quelquefois de violence dans nos discussions; c'est
cette présence déplacée qui divise cette
Chambre; c'est elle qui est la cause de cette
distinction si prononcée jusque dans le choix
des places; c'est elle qui a créé ces deux
côtés antipathiques de droite et de gauche.

S'il n'y avait ici d'autres prétentions mili-

tantes que celles des intérêts nationaux et
des intérêts du gouvernement, il n'y aurait
plus aussi, ni des postes assignés, ni des débats, en quelque sorte hostiles, jusque dans
les moindres délibérations; chacun alors irait
se placer au hasard, et, quelque part qu'un
loyal député fût assis, quoique porté à défendre les intérêts du peuple, qui sont les intérêts du faible, avant ceux de l'autorité, qui
sont les intérêts du puissant, jamais il n'em-
piéterait sur la part de chacun; il respecterait
tous les degrés de la ligne constitutionnelle,
et il défendrait, avec une égale ardeur, la
considération due à des ministres du Roi, le
respect dû au Monarque, et les droits sacrés
du peuple.

Mais tant qu'au milieu de cette Chambre
on établira à la fois le combat sur trois intérêts distincts; tant que parmi nos discussions
nous verrons surgir sans cesse, avec menace,
un autre intérêt que celui du peuple et celui
de la royauté, il restera impossible en effet
d'attendre de nous des débats sans querelles
ou des décisions sans partialité.

Voudrait-on revenir aux élémens de notre
première éducation politique, à des disser-
tations sur l'influence nécessaire des trois

intérêts, monarchique, aristocratique et démocratique? sur ces balancemens de forces
réciproques? sur ce qu'on appelait pouvoirs
pondérés? Tout cela, Messieurs, n'a plus
d'autre valeur que celle qu'on peut accorder
à des mots ambitieux ou à de fastueux em-
blèmes employés pour capter l'attention des
peuples encore dans l'enfance et privés des
notions fondamentales relatives à leurs vrais
intérêts. Mais quand on parle à un peuple
spirituel et sagace, tel que la nation française,
à cette nation qui désormais instruite, non
pas seulement par la théorie et par des leçons
dogmatiques, mais par la pratique et par des
épreuves de toute espèce, sait, autant qu'aucun de nous, apprécier avec justesse ce qui
doit appartenir aux influences diverses de
tous les intérêts qui résident dans son sein,
ce n'est plus par des images, ce n'est plus par
des mots, plus ou moins imposans, qu'on peut
la convaincre; c'est, au contraire, auprès
d'elle, c'est en écoutant sa voix et ses pensées qu'il faut s'emparer du véritable sentiment qui l'anime; ce sentiment bien constaté
vous mettra dans la confidence positive de
l'opinion générale dominante, et quand vous
vous ferez un devoir, comme cela doit être,

d'obéir à cette opinion, chacun de vous y lira
la conviction que la nation ne veut point dans
cette Chambre d'influence aristocratique.

Nous tous, Messieurs, nous tous, qui sié-
geons ici, nous ne sommes pas sans propriétés;
nous sommes, pour la plupart, dans le nombre
des grands propriétaires; n'affectons donc
point de fausses inquiétudes qui deviennent
une injure devant un peuple loyal et généreux; la grande propriété se défendra toujours
assez d'elle-même, et par ses propres forces.
Et si, détournant un instant les regards de la
question uniquement politique, j'abordais la
question économique, je pourrais en dire
bien davantage; une digression analogue me
détournerait trop du principal objet, et je
dois me contenter de m'écrier transitoire-
ment : « Heureuses les nations qui ne se
trouvent pas appauvries par l'accroissement
des grandes propriétés! Heureuse la nation
française d'être revenue, si vite et avec tant
de sagesse et de bonne foi, dans les voies de
la raison, parce que la subdivision des propriétés et l'infini partage des richesses, ont
fait prédominer de bonne heure la voix des
propriétaires qui, par leur nombre et leurs
affinités avec les hommes sans propriétés, ont

obtenu, auprès de ces derniers, assez d'influence, ont conservé près d'eux assez de confiance pour leur inspirer de la sagesse, pour les maintenir, avec tant d'empire, dans le respect des possessions légales, dans l'amour de l'ordre et des lois! »

Sans ce partage, si multiplié de la propriété en France, nous ne serions pas sortis si vite de toutes les crises que nous avons traversées depuis vingt-cinq ans; je dis plus, c'est ce partage et cette diminution des grandes propriétés qui préservent plus que tout autre chose, du danger d'y rentrer jamais, parce que c'est dans cette compensation multipliée et dans cet enlacement des intérêts des petits propriétaires avec ceux des non-propriétaires, que se propagent et se consolident la confiance, la soumission, qui placent et retiennent le peuple français dans le respect spontané de l'autorité et dans la résignation à tous les sacrifices possibles.

Pourrait-on croire, par exemple, que dans tout autre pays que la France, et sans cette participation si nombreuse à la propriété, on trouverait un peuple immense, consentant sans répugnance à se laisser déshériter, en quelque sorte, d'une partie de ses droits de citoyen, et à voir renfermer dans un aussi petit nombre que celui de quatre-vingt-dix à cent mille, le droit d'élire ses députés? Et c'est en présence de la solution la plus aristocratique possible, d'une des questions les plus délicates de l'ordre social, qu'on voudrait avoir l'air d'attribuer à cet exercice, si excessivement circonscrit, du droit d'élection, une tendance trop démocratique! C'est dans un pays où l'on souffre, en quelque sorte sans murmure, ce spectacle véritablement dérisoire d'une Chambre des Pairs, destinée, dit-on, à une complète indépendance, dont la plus grande partie, et presque tous les membres, sont abondamment payés par le pouvoir, tandis que ces humbles députés, que l'on a l'air de trouver trop démocratiques, ne se sont jamais plaints de n'être pas même indemnisés des dépenses indispensables.

Vous avez dû éprouver quelque surprise, Messieurs, en entendant appeler ici le secours de la grande propriété; vous avez facilement compris qu'il peut exister des intérêts, ou plutôt des vues différentes entre ceux qui sont réellement propriétaires, et ceux qui ne le sont point du tout; mais vous n'avez peut-être pas saisi tout à coup quelle espèce de dif-

férence de vues et d'opinions l'on peut attribuer à tel ou tel possesseur de plus ou moins
d'étendue, de plus ou moins d'importance ;
on ne conçoit pas, au premier aspect, comment une propriété plus ou moins grande peut
inspirer au possesseur des principes politiques
d'une nature différente. C'est pourtant ce que
semblent d'abord annoncer quelques uns des
orateurs qui ont débattu cette question. Mais
dans cette matière, comme dans tout ce qui
nous vient de certaine école, il y a toujours,
quelque chose de mystique, et il faut, avant
tout, avoir soin de distinguer le point appa-
rent, du point caché ou en-dessous.

Croyez que la grande propriété dont ces
messieurs nous entretiennent ne doit point du
tout s'entendre dans le plus ou moins de terres,
dans le plus ou moins de richesses, dans l'importance des fermes ou du château; ce n'est
pas cela que ces messieurs ont le plus à cœur :
la grande propriété qu'ils appellent de leurs
vœux, dont ils voudraient rétablir l'influence
ici comme partout, c'est la grande propriété
d'autrefois, ce sont les grandes propriétés
telles qu'elles existent en Allemagne, et,
pour une partie, en Angleterre ; ce sont les
restes philantropiques de l'admirable régime

féodal; c'est cette grande propriété à laquelle se rattachent des redevances, des droits, des servitudes, des justices, une grande clientèle, des vassaux enfin. C'est là cette grande propriété, dont on soupire sans cesse la renaissance, et dont on veut protéger l'esprit et les espérances, lorsqu'on prétend qu'il y a en France une grande propriété qui n'est point assez protégée, assez soutenue, qui n'a point une assez grande part dans l'action du gouvernement.

N'en doutez pas, Messieurs, si, dans le moment où il existe à côté de nous une Chambre créée uniquement dans l'intérêt de la grande propriété et de l'aristocratie, si, parmi vous, qui êtes tous aussi d'assez grands propriétaires, l'on vient encore déplorer l'absence d'une autre grande propriété, il est évident que, soit par le fait d'une erreur de pensée, ou par un mystère d'intention, on ne peut avoir en vue que l'influence de cette ancienne grande propriété, de cette propriété féodale, dont les intérêts et l'action politique consistaient beaucoup moins dans l'importance des revenus que dans celle des honneurs, des droits, des actions sur les personnes et contre la société en général. Mais

vous penserez comme moi, Messieurs, que
l'influence de cette grande propriété, non
seulement ne doit pas être introduite ici, mais
encore ne doit plus exister nulle part en France.

Je sais que des esprits impartiaux et des
membres de cette Chambre, dont les lumières
et les loyales intentions méritent une grande
confiance, pensent qu'il serait grandement
utile de pouvoir toujours trouver dans sa
composition une portion de cette influence
sociale que, par une sorte d'habitude, ils qua-
lifient d'aristocratique ; et seulement parce
que cette influence qu'ils ont en vue se rattache à celle qui doit ressortir de l'ascendant
des richesses positives. Mais les hommes à
qui appartiennent ces idées les expliquent
d'une tout autre manière, et paraissent avoir
un but tout-à-fait opposé à celui qu'on peut
supposer dans ceux que je viens de combattre.

L'influence que réclament ici les hommes
sages que je viens de citer, n'est autre chose,
en dernière analyse, que celle qui doit résulter de l'indépendance de la fortune ; et leur
but est de trouver, dans des hommes véritablement indépendans, une disposition plus
constante, plus robuste, pour combattre avec
un dévouement inébranlable les empiètemens

du pouvoir et les prétentions exagérées des ministres.

C'est en faveur des intérêts du peuple qu'ils réclament cette espèce de disposition aristo-cratique, mais non pas pour venir renforcer ici les appuis des prétentions et des doctrines anti-populaires.

J'approuve fort leurs sages désirs; mais il me semble qu'ils oublient trop que les élémens de cette louable indépendance, que je conti-nuerai, si l'on veut, à appeler, par habitude, aristocratique, se trouvent déjà assez forte-ment fondus dans ceux qui résultent, pour l'admission en cette Chambre, des conditions auxquelles sont soumis successivement et les électeurs et les élus.

Peut-être aussi sont-ils trop facilement alar-més, parce qu'ils ne réfléchissent point que, dans la situation de susceptibilité, et, tran-chons le mot, d'hostilité où se trouve depuis long-temps cette Chambre, situation qui est la conséquence du système de division et d'alternative, suivi assez constamment par le ministère, il devient alors naturel que la dis-position dominante parmi nous soit de se grouper sans cesse en opposition aux per-sonnes, et de détourner trop souvent nos principaux regards des diverses phases des intérêts.

Ce que soutiennent mes honorables amis est aussi ce que réclament, sous le nom des institutions acquises, tous ces nombreux pétitionnaires dont on vient de vous citer les sentimens et les prières.

Ces estimables citoyens se présentent à vous dans une attitude respectueuse et légale; ils ne désirent, ils ne demandent, comme ceux qui appuient ici leurs réclamations, que la conservation de ce qui existe, de ce qui a été solennellement juré; ils n'apparaissent devant vous que comme fidèles et soumis à la monarchie constitutionnelle.

La pensée fondamentale de ces pétitionnaires, comme celle de tous ceux qui les approuvent, est de sacrifier, s'il le faut, et leur fortune et leur vie, plutôt que de se soumettre jamais à ce qui existait autrefois : la masse des Français, qui se rallie dans la même volonté, est désormais si nombreuse et si forte de son courage, qu'elle ne doit plus être épouvantée ni des menaces de certains amis et alliés du dehors, ni des menées de certains perfides du dedans. Ce qui peut seulement l'affliger profondément, sans diminuer son zèle et ses ré-

solutions, ce serait de voir la voix de tant de
milliers de bons Français, repoussée de cette
enceinte et mise en quelque sorte à la porte
de vos délibérations.

Messieurs, nous devenons ici, quoi qu'on
puisse dire, les pères du peuple : des pères
doivent toujours écouter avec bienveillance
les cris de leurs enfans, et si, dans une première épreuve, nous avons refusé d'accueillir
les paroles de nos fils, de nos concitoyens,
sachons aujourd'hui nous honorer nous-mêmes
en revenant sur une mortification que ne devaient pas encourir ceux qui s'adressaient à
nous d'une manière légale. Daignez retourner
sur vos pas pour l'acquit de votre propre estime et de votre honorable caractère; ne dé-
daignez pas les vœux de cent mille Français,
car c'est aux vœux d'un moins grand nombre
que vous devez l'honneur de siéger dans cette
assemblée, et ne rejetez pas l'amendement
que je vous propose du renvoi de toutes ces
pétitions à la commission chargée de l'examen
de la loi sur les élections.

OPINION

SUR LE PROJET DE LOI RELATIF AUX DOUANES.

[SÉANCE DU 22 AVRIL 1820.]

MESSIEURS,

· LE but de mon discours est beaucoup moins
de vous parler, dans ce moment, de quelques
articles de la loi des douanes qui vous est
présentée aujourd'hui, que de vous entretenir, plus généralement, du système et de
la gestion de notre régime des douanes.

Je veux entreprendre de vous démontrer
que le système est mauvais et que le mode
de gestion est intolérable ; j'aspire à vous
convaincre et de l'utilité immense qui peut

résulter d'un changement de système, et de
la nécessité urgente d'un changement dans le
mode de gestion.

Dans le système, j'attaquerai la base des
principes qui l'ont constitué tel qu'il est; et
j'expliquerai les causes fortuites et de circonstance qui nous ont entraînés vers un
ordre de choses, à mon avis, trop contraire
à nos véritables intérêts.

Dans l'examen de la gestion, je m'appuierai
sur des principes législatifs, sur les conséquences fâcheuses qui peuvent résulter de
leur oubli, et sur des chiffres qui me serviront ensuite de preuve arithmétique, et par
conséquent décisive pour justifier l'avantage
du retour à un autre mode d'administration.

Ce cadre fournit une ample matière, j'ai
dû le resserrer; mais, respectant vos momens, et sentant le besoin d'obtenir, jusqu'à
la fin, toute votre attention, j'ai divisé mon
examen en deux parties, qui peuvent vous
être présentées séparément; je demanderai la
parole dans un autre moment pour compléter
ma démonstration.

Dans cette première opinion, je vais discuter à fond ce que j'appelle le système actuel des douanes; dans la deuxième, je des-

cendrai à la discussion des procédés au moyen desquels on l'administre.

Ramener avant tout ici l'exposition théorique des bases nécessaires d'un bon système de douanes, ce serait retarder la marche de ma démonstration ; il est inutile de remettre sous vos yeux ce que votre expérience vous a déjà fait connaître ; je ne vous répéterai pas longuement ce que votre Rapporteur vous a rappelé en très-peu de mots, qu'un bon système de douanes doit être moins considéré comme moyen de finances, que comme protecteur de tous les intérêts nationaux, et comme modérateur commun entre beaucoup d'élémens divers.

De son côté, M. le directeur-général a expliqué nettement le point désirable, en vous disant « que le système des douanes » avait pour base la prohibition des objets » fabriqués, dont notre industrie aurait trop » à redouter la concurrence, et pour tous les » autres objets une combinaison de taxes » telles, que l'intervention même du fisc dans » les profits du commerce, limitée par l'in- » térêt de ne pas atténuer la consommation, » devienne un moyen de protection pour

3

» notre marine, notre agriculture et nos fa-
» briques. »

Tous ces principes, Messieurs, sont excel-
lens; je suis loin de leur refuser mon hommage; si je me trouve en désaccord avec ceux
qui les professent, c'est à l'égard des conséquences qu'ils en font dériver; conséquences
aujourd'hui tellement exagérées, tellement
en disproportion avec les principes, qu'on
pourrait ne considérer les principes dans la
bouche de ceux qui les énoncent, que comme
des phrases de convention ou des formules
de simple politesse adressées en passant, et
pour la forme, à la raison des hommes qui
ont réfléchi sur cette matière.

Pour nous conduire en si peu de temps à
cette exagération des conséquences qui, dans
l'application, a dénaturé les principes, il a
fallu qu'il se mêlât à la marche naturelle des
choses quelque cause incidentelle extraordinaire, et c'est ce que je me crois obligé de
développer, avant tout, sous vos yeux.

Un homme, dont nous sommes trop accoutumés à condamner les actions pour la forme
seulement, et auquel chacun vient à son tour
crier anathème, alors même que, tout bas, il
cherche ou à l'imiter pour sa part, ou à pro-

fiter de ce qu'il a fait, aidé par des circonstances heureuses et fort de son audace et de
ses talens, fut un instant le maître de la France
et d'une partie de l'Europe; renfermant tout
dans son ambition personnelle et dans l'intérêt unique de sa domination, il ne voulut
rien faire directement pour la prospérité publique, il créa tout pour l'accomplissement de
ses vues, pour le succès exclusif de ses projets; c'est à lui que nous devons véritablement et le système actuel et la gestion actuelle
des douanes : cet homme en dénatura l'institution le jour où il conçut la pensée évidente
d'en faire, non pas un moyen d'utilité publique, mais un instrument de concussion,
d'envahissement, de tyrannie, et de plus, un
auxiliaire de ses forces militaires. Tout ce
qu'il fit alors pour l'appesantir sur une partie
du monde, existe encore aujourd'hui, mais
pour peser de tout son poids sur la France
seule, pour changer la direction de ses véritables intérêts, pour tirer avec violence du
secours de quelques industries factices ou rebelles, la compensation apparente de ce que
le sol et nos facultés naturelles nous donne-
raient avec autant d'abondance presque spon-
tanément avec moins de frais, avec moins de

gênes, avec des procédés plus économiques et
par des échanges dont les produits seraient
et plus sûrs et plus affectueux.

C'est pour continuer l'application des mesures oppressives de Buonaparte et la conservation des revenus indirects qui en résultent,
qu'il faut nous condamner sans cesse au sacrifice d'une partie de nos libertés, à l'aliénation
des affections du peuple; c'est pour cet objet
qu'il nous faut vivre au milieu des réclamations les plus contradictoires et les plus répé-
tées, forcer les perceptions pour subvenir à
l'augmentation des frais relatifs, et laisser
subsister au milieu de nous, parmi des lois
constitutionnelles, un régime d'exceptions,
des germes d'inquiétudes, de ressentimens, et
le spectacle d'une guerre intestine ou d'une
oppression presque révolutionnaire pénétrant
jusque dans l'intérieur du domicile.

Ce tableau, Messieurs, vous paraît peut-être
outré, et, sous quelques rapports, trop loin
du sujet : j'y rentrerai promptement; mais,
après avoir déclaré que je n'ai fait que tracer
l'image de ce qui existe, je me hâte d'ajouter,
que je ne l'ai mis sous vos yeux que pour vous
montrer qu'il est facile de changer cette position : il ne faut pour cela que ramener, dans

une direction toute naturelle, ce que Bonaparte avait détourné pour son intérêt et non
pas pour le nôtre ; il ne faut que revenir à
des principes plus conformes à notre position
comme au véritable intérêt du pays.

Je sens qu'on va m'objecter que tout est
changé, et parmi nous, et autour de nous,
que ce qui existait, même il y a quelques
années, ne peut plus convenir à ce qui existe
aujourd'hui ; que d'heureuses créations ont
transplanté sur notre sol de nouvelles industries, de riches produits qui nous prescrivent
d'autres procédés, qui demandent de nouveaux soins, et qui doivent être particulièrement protégés.

A Dieu ne plaise qu'il soit dans ma pensée
de vouloir anéantir, ou même négliger ces
nouvelles créations de nos arts et du génie
de nos manufactures ; je désire tout conserver,
tout protéger libéralement, mais sans détruire
pour cela tout ce qui nous appartenait déjà,
tout ce qui nous est plus propre, tout ce qui
est plus réel, les richesses naturelles de notre
sol et d'autres industries plus anciennes, plus
analogues à notre position, qui se protége-
ront d'elles-mêmes lorsqu'on ne les sacrifiera
pas à des intérêts plus éventuels, ou quelque-

fois imaginaires; je veux enfin, qu'en courant
après des succès incertains et trop souvent
mal calculés, on ne ruine pas des intérêts
plus positifs et des prospérités plus abondamment assurées.

Le système dans lequel nous avons été jetés
incidentellement, comme je l'ai déjà dit, et
dans lequel on nous enfonce de plus en plus
avec obstination, nous lance déjà dans une situation presque entièrement opposée à celle
où la nature nous avait placés.

Notre situation naturelle est celle d'un peuple destiné à être essentiellement agricole,
navigateur et commerçant; si vous faites un
pas de plus dans le système qu'on vous fait
suivre depuis quelques années, vous porterez
un coup mortel à l'agriculture, à la navigation, même au commerce, et vous arriverez à
contraindre la plus grande partie de la population à n'être qu'un peuple manufacturier;
est-ce là la destination la plus favorable que
notre position et la variété de nos ressources
nous ont départi?

Nous devons prétendre sans doute à tous
les genres de succès comme à toutes les sortes
de gloire; mais la plus grande somme de prospérité et de bonheur pour une nation ne se

trouvera jamais que dans la route des directions naturelles de sa position et de ses facultés les plus immédiates; c'est dans ce cercle qu'une bonne administration doit chercher uniquement la mesure de ses encouragemens et des impulsions qu'elle veut donner.

Il est temps de particulariser ces idées générales; je vais préciser davantage ce qui excite mes réclamations.

Le caractère dominant du système actuel des douanes, la tendance qui en détermine les mesures principales, est celle des principes qui dirigèrent Bonaparte lorsqu'il fit des douanes un instrument analogue à ses projets du moment; ses projets alors étaient de se procurer uniquement par elles un moyen d'hostilité à l'égard des Anglais, trop à l'abri de ses attaques d'un autre genre; il se flatta de les atteindre ainsi avec plus de succès dans une des sources de leur prospérité ; il voulut opposer les produits de nouvelles manufactures au produit de celles de leur pays; il ranima chez nous quelques essais languissans, et, avec l'aide de nos savans et les secours de son trésor, il créa en peu de temps, et comme par enchantement, des établissemens dignes de notre admiration, et dont les succès, en-

couragés par l'appui que venaient y ajouter ses
conquêtes, parurent un instant pouvoir remplir toutes ses espérances ; ces espérances devaient se soutenir tant que le conquérant, heureux dans sa carrière militaire, pourrait ajouter
à ses premiers secours et à ses faveurs répé-
tées, d'un côté la ressource plus solide et nécessaire de consommateurs obligés, de l'autre
l'éloignement forcé de la concurrence de nos
rivaux. Cette création fut rapide, elle grandit
sous les ailes de la Victoire, et à l'aide des
tributs des vaincus ; mais, loin de pouvoir se
consolider par ses propres forces et par les
simples moyens de ses ressources naturelles,
elle fut arrêtée tout à coup dans sa marche
quand le terrain de la consommation de ses
produits commença à se restreindre, quand la
concurrence vint l'assaillir sans obstacles, et
la marche de sa décadence suivit pas à pas
celle de nos défaites.

Une autre circonstance du moment avait
pu favoriser les premiers efforts de cette création improvisée. Lorsque Bonaparte porta tous
ses secours, toutes ses prédilections vers l'impulsion trop accélérée de nos manufactures
d'un genre nouveau, rien en France ne devait
s'opposer à cette tendance, parce que rien

alors ne pouvait en éprouver des inconvéniens ;
nos ports étaient bloqués, notre navigation
était sans carrière ; nous en avions perdu la
pensée, et nos espérances même en étaient
détournées pour long-temps ; les dommages
que ces nouvelles directions de notre nouveau
système pourraient apporter un jour dans nos
autres relations commerciales, dans l'exploitation des autres produits de notre territoire,
dans la consommation chez l'étranger des marchandises de nos manufactures plus anciennes,
plus exclusivement dans nos appartenances,
ne venaient exciter aucune plainte, ni présenter le spectacle du sacrifice de ce que nous
possédions en réalité, à ce que nous ne pou-
vions remplacer que d'une manière précaire,
plus coûteuse, et avec l'aide d'une protection
entourée de gênes et de vexations individuelles.

Il était facile, dans de telles circonstances,
d'établir de forts droits contre ce qui ne pouvait pas arriver, même librement, et d'imposer
des prohibitions contre lesquelles on n'avait
pas à craindre des représailles, alors qu'il était
impossible d'aller présenter, dans les marchés
étrangers, aucune des productions de notre
sol et de la plupart de nos fabriques.

Bonaparte tomba, la France et l'Europe virent enfin renaître la paix; mais les droits exagérés et les prohibitions de nos douanes nous restèrent en partage; chacun voulut reprendre ses habitudes d'autrefois; tous nos anciens ateliers furent remis en mouvement, nos fabriques de toute espèce firent un appel à leurs consommateurs, nos navires mirent à la voile, partout nos anciens produits furent repoussés, ou par des prohibitions inattendues, ou par des accroissemens d'impôts, dont nous avions nous-mêmes, dans notre système nouveau, provoqué la réciprocité.

Tel a été l'effet d'une révolution commerciale, étrangère à ces changemens insensibles qui naissent naturellement du cours progressif des choses, qui, violemment opérée par des cas extraordinaires, devait trouver, dans leur changement, le terme de ses succès, et ne nous laisser à nous que les désavantages. Aussi, que reste-t-il aujourd'hui à la France pour résultat? Dans des fabriques brillantes, un témoignage glorieux, il est vrai, du génie de ses habitans et du talent de ses artistes; mais des moyens de fabrication déjà découragés par l'insuffisance des moyens de consommation, des besoins de protection particulière

disproportionnés avec les sacrifices possibles
du gouvernement ; destructifs d'autres manufactures qui se suffisaient à elles-mêmes, et,
par des effets plus ou moins directs, l'absence
d'évacuation de beaucoup d'autres produits de
notre sol. Par suite de ces déviations de circonstances et des fausses mesures administratives qu'elles devaient entraîner, il nous reste
de plus un système de douanes formé pour un
but, pour une destination qui ne peut plus
exister, et perpétuellement en contradiction
avec nos plus grandes convenances ; système
qui est d'ailleurs d'une nature si coûteuse,
que, voulant en couvrir les vices et en alimenter les conséquences, il est devenu indispensable de maintenir des droits exorbitans,
ou d'en créer sans cesse de nouveaux, parce
qu'avec des prohibitions et des droits exorbitans, il faut nécessairement des moyens de
surveillance et de répression extrêmement
coûteux.

On pouvait, sans inconvéniens, beaucoup
sacrifier à quelques industries particulières,
quand toutes les autres se trouvaient invinciblement paralysées, mais lorsque chacun se
trouve rétabli dans ses attributions et dans
la possibilité d'exercer ses facultés naturelles,

il n'est plus dans l'ordre d'une véritable justice distributive, et dans les intérêts du gouvernement, de continuer à favoriser les uns
aux dépens des autres.

Ainsi, il faut aujourd'hui que l'administration des douanes change sa marche, revise
son tarif, et sans retirer toute sa protection à
des établissemens qui méritent ses égards, il
faut qu'elle gradue les degrés de cette protection, sur la proportion de ce que peuvent
permettre les besoins variés et les intérêts des
autres habitans de la France.

Tout système de prohibition est, en principe, le plus mauvais de tous les systèmes,
surtout dans un pays qui trouve dans ses productions de toute espèce, de nombreux moyens
d'échanges avec toutes les autres nations, et
qui a le besoin d'exporter au-dehors un grand
nombre de ses produits.

Les prohibitions ne sont propres qu'à exciter des représailles, et les font naître infailli-
blement un peu plus tôt, un peu plus tard ;
c'est alors le pays le plus producteur qui a le
plus à perdre ; et, sous ce rapport, la France
doit éprouver plus de dommages qu'aucun
autre : le mieux est de ne rien prohiber ; ou
peut facilement calculer le taux de l'impôt,

qui doit arrêter ou détruire la concurrence
d'une industrie étrangère, et rétablir l'équi-
pollence de l'industrie nationale ; ces efforts
de compensation n'excitent jamais des récipro-
cités aussi hostiles qu'une prohibition absolue.
Et ne me citez pas ici l'Angleterre : cette île
appartient à une catégorie particulière , et à
des effets tout-à-fait distincts qu'il faut isoler;
l'examen de ce fait alongerait trop mon discours ; j'ajouterai seulement, que les Anglais
ont cherché plus d'une fois les moyens d'une
autre marche; mais les suites des premiers
calculs, qui les jetèrent dans des extrêmes,
sont devenus pour eux une existence presque
entière; chacun peut apercevoir déjà ce qui
doit leur en arriver.

Il y a sans doute , de temps en temps, des
motifs partiels d'exceptions aux règles les
plus fondamentales, et quelquefois le besoin
d'une protection indispensable pour une industrie naissante peut être momentanément
justifié, pourvu que cette protection s'applique
à des essais qui promettent de n'avoir pas toujours le même besoin. Mais lorsqu'il s'agit
de soutenir, uniquement, par des exceptions
trop coûteuses, une industrie qui ne pourra
jamais voler de ses propres ailes , bien loin d'en

favoriser alors la transplantation dans des lieux
qui ne sont pas propres à ces établissemens, il
vaudrait mieux renoncer à les avoir chez soi,
et abandonner aux nations, dans les domaines
desquelles ils prospèrent, la faculté de nous
en fournir les produits à meilleur marché,
pour nous conserver celle de transporter librement chez elles, et en échange, quelqu'une
des productions inhérentes à notre sol et aux
propriétés territoriales de notre industrie. Ces
principes doivent également servir de règle
pour la mesure de toutes les impositions des
objets mutuels de commerce entre les nations;
des droits excessifs provoquent également des
droits excessifs de la part des étrangers avec
lesquels nous sommes en rapports de commerce. En fait de fabrications, je ne crains pas
de dire que, dans un pays où une fabrique ne
peut pas soutenir la concurrence de l'étranger
avec l'avantage d'un droit, au plus, de 20 pour
cent, le mieux est alors de ne pas s'obstiner à
en protéger la persistance dans notre sein, et
de cesser des efforts dont l'impuissance est
trop chèrement achetée, et par le sacrifice
qu'elle exige, et par la perte que ce sacrifice
occasionne à d'autres producteurs nationaux,
sur qui nos rivaux font retomber la compen-

sation du tort qu'on cherche à introduire dans leurs relations naturelles avec nous.

Messieurs, ne prenez pas trop facilement l'épouvante sur l'espèce de calamité manufacturière que les changemens que j'invoque pourraient amener ; il ne faut pas juger de son importance par les plaintes, dont certains fabricans nous entourent chaque jour, par ces demandes et ces prétentions sans bornes, qui auroient dû déjà dessiller les yeux du gouvernement. Tous les sacrifices, d'abord nécessaires à l'enfance de ces fabriques, ont été faits ; des essais nombreux ont déjà réussi, nous possédons un assez grand nombre de nouvelles manufactures qui n'ont plus besoin d'être protégées avec excès ; la plupart, les plus considérables, les plus dignes d'être conservées, peuvent désormais voler de leurs propres ailes. Le prix modéré de la main-d'œuvre en France, l'activité de ses habitans, leur bon goût naturel, la perfection de plusieurs de nos arts, surtout de celui du dessin, l'application journalière des découvertes de tous ces hommes occupés des sciences, plus nombreux chez nous que partout ailleurs, sauront conserver et agrandir toutes les conquêtes auxquelles notre industrie a droit de

prétendre ; une partie du monde en sera toujours tributaire : elle le deviendra encore
davantage, lorsque la fatalité, qui a créé in-
considérément dans notre intérieur, comme
formes protectrices, des procédés dispendieux, nuisibles, ne viendra pas exercer son
influence sur nos relations extérieures, et
provoquer, contre nos transactions commerciales de toute espèce, ces représailles qui fini-
raient par nous fermer toutes les issues, par
repousser toutes nos autres productions, et par
remplacer, jusque dans notre sein, un commerce d'échanges très-avantageux, par une
surabondance nuisible de productions de fantaisie et sans débouchés.

Il faut donc fixer une sage limite entre la
protection utile, entre les concessions raisonnables qu'il s'agit de faire aux fabricans, et
l'excès immodéré, qui vient atteindre, en les
stérilisant, les intérêts de tous les autres habitans du pays.

Il faut que les droits soient assez modérés
pour ne point donner lieu à l'importance de
la contrebande, et, par suite, à la nécessité de
l'accroissement des frais qu'occasionne le besoin de surveillance.

Quand la nécessité des sacrifices à faire

pour certains genres de fabrication, qui ne
sont qu'un succès d'amour-propre, ne viendra
pas déranger l'échelle raisonnable de nos lois
fiscales, soyez certains, Messieurs, qu'il nous
restera encore une assez grande masse d'é-
changes, même dans nos objets manufacturés,
et pour repousser de notre sol la concurrence
étrangère, et pour aller la balancer ou la
vaincre dans la plupart des marchés de l'Europe ; nos toiles peintes, nos draperies fines
et légères, notre quincaillerie, notre mer-
cerie, notre orfévrerie, notre bijouterie, notre
horlogerie perfectionnée, nos bronzes, nos
soieries et tant d'autres objets si nombreux,
produits par nos manufactures, se protègent
eux-mêmes par leurs bas prix, par leur bonne
qualité, par leur goût et l'élégance des formes
et du dessin, et ne craignent plus nulle part
les effets des rivalités étrangères; même pour
une partie de nos toiles de coton, celles qui
occupent le plus d'ouvriers, les tissus com-
muns obtiendront l'avantage par le rappro-
chement du prix, et surtout par leur bonne
qualité, le jour où vous aurez supprimé les
droits sur les matières premières; et ici je
dois signaler expressément cette erreur déso-
lante de notre système actuel des douanes.

Toute espèce de droits sur des matières premières que l'on ne peut remplacer chez soi,
est une lésion irréparable et un point d'arrêt
pour les efforts par lesquels on peut prétendre
à soutenir la concurrence de toute fabrication
étrangère qui ne paie pas le même droit. Ici,
l'on me citera peut-être les Anglais et leur
drawback; je crois pouvoir vous répondre
que l'on a mal conçu le procédé des Anglais,
et que notre manière d'exécuter la prétendue
restitution de ces droits ne peut jamais réparer le tort de sa perception primitive.

   D'abord, de quelque manière que les Anglais se plaisent à opérer, je soutiendrai devant vous, Messieurs, que ce procédé ne peut
être employé avec avantage, que lorsqu'il
tend uniquement à ne pas nous priver de
l'usage d'une matière première que nous ne
trouvons point dans nos produits, pour la formation complète d'objets à exporter; et dans
les cas où cette matière première n'étant point
de nécessité absolue pour nos propres consommations intérieures, pleinement satisfaites par des produits de notre sol, nuirait à
ces produits, si elle était versée chez nous
sans payer des droits.

   On impose alors cette matière première

pour qu'elle n'entre pas à trop bon marché
dans notre consommation, et l'on rembourse
le droit, lorsqu'elle sort manufacturée, afin
que les produits où elle est entrée, comme
élément, n'aient pas le désavantage au-dehors.

Ainsi, par exemple, si l'on réclamait à Bordeaux l'introduction d'un vin étranger pour
fabriquer avec les vins du crû, un produit
composé que l'étranger préfère de cette manière, vous feriez payer à ce vin étranger un
droit capable de l'empêcher de nuire chez
nous à la consommation des vins du pays, et
vous restituriez ce droit à la sortie, afin que
le produit des deux qualités de vins qu'on a
dû fondre ensemble, parce que l'étranger le
voulait ainsi, pût être présenté à cet étranger,
sans l'accroissement de la rétribution que vous
auriez gardée, et qu'un vin de la même nature
ne payait pas ailleurs.

En résultat, vous avez dû établir un droit
pour que cette matière première ne fût seulement que déposée dans vos ateliers, et ne
pût être introduite dans votre sein ; il vous
convenait de prêter territoire à ce dépôt qui
venait bonifier vos productions, mais il fallait
vous défendre du danger de la non-réexpor-
tation de ce dépôt ; ainsi le *drawback* est une

bonne mesure, et la seule mesure prati-
cable, quand la matière première qui est réclamée peut être nuisible à la production
intérieure.

Il n'en peut être ainsi pour ce qui concerne
le coton principalement ; notre sol ne produit
pas du coton, nous n'avons pas le même intérêt à ce que le coton qui entre soit réex-
porté, c'est une matière première qui ne peut
être remplacée en France ; en grevant cette
matière première d'un droit à l'entrée, vous
privez, pendant quelque temps, les manufacturiers qui la travaillent d'un capital de 5 à
6 millions, même alors que vous rendriez ce
capital quand ils ont fabriqué ; ce capital, un
instant sorti de leurs mains, les prive d'une
disposition momentanée qui leur aurait facilité un moyen de plus de multiplier leurs
opérations ; ce mode de restitution entraîne
des formalités nuisibles à l'action des ventes
et du commerce, il répugne à ceux qui agis-
sent loyalement, et, malgré toutes les précautions, il peut devenir l'occasion de fraudes
pour ceux qui y sont enclins.

Le *drawback* est un procédé plus ou moins
dispendieux, gênant, dont il faut user dans les
cas où il est impossible de faire autrement,

mais dont on ne doit pas multiplier l'application sans nécessité.

On dira que, puisque je cite les cotons, je dois aussi calculer que le droit qu'ils paient nous rend près de 5 millions, et que, lorsque les besoins de nos finances sont impérieux, il ne doit pas être question de diminuer nos revenus.

Ma première réponse est toute naturelle : vous ne devez pas compter ce droit comme un produit, puisque vous vous êtes engagés à le restituer; mais en supposant, comme cela a eu lieu jusqu'à présent, que vous soyez dans le cas de n'en restituer que la moindre partie, j'ajoute alors : N'imposez point ce tribut aux fabriques ; justifiez, par cet abandon et par celui de tout impôt sur les matières premières, la diminution des droits que d'autres négocians, que des agriculteurs réclament sur les droits imposés à des fabrications étrangères. Diminuez ainsi les gains et les motifs de contrebande, vos dépenses de garde et de surveillance pourront être aussi extrêmement diminuées ; et, je ne crains pas de le dire, parce que j'ai étudié les causes et le but de ces dépenses, nous trouverons dans leur diminution tout ce que le dégrèvement des charges de nos

manufacturiers nous aura fait perdre ; chacun
obtiendra, par cet ordre de choses bien entendu, la compensation des sacrifices qui auront d'abord paru être faits. D'ailleurs, votre
mode de *drawback* n'est qu'une marche trompeuse, à l'aide de laquelle vous avez voulu
déguiser ce tort réel d'imposer des matières
premières ; et votre pensée dominante est sans
cesse de fonder des perceptions à tout prix,
dans l'espoir de justifier ainsi ou de cacher
l'énormité des frais de votre gestion.

Vous citer, Messieurs, tant d'autres exemples du même genre si faciles à reproduire, ce
serait mettre votre patience à une trop forte
épreuve ; et je crois avoir appuyé de suffisans
témoignages ma première proposition, savoir :
que les principes qui dominent dans notre
système actuel de nos douanes sont mauvais.

Je vous ai dit que c'est par une révision bien
approfondie et bien méditée de notre tarif que
nous pouvons tout réparer ; il faut que j'ex-
plique comment j'entends cette révision.

M. le directeur-général des douanes ne laisse
échapper aucune occasion de vanter le tarif actuel ; il le peint entouré de la force et de l'appui de l'opinion publique ; il le prétend devenu
national ; et surtout il semble désigner la re-

fonte, ou plutôt la transformation que cette espèce de Code a subie en 1814 et 1816, comme
l'époque de sa perfection, et son titre à l'assentiment général.

Messieurs, la véritable époque où la France
commença à jouir d'un tarif sagement calculé et soumis à une classification méthodique
bien tracée et habilement combinée, est l'année 1791. Le tarif de 1791 est encore le meilleur modèle et le guide le plus convenable.
C'est une des belles œuvres de l'Assemblée
Constituante, qui, par là, régularisa ce qui se
rapportait aux douanes et fit disparaître les
nombreuses barrières qui arrêtaient à chaque
pas, dans notre intérieur, et les efforts et
les progrès de toutes nos industries ; elle
plaça toute l'action des douanes sur la ligne
des frontières, et nous délivra du fléau des
inquisitions intérieures. L'Assemblée Constituante obtint, par ses mesures, l'universel
assentiment de l'opinion publique ; le régime des douanes commença dès lors à être
plus productif, en ce qui se rapportait aux
subventions payées par le commerce, et il
cessa d'être odieux à la masse des citoyens.

Cet ordre de choses avait éprouvé peu d'innovation, jusqu'au moment où Bonaparte vint

tout changer, et le système, et la gestion; je
ne reproduirai point le tableau de ce qui s'o-
péra quand les douanes eurent ainsi changé
de nature et de but, je l'ai assez indiqué plus
haut.

Je me hâte d'arriver aux époques de la restauration, parce que ce fut en effet en 1816 que
le tarif éprouva de grands changemens; c'est
là, sans doute, que M. le directeur général
place les perfectionnemens qu'il se plaît à rappeler; mais puisqu'il aime à se féliciter du
travail si national, à son avis, qui parut à cette
époque, il faut qu'il me permette, du moins,
de lui faire remarquer que, dans ce nouveau
travail, que beaucoup de négocians, ainsi que
moi, ont toujours regardé comme très-défec-
tueux, il n'y eut rien de changé fondamentalement à l'égard du système qui appartenait
à Bonaparte. On a persisté dans les principes,
à l'aide desquels cet usurpateur de tous les intérêts publics et privés, avait tout sacrifié à
un but et à une ambition personnelle; on a
maintenu cette tendance à tout sacrifier au
désir exagéré de protéger, en dépit de la nature, des industries condamnées en elles-
mêmes à des infériorités irrémédiables, tandis
qu'elles tuent d'autres industries plus analo-

gues à nos moyens et arrêtent le cours d'autres
exploitations de notre sol. On a continué de
tout faire pour les manufactures en ruinant
notre commerce extérieur et en s'exposant
chaque jour davantage à nuire au succès de
notre navigation.

Le travail de 1816 n'offre, pour toute nouveauté frappante, qu'un accroissement de
droits sur ce qui se rapporte à notre commerce
extérieur, et sur quelques uns des objets qui
alimentent le plus notre navigation. A cette
occasion, je dois placer ici une remarque qui
recevra tout-à-l'heure plus de développement,
c'est que, lorsqu'on préparait ces changemens,
on consulta le conseil général du commerce,
dont j'avais l'honneur d'être membre. Ce conseil médita long-temps, et fournit un travail
sur le tarif, particulièrement sur ce qui con-
cernait les denrées coloniales et les besoins
de notre navigation, points sur lesquels il lui
appartenait plus directement d'énoncer une
opinion formelle. Ce travail fut envoyé au
ministère, et ensuite, dit-on, au directeur.
Il différait, dans beaucoup d'articles, des projets de ce dernier; mais l'existence de ce travail n'a jamais percé nulle part : quelques
membres de notre conseil se mirent à la dé-

couverte du paquet; ils cherchèrent, et ne purent découvrir les traces de son voyage.

Le directeur général n'était pas disposé à changer ses calculs et ses vues; il lui fallait, par-dessus tout, un accroissement de perceptions, pour tâcher de justifier le maintien des frais énormes de gestion; toutes les idées qui auraient tendu vers d'autres plans, ne pouvaient que déranger les siens. Lorsqu'elles arrivèrent à sa connaissance, il dut dire comme Vertot, *mon siége est fait;* et les opinions contradictoires restèrent dans l'oubli.

Quand la pensée, la disposition et le mouvement de grands intérêts, sont exclusivement dans les attributions et le pouvoir d'un seul homme, rarement on peut faire pénétrer dans la connaissance directe de l'administration ou du gouvernement, l'exposition des vues qui contrarient ce régisseur unique.

Mais si ces grands intérêts étaient confiés à plusieurs administrateurs, le concours de leurs vues personnelles, ou l'esprit de leurs opinions, ne seraient jamais assez unanimes ou assez complétement renfermés dans des combinaisons uniformes, pour qu'il ne fût pas facile d'y faire pénétrer la contradiction, et, par ce moyen, le gouvernement aurait pres-

que toujours connaissance de toutes les con-
troverses raisonnables qui peuvent tendre, ou
à la cessation des abus, ou à des améliorations
nouvelles; il n'en peut être de même lorsque
ces grands intérêts ne sont confiés qu'à une
personne, quand tout ce qui s'y rapporte est à
peu près concentré dans les mains d'un seul. Il
est facile à cet homme de fermer toutes les
issues, de dissimuler tous les griefs, de faire
taire autour de lui toutes les plaintes, de repousser toutes les observations; et si, par
hasard, cet homme, puissant par sa position,
était en même temps d'une certaine habileté,
d'une grande activité, expérimenté dans les
chances même des changemens de gouvernement, prompt à se conformer aux conséquences
quelconques de ces changemens, alerte, spirituel, ne manquant ni d'adresse, ni, au besoin,
d'une sorte d'audace, que deviendraient alors
auprès de lui les contradictions et les remon-
trances? d'abord, elles seraient sans aucun
fruit, bientôt elles ne seraient pas sans danger.

M. le directeur général vous a dit dans l'exposition du projet, qu'il était toujours dirigé
par les réclamations et les vœux des fabricans
ou des négocians français; il vous assure que
ce qu'il propose aujourd'hui a été approuvé

par les chambres de commerce, et par les conseils consultatifs qui les représentent auprès du Gouvernement.

J'ignore si ces conseils ont en effet approuvé tous les changemens qui vous sont proposés. mais dans ce qui concerne quelques uns de ces changemens, contre lesquels je me propose de réclamer et de vous offrir un amendement, je viens soutenir ici, devant M. le directeur général, que presque tous les négocians de nos ports maritimes, et entre autres ceux du Havre, de Nantes et de Bordeaux, n'ont point demandé ces changemens et réclamaient des dispositions à peu près contraires; j'ai sous les yeux, dans mes mains, des observations et des dépêches manuscrites et imprimées qui ont été adressées au gouvernement, et qui justifient ce que j'avance.

Ces dénégations s'appliquent spécialement aux innovations proposées sur ce qui regarde les droits relatifs aux denrées coloniales. Je le démontrerai d'une manière irrécusable en motivant mon amendement, mais l'ordre de mon travail m'a conduit à placer cette discussion plus loin, et je dois reprendre ici ce qui se rapporte aux principes généraux du tarif, à la nécessité de le réformer.

On vous a parlé, Messieurs, du vœu des chambres de commerce et des conseils généraux des manufactures et du commerce.

Sans doute l'opinion de ceux qui sont désignés pour représenter tous nos intérêts commerciaux ; sans doute le résultat de leurs travaux, l'objet constaté de leur réclamation, peut être considéré comme ce qu'il y a de plus utile à faire, et de plus propre à agrandir la prospérité générale. Mais, pour qu'on puisse raisonnablement considérer ce qui émane de ceux qu'on appelle à ces conseils comme la véritable opinion publique, et les vœux réels de l'industrie et du commerce, il faut que ces hommes aient été non-seulement choisis, mais encore placés de manière à pouvoir discuter convenablement et contradictoirement tous les besoins et tous les intérêts qu'ils sont censés représenter.

Il n'en est pas précisément ainsi dans ce qui existe aujourd'hui, et je vais vous le prouver.

D'abord, il faut partir de ce principe, que, de tous les temps, et beaucoup plus depuis quelques années, les intérêts d'un grand nombre de propriétaires du sol, et les intérêts du commerce extérieur et maritime, se sont trouvés et se trouvent maintenant, plus que jamais, en contradiction avec ceux du commerce manufacturier. Cet état de choses en est venu aujourd'hui à un tel point de froissement et d'opposition, qu'on doit presque convenir que, sous beaucoup de rapports, il y a guerre ouverte entre ces deux intérêts.

Quelle doit être alors la manière la plus convenable d'opérer pour que le gouvernement, et vous, Messieurs, puissiez plus facilement saisir, et la mesure des compensations entre ces intérêts divers et le point le mieux calculé des concessions réciproques? C'est d'établir franchement cette lutte dans tous ses développemens, devant le gouvernement lui-même : pour cela, il faut organiser séparément et complétement, dans cette séparation, la représentation de ces intérêts opposés.

Il y a eu, de tous les temps, auprès du gouvernement, des représentans du commerce et des manufactures; depuis Louis XIV, et même plus anciennement, nos rois avaient appelé auprès d'eux des députés généraux du commerce, qui étaient désignés par ceux qu'ils représentaient; ils travaillaient directement avec le conseil d'État; ils y étaient écoutés, et on y entendait leurs rapports; sous l'Assemblée Constituante ils devinrent le noyau d'un

comité de commerce et d'agriculture qui préparait tous les travaux du comité de l'Assemblée, et ils furent souvent admis dans ce
comité pour y être consultés. (Il m'est honorable de pouvoir dire, que j'ai commencé ma
carrière publique parmi eux.)

Cette institution salutaire disparut pendant
les troubles de notre révolution. Les négocians
les plus distingués, ceux qui étaient cités
comme les plus habiles, étaient alors disper-
sés, ruinés ; la plupart expiaient dans les prisons ou sur l'échafaud leur fermeté dans les
principes d'une saine liberté, ces principes
sages, propres à repousser à la fois et le despotisme et l'anarchie.

Dans ce même temps, toutes les autres classes
de la société fournissaient, à l'envi, des hommes
pour tous les emplois et pour les premières
dignités de l'État. Des avocats, des médecins,
de petits propriétaires inconnus et sans expérience quelconque, figurèrent tour à tour aux
premiers rangs des Assemblées législatives,
au Directoire, dans les ministères, dans les
ambassades ; les négocians seuls ne se mon-
trèrent presque nulle part ; ils aimaient toujours la liberté, mais ils fuyaient l'exagération et la licence.

Pendant une partie de la révolution et sous Bonaparte, ils ont été le point de mire, l'objet constant des persécutions, quelquefois d'une sorte de mépris, dont ils ont pu, dont ils doivent encore s'honorer. Sous le gouvernement constitutionnel qui paraît nous régir aujourd'hui, qui, plus qu'eux, peut réclamer et l'estime et le droit d'être écouté?

Pardon, Messieurs, si je retrace ici devant vous les titres d'une profession à laquelle je tiens à honneur d'appartenir; il doit m'être permis d'en saisir l'occasion dans un moment où, parmi tous ces projets de loi d'élections qui se succèdent, on laisse percer tant de défiance et tant de désirs d'injustice à l'égard des négocians.

Je poursuis, et je vais démontrer que le gouvernement actuel, c'est-à-dire, ces ministres, si fidèles aux impressions du gouvernement de Bonaparte, dont la plupart faisaient partie, ont continué à traiter le commerce à la façon du militaire empereur.

Ce fut Bonaparte qui recréa les conseils du commerce et des manufactures, et sans m'arrêter aux détails d'un premier projet fastueux demeuré sans exécution, je ne m'attache qu'à ce qui en est resté.

Dans la création de ces deux conseils, toutes
les prédilections se reportèrent sans cesse vers
le conseil des manufactures, dans lesquelles
le conquérant cherchait, comme je l'ai déjà
expliqué, des secours de guerre avant des
succès de commerce ; il convient aussi de dire,
que la plupart de nos plus importantes manufactures, se trouvant placées autour de Paris,
ou assez près de cette capitale, il lui fut facile
de composer ce conseil d'une manière très-
imposante par le mérite, l'habileté, et les
connaissances nombreuses de ses membres ;
cette réunion étoit même de nature à prendre
beaucoup d'ascendant sur le gouvernement :
j'ai pu juger souvent par moi-même de toute
la force d'opinion qui devait ressortir de ce
foyer de lumières, d'habileté et de toute sorte
de talens estimables, lorsque, plus d'une fois,
envoyé par le conseil général de commerce,
dont je faisais partie, j'ai assisté aux discussions de ce conseil, je n'en suis jamais sorti
sans être profondément frappé de toutes les
preuves de science, de connaissances variées
et d'émulations de découvertes ou de perfectionnemens qui s'y étaient déployées sous mes
yeux.

Le conseil des manufactures a toujours été

5

facilement composé d'hommes très-capables,
et je suis bien convaincu qu'il en est de même
aujourd'hui.

Mais le conseil général du commerce n'a jamais pu être, jusqu'à présent, qu'une ébauche,
ou qu'un simulacre du but de son institution.
Quand le gouvernement trouve, autour de lui
et à sa portée, toutes sortes de manufacturiers
instruits, même savans, des agriculteurs très-
habiles; quand Paris seul lui offre avec abondance des hommes capables de lui bien expliquer tout ce qui se rapporte aux intérêts du
commerce intérieur, il n'a pas de même à sa
disposition les hommes qui peuvent être les
plus instruits dans les besoins et les avantages
du commerce extérieur et maritime; quoiqu'il eût désigné, pour le conseil général du
commerce, beaucoup des ces négocians, très-
rarement quelques uns d'eux ont pu y assister, et encore ce ne fut que temporairement
et pendant le court espace de quelques
voyages passagers; aussi, quoique ce conseil
renfermât dans son sein trois ou quatre membres du commerce de Paris, propres à y
figurer sous tous les rapports, et, parmi eux,
un homme d'une expérience remarquable dans
toutes les branches du commerce, ce conseil

n'a jamais dû être considéré comme pouvant représenter convenablement, ni le commerce extérieur, ni le commerce maritime. Quelquefois il a pu réunir huit ou dix membres, mais le plus souvent il ne dépassait pas le nombre de quatre ou cinq. D'ailleurs, on lui a toujours refusé de correspondre directement avec les chambres de commerce; il était convoqué de loin en loin pour délibérer sur des notes, le plus souvent insuffisantes, qui lui étaient adressées, au nom du ministre, par des commis; on cherchait à recueillir son opinion pour alléger le travail des bureaux, et rarement on accusait réception du sien.

Depuis peu de temps on a paru vouloir rétablir cette institution; on a laissé de côté, pour cela, nos anciennes et nos meilleures traditions, et on a puisé encore ce remaniement dans une partie des conceptions de Bonaparte, et même, par suite, sans doute, de l'éducation dont les faiseurs lui étaient redevables, on a emprunté en raccourci, et comme pour lui rendre hommage dans cette renaissance informe, la conception impériale de je ne sais quel titre de *conseiller de commerce*, qui, présenté comme un don de la munificence ministérielle, peut être encore un moyen de séduction auprès de ceux qui ont la faiblesse d'y attacher du prix.

Ce nouveau conseil général du commerce est de la même espèce que le précédent, il en aura tous les inconvéniens, et il sera privé de tous les avantages qui doivent appartenir à cette institution bien entendue.

Pour le composer, il a fallu en prendre le fond et la partie essentielle dans le commerce de Paris; quelques négocians des ports, quelques députés négocians ont pu se trouver à Paris accidentellement et y être appelés, mais avant peu de temps on n'y verra que cinq ou six banquiers ou négocians de Paris, et le plus souvent ces banquiers ou négocians ne s'y rendront pas, comme cela arrivait naguère; il n'y a donc pas, et il ne peut pas y avoir de cette manière un conseil général de commerce et un conseil général tel qu'il devrait être composé; c'est-à-dire de négocians livrés au commerce extérieur et au commerce maritime; parce que le gouvernement, ayant autour de lui tout ce qui se rapporte aux autres branches et aux autres intérêts, il faudrait, pour compléter l'ensemble des discussions diverses, et pour réunir à la fois tous les résultats relatifs aux manufactures, à l'agri-

culture et au commerce extérieur et maritime,
consulter aussi réellement les négocians des
ports et de nos places de commerce frontières.

On cherchera à me répondre en disant, que
lorsque le ci-devant ministre de l'intérieur a
fait sortir du dédale de ses bureaux ce petit
projet de nouveaux conseils consultatifs, en
même temps qu'il se hâtait de choisir avant
tout, à Paris, une partie de celui du commerce, il demandait aux chambres de nos ports
maritimes de désigner des candidats; mais
dans quelques uns de ces ports (je puis citer
celui de Nantes, dont les négocians occupent
un rang si distingué par la sagesse de leur conduite et par leur habileté), le projet de cette
création parut si incomplet, si éloigné de son
but, que d'après ce motif on refusa de désigner
des candidats; beaucoup d'autres ports ont fait
ces désignations par obéissance, mais ils n'ont
envoyé personne; d'où il résulte, Messieurs,
que si, aujourd'hui, vous considériez le vœu,
même réellement exprimé, des conseils de
Paris, du moins pour le commerce avec l'é-
tranger, comme la voix de nos ports maritimes et l'opinion des négocians livrés au
commerce extérieur, vous seriez facilement

entraînés dans des erreurs de fâcheuse conséquence.

Il est tout simple que M. le directeur général des douanes s'appuie de l'opinion des conseils de Paris, s'il les a trouvés véritablement favorables aux innovations qu'il propose; mais je vous ai déjà dit que ces innovations sont contraires aux véritables vœux des négocians de nos ports, et que j'appuierai mes assertions par des preuves.

Ce que j'ai voulu auparavant vous prouver, c'est que le commerce maritime et extérieur n'a pas été suffisamment représenté, et qu'il faut qu'il assiste à la révision d'un tarif par lequel il est sacrifié, parce que ce tarif ne favorise que les manufactures, et avec un excès qui nuit à beaucoup d'autres intérêts généraux plus importans.

Les principes dominans et les applications de ce tarif doivent être changés dans plusieurs de ses parties, et il y a urgence à faire procéder à ce travail, qui peut être confectionné dans l'intervalle qui s'écoulera d'ici à la prochaine session; il faut que tous les intérêts soient consultés séparément dans la préparation de ce travail, et le gouvernement, s'il est pénétré de la vérité des argumens que j'ai mis sous vos yeux, pourra facilement trouver les moyens d'exécuter sans retard ce que je crois convenable et nécessaire.

Il faut retoucher au tarif pour simplifier les perceptions, pour supprimer tous les droits d'entrée sur les matières premières, pour réduire certains droits excessifs, particulièrement sur quelques objets manufacturés, et, par là, pour diminuer les gains des contrebandiers et pour obtenir aussi des diminutions chez l'étranger sur plusieurs des productions de notre sol ; en réduisant certains droits et faisant cesser les plus forts motifs de la contrebande, on trouvera, dans l'économie des frais de garde et de gestion, la plus grande partie du vide que semblera laisser, dans le revenu des douanes, la diminution des droits ; et en procurant plus de débouchés à d'autres productions de notre sol et plus de ressources à notre navigation, on enrichira d'autres branches de commerce et d'autres propriétaires ; ainsi, par l'accroissement de ces nouvelles fortunes et de la valeur des terres, on créera de nouvelles matières imposables qui verseront par d'autres canaux, dans les coffres de l'État, des revenus bien plus solides et bien moins coûteux que ceux que l'on cherche vainement dans le produit désormais décroissant du régime violent et exagéré de nos douanes; il faut surtout que la réforme de plusieurs dispositions et articles de notre tarif consacre le retour d'une tendance moins exclusive vers des faveurs ruineuses destinées au maintien de quelques fabrications impuissantes, qu'il est temps d'abandonner à la destinée de leur position, sans continuer le sacrifice d'intérêts plus nombreux et plus solides; le mieux est de ne plus s'aveugler sur des circonstances particulières nées de combinaisons étrangères à l'ordre naturel de notre existence politique et sociale.

Vous devez voir déjà, Messieurs, où peut nous conduire la continuation du système économique et douanier dans lequel nous avons trop persisté; rappelez à votre mémoire plusieurs des pétitions qui vous ont été présentées, les unes réclament la ruine du propriétaire de troupeaux, les autres vous disent qu'il faut prohiber cette mince importation des nankins, et se contenter des remplacemens imparfaits qu'ils vous offrent, ou de quelque autre de leurs étoffes, car c'est ainsi qu'ils s'expriment; ils s'inquiètent peu qu'on leur objecte que c'est encore une petite

ressource qu'ils veulent ôter à notre navigation.; ils se plaignent de ce que la triple ligne
de nos douaniers, toujours rétrogradant dans
l'intérieur du territoire, n'enserre point encore pour leur intérêt, un assez grand espace
et un assez grand nombre de leurs concitoyens
dans une sorte d'esclavage ; ils vous crient,
qu'on ne fait pas assez de poursuites, de visites
domiciliaires et de procès ; si vous les écou-
tiez, votre armée tout entière ne serait pas
assez nombreuse pour leur procurer des gains
qui échappent à l'incapacité de leurs fabrications, car il faudrait, pour bien leur assurer
une préférence obligée, mettre une sentinelle
à la porte de chaque maison; s'ils étaient
assez forts, ils viendraient bientôt, comme
on l'a vu dans un autre pays, arracher les
boutons qu'ils n'auraient pas faits ou déchirer
les étoffes qu'ils n'auraient pas tissues; ils
trouvent que les peines ne sont pas assez sé-
vères et les châtimens assez nombreux ; mais
alors, pourquoi ne demandent-ils pas aussi
qu'on bâtisse une muraille autour de nos frontières, à l'instar de ce peuple si vieux, dit-on,
dans son origine, et si jeune dans ses progrès?
Avant de les satisfaire, du moins vous aurez
soin d'avertir l'agriculteur pour qu'il ne cul·

tive pas au-delà de la consommation du pays ;
vous conseillerez à vos armateurs de brûler
leurs vaisseaux : vous direz aux constructeurs
de briser leurs haches et leurs compas, et à
ces autres fabricans si nombreux qui, sans être
à charge à leurs concitoyens, travaillent sans
cesse pour la marine et pour l'étranger, de
cesser leurs travaux et d'aller chercher leur
existence dans d'autres lieux empressés de les
recueillir.

Certes, je suis loin de vouloir comprendre
dans ceux que je signale, un grand nombre
de fabricans à qui notre France, dont ils ont
su accroître la richesse, doit de continuels
hommages ; ceux-là fondent leur prospérité
et la nôtre sur une habileté et des talens supérieurs à toute concurrence. S'ils mettent dans
le commerce de nouvelles productions, ils
savent en assurer le débit sans appeler la
contrainte, et par la seule supériorité que
leur génie impose à la rivalité du dehors ;
ceux-là volent de leurs propres ailes, sans
demander au gouvernement qu'il mette à leur
disposition la prospérité de leurs concitoyens :
aussi la reconnaissance nationale a placé leurs
noms au premier rang des bienfaiteurs de leur
pays ; et des parchemins sont loin d'ajouter

de l'éclat au nom des personnes qui ont su
s'illustrer par elles-mêmes.

Messieurs, de quelque manière que vous
envisagiez la chaleur avec laquelle je défends
devant vous la cause d'une grande portion de
notre commerce, je tiens à vous déclarer
qu'aucune impression d'intérêt personnel n'a
dirigé mon opinion; je suis négociant, mais,
depuis long-temps, je ne le suis presque plus
que de nom, et je me trouve par là à l'abri
de toute influence particulière; cependant j'ai
trop de franchise dans le caractère pour ne
pas vous déclarer ici, qu'ayant toujours été
voué plus spécialement au commerce maritime et extérieur, il peut rester en moi
quelque degré de prévention en faveur de ce
genre de commerce, aujourd'hui si malheureux; après avoir fait la part de ce que mes
récits ont pu emprunter à mes anciennes habitudes et à mes premières inclinations, ce sera
vous qui jugerez si je me suis laissé entraîner
hors du cercle de toute la vérité. Dans une
seconde Opinion, et dans un autre moment,
je présenterai à l'appui de celle-ci les preuves
décisives du calcul arithmétique, et j'appel-
lerai les chiffres à mon secours en traitant de
la gestion des douanes.

Quant aux amendemens que j'ai à proposer, ils trouveront mieux leur place lors de la discussion des articles.

Mes conclusions actuelles sont que le gouvernement doit faire reviser le tarif, pour changer plusieurs de ses dispositions.

OPINION

SUR LE PROJET DE LOI RELATIF AUX ÉLECTIONS.

[SÉANCE DU 20 MAI 1820.]

MESSIEURS,

QUAND le ciel commence à se charger de
nuages, quand la tempête menace dans le loin-
tain, les plus forts sont ébranlés, des alarmes
pénètrent jusque dans les cœurs les plus intré-
pides; mais quand la foudre a éclaté, quand
le danger est arrivé, quand il est devant nos
yeux, les âmes sans faiblesse reprennent toute
leur sérénité; elles grandissent au milieu du
péril, elles se trouvent transportées comme

dans des régions plus élevées, où les faibles
intérêts d'une situation commune ne les attei-
gnent point ; le monde ébranlé les a placées
au-dessus de toute espèce d'épouvante.

Pour qui ne se sent point coupable, l'instant d'une grande crise est un appel à de plus
hautes destinées.

Il ne s'agit plus, Messieurs, de chercher la
véritable interprétation de quelques articles
de lois, leur plus ou moins d'extension, ou la
mesure de tel degré d'autorité ; il ne s'agit
plus d'une charte dont il faille peser les expressions, d'une monarchie dont il nous faille
expliquer les droits ; on nous a forcés à reprendre les questions de plus haut, et à ne
venir plaider ici que pour des droits antérieurs à tous les autres.

C'est pour la dernière fois, peut-être, que
la voix des députés du peuple retentit librement devant la nation qui nous écoute.

Le voile est déchiré ; des passions aveugles, des ambitions subalternes ont ramené
la guerre ; il ne nous reste plus qu'à soutenir
avec vigueur et dignité, et à défendre les
droits de cette généreuse nation française de
qui nous tenons nos mandats.

Heureux monarque de ce beau royaume de

France, c'est vers ton trône que je dirige, avant tout, les premières pensées qu'a fait naître en moi la proposition de loi portée dans cette Chambre par tes ministres; ami de la liberté, je le suis aussi du pouvoir sous lequel elle peut s'établir; je sais qu'il n'y a de véritable liberté pour un peuple que sous un gouvernement fort et respecté ; je ne sépare jamais dans ma pensée et dans mes devoirs la conservation des droits attribués au gouvernement, de mon attachement et de mon respect pour ceux du peuple.

J'aime avec préférence la royauté constitutionnelle, non par intérêt personnel, mais par l'intime conviction de sa précieuse utilité. Né près du berceau de Henri IV, j'ai sucé avec le lait l'amour de ce bon roi et de ses descendans. Henri IV aimait par-dessus tout son peuple ; il sut trouver un véritable ministre, et dans ce ministre un ami de cœur. Ce ministre réunissait, d'une manière inséparable, dans le même sentiment, et l'amour des intérêts du peuple, et l'amour des intérêts de son roi : le souvenir de son nom reste à jamais uni au souvenir du plus aimé de nos monarques.

Nous revoyons sur le trône de France un petit-fils de Henri : pourquoi ne nous était-il

pas réservé de voir auprès de sa personne un
Sully? que notre sort eût été différent!

· Des ministres se sont succédé, et parmi eux
le peuple n'a point trouvé de véritables amis.
Qu'il serait beau pourtant le sort du ministre
fidèle destiné à unir dans un même nœud les
affections du roi pour son peuple et du peuple
pour son roi !

Ceux qui nous gouvernent paraissent insensibles à de tels sentimens : diviser tous les
intérêts, exciter les passions rivales, aigrir les
inimitiés, irriter toutes les âmes, tels sont les
fruits de leurs erreurs ou les effets de leurs
funestes calculs.

Un pas restait à faire pour pousser les esprits
au dernier degré d'exaspération, pour approcher du bouleversement ; l'espace est franchi ;
les prisons attendent les victimes, la plainte
est étouffée, le silence règne, et la liberté des
choix va nous être enlevée.

Quels calculs criminels ont pu présider à
ces combinaisons? qu'ils sont téméraires ceux
qui osent provoquer tant de ressentimens !
Ont-ils eu l'affreux courage d'envisager à quel
point ils sont coupables, en compromettant à
la fois le repos de leur patrie, la sûreté du
trône et le salut de la France ?

En présence d'un tel spectacle, il est bien difficile de discuter froidement cette loi qu'on appelle d'élections ; un cri public d'indignation l'a repoussée dès sa naissance : pourquoi en citer les articles ? L'ensemble tout entier n'est-il pas frappé d'anathème par l'opinion générale ?

C'est assez de dire que toutes ses dispositions trompeuses n'appartiennent à aucune pensée désintéressée, qu'il faut chercher leur origine dans le cercle honteux des calculs personnels de quelques ambitieux sans bonne foi, et dans le délire de quelques vanités blessées ; les insensés ! ils se flattent de se jouer de la crédulité d'un peuple généreux, ils ne craignent pas de lasser sa patience !

Le peuple aime à respecter tout ce qu'il a consenti ; mais, quand le pouvoir envahit sans cesse, quand l'autorité ne fait plus les lois que pour son seul intérêt, le peuple peut reconnaître enfin qu'il ne mérite plus que des fers, s'il n'a pas le courage de défendre ses droits.

La Charte a posé des règles fixes pour les élections ; ces règles sont des droits tant que la Charte reste loi de l'État.

Vous dites que vous n'avez pas enfreint ces

6

règles ! mais, si la Charte m'a investi de la
faculté d'élire moi-même et directement les
députés, de quel droit prétendez-vous me réduire à ne choisir que des candidats et à transmettre à d'autres la nomination réelle des
défenseurs de mes intérêts ?

Et, dans ce qui se rapporte aux éligibles,
ne blessez-vous pas encore plus, s'il est possible, l'intégrité de leurs droits ? Dans mon
département, par exemple, il doit y avoir
pour *minimum* cinquante éligibles ; vous voulez
qu'il n'y en ait plus que douze au moment de
la nomination ; trente-huit sont dépouillés
par votre proposition d'un droit qui leur était
irrévocablement acquis par cette Charte, dont
vous invoquez vous-mêmes l'inviolabilité. S'il
n'y a plus rien de sacré devant les caprices de
quelques ministres, du moins ils devraient
penser en même temps à ce que peut en
conclure la nation : celui qui abjure les sermens en dégage aussi ceux qui s'y croyaient
liés.

Et qui a pu vous promettre que tous ces
électeurs que vous voulez dégrader se rési-
gneront à faire l'abandon de l'intégrité de
leurs droits fondés par la Charte, qu'ils con-
sentiront à en voir restreindre l'étendue, et

qu'ils iront paisiblement remplacer la réalité par un simulacre ?

Qui peut vous assurer qu'ils ne dédaigneront pas d'assister à vos assemblées d'arrondissement, et qu'ils voudront reconnaître pour leurs représentans ceux qui n'auront été élus que par une si petite portion d'entre eux ?

Le droit d'élire directement est assuré par la Charte à tout Français qui paie cent écus d'impositions; le droit d'être élu par tous ceux qui nomment les députés, est assuré par la Charte à tout Français qui paie mille francs d'impositions; le jour où une nouvelle loi aura privé les premiers d'élire réellement les députés, et les autres d'être en possession, jusqu'au dernier scrutin, du droit d'être élus, et le gouvernement, et les Chambres, dans leur concours ou leur adhésion à cette loi, auront évidemment violé la Charte.

Il pouvait se présenter une sorte de ressource pour justifier peut-être cette violation; mais, en faisant renoncer le roi au bénéfice d'un consentement donné par la nation à un acte de pure volonté royale, et sans préalable mutualité, il devenait naturel de rentrer dans l'ordre fondamental, dans l'ordre primitif, dans celui des assemblées primaires. Il fallait alors vous souvenir que, dans un tel cas, la nation serait fondée à réclamer la désignation des électeurs par ses assemblées primaires.

Un sentiment de prudence né du souvenir de nos trop récentes infortunes, inspira naguère l'heureuse pensée d'une combinaison qui, en dépouillant le plus grand nombre, mettait devant ses yeux une compensation, celle de devancer ses propres choix en leur assignant des interprètes, en revêtissant d'un caractère légal les hommes que l'intérêt même de la multitude eût recommandés à sa préférence : tels furent l'esprit et le but de la loi d'élections que vous voulez détruire.

En innovant pour améliorer, on peut quelquefois se flatter d'être pardonné, même par ceux qu'on dépouille : mais innover pour rendre plus désavantageuse la condition de ceux qu'on dépossède, c'est mépriser le mécontentement, c'est provoquer la résistance ; et quand une telle résolution appartient aux combinaisons personnelles de quelques ministres, de quelques hommes inconsidérés, qui voudraient soustraire à la surveillance ou des actions blâmables ou l'ardeur d'accroître leur pouvoir, la pensée d'une telle entreprise peut devenir un crime ; et si ces mi-

nistres n'ont pas été effrayés par la perspective
de la réprobation et du blâme qui viendront
désormais s'attacher à leur nom, qu'il me soit
permis de m'écrier ici devant eux : Aveugles
provocateurs d'innombrables calamités, que
vous a fait ce peuple des rangs duquel vous
êtes à peine sortis? que vous a fait cette famille depuis si long-temps privée de tranquillité et d'une suite d'heureux jours? que vous
a fait ce roi, qui vous combla de ses dons,
qui vous admet à exercer une partie de son
pouvoir, pour payer d'ingratitude tous vos
bienfaiteurs à la fois? comment êtes-vous
parvenu à cet excès d'égoïsme, d'insensibilité
qui vous fait envisager de sang-froid l'abîme
où vous poussez en même temps et vos concitoyens, et votre patrie, et votre roi?

Cette loi des élections, déjà devenue nationale, vous voulez la remplacer par une autre
qui ne le sera jamais; cette trompeuse législation, combinée dans vos calculs ministériels
sur l'espoir de votre plus sûre domination, ne
deviendra jamais populaire. Pour connaître
les sentimens de la grande masse du peuple,
il ne faut pas chercher à éloigner ceux qui
sont les plus rapprochés de lui et le plus en
possession de sa confiance; au lieu de changer

une loi sanctionnée par l'assentiment presque général, il eût mieux valu, dès son origine, la laisser exécuter tout entière. Si, lorsqu'on en faisait le premier essai, on eût livré, pour cette première fois et partout, au peuple le choix de ses représentans; si quelque ministre, loin d'arrêter un sentiment de confiance bien entendu de la part du Monarque, eût dit au contraire : Sire, le moment est arrivé de vous livrer à l'expérience la plus utile pour votre repos et pour votre bonheur; appelez en même temps les Français à envoyer devant votre trône, dans le conseil de la nation, les hommes de sa plus grande confiance : on eût saisi, par cette détermination, le véritable moyen de juger promptement, sans hésitation, et des sentimens du peuple, et des véritables effets de la loi.

Le résultat de la majorité de cette élection simultanée eût pu autoriser le ministère à déclarer au roi que le vœu de cette majorité devait être considéré comme un véritable vœu national : le gouvernement se fût ainsi préservé de ces incertitudes dans lesquelles il erre et se perd depuis si long-temps, et l'on n'eût plus osé remuer sans cesse jusqu'aux

fondemens de notre organisation sociale, ou
changer des lois sur la durée desquelles repo-
saient notre tranquillité et nos plus chères
espérances. Sully eût tenu cette conduite :
jamais l'imprudente pensée de compromettre
le repos de son roi et de son pays ne fût entrée
dans son cœur, mais de loyaux et vertueux
ministres sont bien plus rares encore que les
rois amis de leurs peuples; aussi quand des
princes n'ont pu trouver ces ministres autour
de leur trône, c'est au milieu des députés du
peuple qu'ils doivent chercher leurs plus sûres
consolations et les meilleurs conseils.

Et nous, Messieurs, lorsque nous sommes
réunis dans cette enceinte, ne sentons-nous pas
tous, qu'en défendant les droits de nos commettans, nous défendons aussi ceux du roi?
Nous fûmes envoyés pour soutenir le gouvernement établi, et ce gouvernement est celui
d'une monarchie constitutionnelle, dans laquelle et le peuple et le roi ont chacun leur
part assignée. Vous n'avez jamais voulu détruire ni l'une ni l'autre : dans la pureté de vos
intentions, vous cherchez toujours à appuyer
de vos efforts les pouvoirs constitués, auxquels
nous avons prêté serment; la conduite et les
entreprises des ministres tendent au contraire

à les mettre tous en péril : c'est ce que je vais·
entreprendre de démontrer.

Lorsque rien ne paraît stable, et que tout
est mis journellement en question, il n'y a
plus de sécurité pour le présent ; il n'y a plus
de confiance dans l'avenir, ni pour les subordonnés, ni pour les chefs ; mais quand une
sorte de pacte avait été, si ce n'est réciproquement convenu, du moins unanimement adopté,
chacun pouvait se confier à ce qu'il possédait,
et croire à des droits établis. Il n'en est plus
de même en France : chaque loi d'exception,
chaque violation de la Charte a tout ébranlé, et
nous a conduits à la possibilité de voir tout
détruire.

Pour cimenter la paix publique, il nous fut
offert naguère une déclaration de principes, un
résumé de législation écrite ; on l'avait appelé
Charte : les ministres l'annoncèrent comme
un gage de concorde, comme un code invaria-
ble de droits et de devoirs réciproques : la
nation tout entière, brûlante d'ardeur pour
la paix, de désir du repos, d'amour pour
ceux-là mêmes qu'on l'avait excitée, pendant
si long-temps, à haïr, accepta avec joie ce témoignage d'affection et de justice, sans même
examiner ni le mode ni l'étendue de cette sorte

de traité ; elle voulait croire sans autre réflexion à sa durée et à son inviolabilité. Aujour-
d'hui il n'y a plus à se méprendre, la nation a
été dans l'erreur ; pourquoi chercher encore à
le lui dissimuler ?

Ce qu'on appelait une charte, on n'a voulu
le lui donner que comme une concession temporaire ; on n'a entendu lui accorder pendant
un moment que ce que l'on pourrait lui retirer par la suite : telle est la véritable interprétation des choses présentes ; tel est l'état
réel de la situation où nous nous trouvons et
le point de vue immédiat de la question que
nous avons à traiter aujourd'hui.

Si la Charte est méconnue, si le prestige
qui l'entourait est détruit avec toutes les illusions qui s'y rattachaient pour chacun, que
reste-t-il alors entre la nation et les pouvoirs
en exercice ? Ce ne sont pas des droits fondés ;
or lorsqu'il n'y a plus de traité, il ne reste,
Messieurs, pour chacun, que le possessoire.

Le possessoire est de tous les droits celui
qui semble entouré de plus de force, jusqu'à
l'instant même où il cesse d'exister ; mais,
quand il ne se soutient que par la force, il finit
avec elle, et la force n'est jamais de longue
durée.

Quand il sera devenu évident pour chacun qu'il n'y a plus de constitution, qu'il n'y a plus de Charte, chacun raisonnera sur les droits antérieurs ; et nulle part, plus que dans ce grand royaume de France, il ne peut s'élever à la fois autant de prétentions diverses fondées sur ces droits antérieurs : lorsque les ministres auront brisé le calumet de paix, en touchant à cette Charte, que nous consentions, par prudence, à regarder comme une constitution réelle et respectivement obligatoire ; maintenant que, dans notre monarchie, il n'y a plus ni priviléges, ni cours souveraines politico-judiciaires, ni droits de corporations, ni droits de province, chacun pourra se croire fondé à réclamer à son tour ce qui lui plaisait le plus dans ces anciennes institutions, et bientôt il dérivera de cet état de choses des dissentimens, des combats, des révolutions et un dénoûment très-incertain.

Comment la royauté pourra-t-elle se défendre contre tous ces dangers ? Que lui restera-t-il le jour où vous aurez déchiré vous-mêmes le pacte sur lequel étaient fondés et sa puissance et son droit le plus réel ? Et quelle est cette royauté que vous voulez compromettre ? une royauté constitution-

nelle, un gouvernement représentatif, c'est-
à-dire, l'organisation la plus perfectionnée
des pouvoirs publics et le résultat des combinaisons politiques aujourd'hui les plus ap-
prouvées par tous les hommes qui ont des
lumières et des intentions pures ; parce que,
dans ce gouvernement bien compris et fidèlement exécuté, les peuples doivent trouver la
plus grande somme de bonheur possible dans
ce monde, et un roi, sincèrement constitutionnel, les effets d'une véritable apothéose
sur la terre ; ce bonheur réciproque des peuples
et des rois, sous une monarchie représentative
et constitutionnelle, ne peut jamais être trou-
blé que par des ministres inhabiles ou malintentionnés.

Mais, dans notre position, mais après
tous les événemens de l'époque actuelle,
après toutes les malheureuses similitudes de
ces événemens de notre temps avec ceux d'un
pays voisin, ne serait-il pas plus qu'imprudent de nous exposer, en continuant à faire
les mêmes fautes, à voir aussi reparaître tous
les mêmes dénoûmens ; c'est la prétention
du droit divin, c'est la prétention du devoir
de l'obéissance passive, ce sont les conseils
du fanatisme qui produisirent en Angleterre.

le dernier et le décisif résultat de la possession de la royauté.

Ne courons pas des risques semblables :
aucun de nous ne veut de révolutions nouvelles, nous aimons tous dans notre roi actuel, et dans les princes de sa famille, des
fils de France, des héritiers d'un sceptre
transmis à travers les siècles par une longue
suite d'aïeux augustes ; et si quelque ministre
était assez imprudent pour exposer sans motif
à des dangers sans mesure le pouvoir sage et
non contesté déposé dans les mains actuelles,
non-seulement il ne pourrait être absous d'une
telle imprudence, mais encore on aurait le
droit d'y chercher le but de quelque combinaison personnelle ou de quelque compensation plus ou moins éloignée, calcul trop
familier à plusieurs de ces hommes successivement dévoués, et avec la même ardeur,
à tous les pouvoirs qui daignèrent accepter
leurs services.

Et comment oseront-ils présenter de telles
innovations à cette Chambre des Pairs, de
création si nouvelle, et à tous ces pairs si
nouveaux encore ? Les pairs doivent-ils envisager sans inquiétude cette instabilité de nos
lois qui peut remettre à chaque instant en

question tout ce qui existe, sans en excepter
les brillantes destinées dont ils viennent à
peine d'être dotés? Le bon sens et la perspicacité de la plupart de ces dignitaires ne peut
manquer de leur inspirer enfin plus de prudence; parmi eux se trouvent des savans,
des politiques sortis de plus d'une épreuve,
et des acteurs expérimentés de nos révolutions; tous ces magistrats se garderont d'agir
avec légèreté dans une affaire qui présente
aussi pour eux ses côtés périlleux. Les pairs
ont à réfléchir, plus que d'autres, sur le
grand danger des changemens; ils ne se
dissimuleront pas qu'alors que, même dans
leur propre existence, il n'y a rien d'antique que la forme de leurs manteaux et la
brillante pose de leurs plumes; il devient
d'un plus grand prix pour eux que pour qui
que ce soit de diminuer ces chances de mu-
tations, d'éloigner même le moment de certaines améliorations, parce que, dans le mouvement de ces améliorations, on arriverait bientôt à la pensée, peut-être plus raisonnable,
de perfectionner aussi quelque chose jusque
dans leur éclatante possession, et d'améliorer
sur leur terrain, mais pour l'avantage de tous.
Sans supprimer un second degré de délibé-

ration reconnu essentiellement utile par tous les bons esprits, on pourrait chercher à fonder sur des bases plus analogues à notre situation sociale, une institution exotique, transplantée parmi nous avec les vices de sa vétusté et sous des conditions désormais impossibles à obtenir dans notre France.

Conseillons donc à messieurs les pairs d'écarter l'examen de cette fausse imitation, peu capable, dans notre France nouvelle, de jeter de profondes racines sur un sol qui la repousse.

Plusieurs d'entre eux seront frappés, sans doute, du danger de compromettre les dépouilles pécuniaires d'une magistrature détruite, dont le patrimoine destiné au trésor public, est chaque jour partagé sans droit entre de nouveaux venus.

Parmi des hommes entourés d'honneurs, des alarmes pécuniaires sont peut-être aperçues de trop haut pour venir s'associer aux autres impressions de leur âme; mais une voix plus forte peut faire frémir leur cœur paternel : ils ne penseront pas de sang-froid à la possibilité de voir remettre en question ce droit d'hérédité si généreusement circonscrit dans le petit nombre de leurs familles; des savans, des politiques, des méditateurs pro-

fonds, sont trop éclairés, sont trop initiés par
leur expérience dans les pensées de l'âge présent, pour ignorer que, devant les exemples
de quelques autres innovations, qui prospèrent non loin de nos yeux, devant la raison
et le jugement de tous les amis de la civilisation européenne, il ne reste plus qu'une
seule hérédité, justement et solidement consacrée dans les opinions : cette hérédité est
celle du trône ; celle-là appartient à tous, elle
est instituée pour le bien de tous, et non
pas dans l'utilité unique et personnelle de
l'heureux mortel que la naissance a désigné
pour en jouir. Cette hérédité, fondée sur le
plus grand bien de la masse, devient un gage
de concorde et une des bases de la tranquillité
publique ; elle mérite non-seulement l'assentiment politique de chacun, mais elle réclame
encore une sorte de culte religieux de la part
de tout homme ennemi des révolutions, de
la part de tout ami de la paix ; il n'en est
point de même de toutes les autres hérédités
de titres et de places ; celles-ci, il ne faut plus
se le dissimuler, sont déjà condamnées par
l'opinion générale, et ce n'est point là un
effet de théories politiques, ni d'abstractions
en fait de liberté, ni de systèmes de gouver-

nement; c'est tout simplement un produit plus éclairé de la raison humaine, de cette raison humaine qu'on peut bien comprimer quelques instans, mais qu'il n'est pas au pouvoir des hommes d'étouffer tout-à-fait : sa voix échappe toujours par quelque issue; elle perce tôt ou tard pour triompher.

Les hérédités des places et des titres sont déjà frappées au cœur, la blessure est profonde; et si les pairs veulent prolonger en paix, au milieu de leurs pompes, leur possession présente, s'ils savent n'écouter que la sagesse, s'ils veulent par leur habileté conserver quelque durée à l'héritage de leurs précieux rejetons, ils frémiront plus que nous, Messieurs, n'en doutez pas, devant le spectacle de trop fréquentes innovations, et ils sauront bien comprendre qu'en contribuant trop légèrement à gâter la part des autres, on rapproche inévitablement le moment de compromettre la sienne.

Les pairs jugeront assez vite, que le plus sûr maintien de toutes leurs magnificences réside dans la stabilité du présent et dans ce consentement tacite, qui nous fait supporter par habitude ce qui pèse sur nous, pour conserver ce qui nous console.

Les restaurations ne se font pas seulement
pour les rois, elles se font et doivent se faire
aussi pour les peuples ; et si elles n'eussent
servi qu'à rétablir des abus, qu'à faire revivre des priviléges que l'opinion et le siècle
condamnent, elles pourraient alors nous faire
craindre la nécessité de nouvelles restaurations encore.

L'égalité (non cette égalité chimérique,
mais l'égalité des droits, la seule que cette
judicieuse nation française ait jamais véritablement réclamée), l'égalité est la pensée
dominante de l'époque, et cette pensée est
en elle-même essentiellement favorable à la
monarchie, parce qu'en ne divisant pas les
masses, elle appuie la royauté sur une base
plus large et plus vigoureuse.

De tous les temps les rois ont été plus souvent troublés et dépossédés par les privilégiés
que par les peuples ; c'est toujours les corps
intermédiaires qui ont cherché à envahir une
partie des droits de la royauté ; les peuples et
les rois se sont rarement brouillés ensemble,
quand ils se sont vus de près ; rarement ils
se séparent sans se sentir, les uns pour les
autres, plus d'attachement et de confiance ;
les malheurs des rois et des peuples ne sont

7

venus que des intermédiaires. Les oligarques, les usurpateurs de fonctions et de prétendus droits héréditaires, ont, dans tous les temps, inspiré des méfiances et des haines, tour à tour aux rois contre les peuples, et aux peuples contre les rois. L'Europe présente encore, dans ce moment même, l'exemple de ces machinations; ce sont des oligarques et quelques familles dites nobiliaires qui, cherchant à déguiser les véritables motifs de l'animosité de tous les peuples du monde contre les priviléges héréditaires et contre des usurpations aussi funestes aux rois qu'à leurs peuples, s'efforcent de persuader que les peuples ne veulent pas des rois, et qu'eux seuls veulent et peuvent les maintenir; tandis que toutes les nations, à la fois, ne haïssent que les privilégiés, reconnaissent l'utilité des royautés constitutionnelles, et sont prêtes à les défendre et à les perpétuer fortes et glorieuses.

Les peuples n'en veulent qu'aux privilégiés; et si les rois entendent bien leurs intérêts, s'ils veulent en même temps assurer le bonheur public et la durée de leur puissance, ils doivent régner pour le bien des peuples et non pour celui des privilégiés.

Admettre ces privilégiés, ces prétendans à tout, par le seul droit de naissance, c'est établir dans l'État la *haute mendicité*, qui en absorbe bientôt la substance ; et si, devant nos yeux, chez nos voisins, la *petite mendicité* a poussé l'État sur le penchant de sa ruine, la *haute mendicité*, qui prétend s'emparer en France et desplaces, et des droits, et de toutes les attributions de l'autorité, qui veut séparer le roi de son peuple pour placer les fonde- mens et l'appui du trône hors de la nation, pourrait amener un dénoûment bien plus ra- pide, et jeter dans le même abîme et le trône et la nation. Mais quand les masses comblent les abîmes, elles reprennent vie à la surface, et laissent enseveli dans les profondeurs ce qui a provoqué le bouleversement.

Messieurs, je ne finirai pas ce discours sans déclarer que j'admire la candeur de ceux qui s'obstinent à ne vouloir être à côté de nous que les représentans des temps passés. Ce qui porte le caractère d'une certaine fran- chise m'impose toujours des égards ; et, au lieu de combattre des aveux, qui ont le mé- rite de leur sincérité, je me contenterai de leur opposer d'autres aveux, qui auront aussi le même caractère. Déclarons, par exemple,

à cet orateur, qui nous a dit un jour, avec
une sorte de naïveté, qu'il ne craint pas les
contre-révolutions, mais bien les révolutions;
qu'à notre tour nous ne craignons pas une
révolution, dont les effets sont aujourd'hui
réalisés et classés, mais que nous sommes fort
alarmés des perspectives d'une contre-révo-
lution, qui deviendrait bientôt une nouvelle
et la pire de toutes les révolutions. Disons
aussi à ceux qui auraient le barbare espoir
de l'obtenir, au milieu de toutes ces innovations législatives, qu'ils ont grand tort de
se faire illusion par l'apparence d'un premier succès, par l'appui de quelques pré-
toriens et par l'audace de quelques hommes
sans patrie. La nation française se lèverait
tout entière pour anéantir la contre-révolu-
tion; et, soit que celle-ci ait le courage de se
présenter le front découvert, à force ouverte,
soit qu'elle s'introduise furtivement au milieu
de nous, sous le manteau d'une religion sainte
qu'elle outrage, tous les bons citoyens sauront bien la combattre et la vaincre, pour
faire triompher, par leur victoire, la liberté
publique, la sûreté du trône et les vrais intérêts de la famille qui en a la possession.

Je vote pour le rejet de la loi.

SESSION DE 1820.

DISCOURS

SUR LA PÉTITION DE M. SIMON-LORIÈRE.

[SÉANCE DU 5 FÉVRIER 1821.]

MESSIEURS,

S'il ne s'agissait dans cette pétition que d'un objet purement militaire, j'abandonnerais volontiers à plusieurs membres de cette Chambre le soin exclusif de le discuter. Mais j'ai cru y apercevoir essentiellement une question d'état, une violation des droits acquis, et j'ai pensé qu'il appartenait à ceux d'entre nous qui exercent une profession libre et qui sont, sous ce rapport, dans une complète indépen-

dance du résultat, de parler dans cette affaire,
si ce n'est avec plus de franchise, du moins
avec plus de liberté d'esprit et d'impartialité.
Sous l'ancienne monarchie, le clergé, la robe
et l'épée avaient des droits qui furent établis
pour augmenter l'éclat du trône et le respect
des peuples; ces droits ne sont pas anéantis
pour tous : nous avons vu dans une occasion
récente, avec quel appareil, avec quelle solennité on a procédé contre le conseiller d'une
cour royale; la discussion a été longue et publique, j'applaudis à ces honneurs rendus à la
magistrature, et c'est un premier pas vers le
triomphe de la justice que la haute considération dont on environne ses organes; mais
cette auguste profession est-elle la seule qui
réclame notre intérêt et nos hommages? Celle
des armes, qui protège toutes les autres et
qui est le premier garant de l'indépendance
nationale, doit-elle être déshéritée de tous
égards? et quand il s'agit d'un colonel, d'un
officier général, suffira-t-il pour briser leurs
épées, de la prévention d'un ministre, de l'i-
nimitié d'un commis, ou de la calomnie d'un
délateur? Un tel état de choses serait une injustice et une calamité pour chacun; il est
insultant pour les individus et contraire aux

intérêts du gouvernement qui doit trouver son plus solide appui dans la sécurité de tous. Si l'on voulait pourtant s'autoriser de quelque loi de l'empire, du directoire et de la république, il faudrait se souvenir que c'est établir en quelque sorte le droit de les exhumer toutes, et que ce vaste arsenal contient des armes pour l'attaque et pour la défense. Voudra-t-on aussi évoquer dans d'autres circonstances celle qui attribuait un milliard aux défenseurs de la patrie, celle qui assurait des secours aux nombreuses familles de ceux qui ont péri dans les combats? Messieurs, c'est mal calculer que de prétendre profiter de tout ce qui fut favorable au despotisme, en même temps qu'on repousse ce qui a pu le rendre quelquefois supportable.

Je dois réserver pour quelques uns de nos collègues le soin de discuter le texte des lois, mais je crois pouvoir soutenir que, dans cette occasion comme dans beaucoup d'autres, on abuse étrangement des mots, que le système interprétatif suit ici sa marche accoutumée et malheureuse, et que révoquer n'est nullement le synonyme de destituer. Jamais, sous les monarques les plus absolus, on n'a destitué sans jugement; et quand, sous Louis XIV, des maréchaux de France refusèrent de marcher sous Turenne, l'implacable Louvois se borna à révoquer leurs commissions, mais il ne les raya pas du tableau de l'armée : on ne leur ôta, ni toute solde, ni toute retraite.

Louis XVI abolit la flétrissure arbitraire des cartouches jaunes, pouvez-vous approuver qu'on les ressuscite pour les colonels ou pour les généraux ? Par une subtilité digne d'Escobar, on soutient qu'on n'a point destitué le pétitionnaire ; mais quel est donc son sort ? il n'est pas en activité, il n'est pas en disponibilité, il n'est pas en réforme ; car la réforme annonce une solde quelconque, il n'est pas en retraite, car il n'a pas de traitement. Qu'est-il donc ? Rien, qu'un monument de vengeance ministérielle, victime du pouvoir despotique qui cherche en vain à se couvrir d'un masque légal.

De tout temps, Messieurs, on a établi une distinction entre le grade et l'emploi ; le grade est presque toujours le fruit de longs travaux, de grands et continuels sacrifices et du sang répandu ; n'est-ce pas là les titres d'une propriété sacrée ?

L'emploi doit dépendre uniquement du plus ou du moins de confiance du gouvernement ;

les ministres ont pu employer des Villeroi et
des Marsins, et enchaîner le génie guerrier
des Villars et des Catinat ; ils peuvent renvoyer dans leurs foyers ces vieux soldats dont
l'héroïsme a plus d'une fois lassé la victoire,
et les remplacer, même dans les grades élevés,
par des jeunes gens qui n'ont pas encore gagné
leurs éperons ; mais les confiscations sont abo-
lies par la Charte, et c'est confisquer des droits
acquis, des droits réels, que de renvoyer sans
solde ni retraite ceux qui ont consacré leur
vie au service de l'Etat.

Je ne cherche pas ici à tirer une conséquence exagérée ; nous en avons vu un exemple à l'égard d'un respectable magistrat. On
ne leur doit rien, dites-vous, quand ils n'ont
pas trente ans de service, et la loi n'accorde
de retraite qu'au bout de trente ans ; ainsi, il
dépendrait d'un ministre de rayer du tableau
un militaire au bout de vingt-neuf ans, et de
le priver de toute retraite.

Non, Messieurs, la loi ne peut être entendue ainsi. La saine raison, la justice indiquent suffisamment que, toutes les fois qu'on
juge à propos d'interrompre la carrière d'un
homme qui ne demande pas à se retirer, qui
a sacrifié son existence à l'état qu'il exerce, et

qui ne peut attendre désormais cette existence
que de ce qui proviendra de cet état, il doit être
censé avoir rempli les conditions et le temps
de sa retraite, puisque, par économie, et par
des motifs de convenance ou de caprice, c'est
le gouvernement seul qui lui enlève violemment son état.

Une restriction se présente tout naturellement dans cette hypothèse, c'est celle où celui
qu'on veut renvoyer paraît l'avoir mérité par
quelque délit ou crime; alors il devient
utile, nécessaire, de le faire juger, afin qu'il
soit puni et dégradé, s'il est coupable, ou
pour qu'il conserve ses droits sans trouble,
s'il est reconnu innocent.

Quand le chef de ce gouvernement, qu'il
faut si souvent citer, sans convenir, si l'on veut,
qu'il ait existé, prescrivit des règles dont on
fait une si fausse application, il est évident
qu'il avait eu en vue d'enchaîner les militaires
sous les drapeaux pendant la longue période
de trente ans, et non pas de condamner leur
vieillesse à l'indigence.

Tout militaire qui aurait employé vingt
ans de sa vie à l'exercice d'une autre profession, même de l'industrie la plus commune, aurait certainement ramassé quelques

capitaux, ou se serait créé une existence quelconque ; et lorsqu'il a voué cette existence à la
défense de son pays, voudra-t-on, a-t-on pu
jamais vouloir, que vingt-neuf ans, que vingt
ans, que beaucoup d'années de travaux les plus
pénibles, ne soient pas pour celui qui ne demande pas à se retirer et qu'on renvoie sans
jugement, des titres à quelque récompense ?

Qui donc pourrait méconnaître le dévouement et les sacrifices qu'exige le métier des
armes ? Qui peut oublier tant de marches pénibles, tant de nuits douloureuses, toutes ces
traversées périlleuses sur mer ; ces séjours dans
des lieux infects ; pour les uns, ces combats
bord à bord sur des abîmes prêts à engloutir tous les combattans ; pour les autres, ces
siéges meurtriers et ces batailles sanglantes ?
Qu'ils n'oublient pas, ceux qui envient de brillans uniformes et les dons éclatans que la fortune a réservés à un si petit nombre d'heureux,
qu'un beaucoup plus grand nombre de militaires ont combattu pour les obtenir, que beaucoup sont partis pour atteindre ce but, et que
bien peu sont revenus parmi nous.

C'est en se replaçant dans ces souvenirs,
que les hommes les plus insensibles doivent
se pénétrer du besoin d'être justes envers les

militaires , alors même qu'ils ne veulent pas
être reconnaissans. .

Je ne viens pas prétendre ici qu'un ministre ne puisse composer à sa fantaisie le tableau
de l'armée , mais je soutiens qu'on doit respecter les droits acquis et compter les années ,
les mois , les jours passés au service de l'Etat,
en faveur de ceux que l'on enlève forcément
et sans jugement à ce service.

Il ne suffit pas de laisser à l'expulsé son
titre et son uniforme , et je croirais bien plutôt qu'on peut tomber dans un abus et dans
de graves inconvéniens pour la société , en
laissant la jouissance du titre et de l'uniforme
à celui qui aurait réellement mérité d'être
expulsé.

Quand vous arrachez sur la place publique,
l'habit, le bouton qui parent un défenseur
de l'Etat , vous ne vous permettez pas de le
faire sans jugement préalable ; et c'est parce
qu'il n'a jamais pu être entendu , pour le salut
de la patrie et pour le repos du gouvernement,
qu'un ministre peut faire et défaire à sa fantaisie les officiers et les soldats , qu'il est bon
de proclamer ici , qu'un ministre qui considère
un militaire comme coupable et susceptible
d'être renvoyé de l'armée , ne doit pas plus

avoir le droit de maintenir, que d'ôter le titre et l'uniforme; dans un tel cas, c'est un tribunal qui doit seul être appelé à prononcer.

Renvoyer un général, un officier avec son uniforme, et sans pain, je le répéterai avec un des préopinans, serait vouloir donner encore au Monde le scandale de Bélisaire implorant la pitié publique; je dirai comme lui, que plus d'un guerrier couvert de ses habits sillonnés par les balles pourrait aller se placer au pied de la colonne triomphale, pour y recueillir l'obole d'un peuple qui ne fut jamais ingrat, et, sans doute, les ministres eux-mêmes n'auraient pas le courage de passer à côté de ces honorables victimes sans leur présenter aussi une offrande expiatoire.

Tous ces motifs, Messieurs, me paraissent de nature à ce que les membres de cette Chambre s'empressent de renvoyer au ministre de la guerre la pétition du colonel Simon Lorière, avec l'espérance qu'il y sera fait droit.

DISCOURS

PRONONCÉ EN COMITÉ SECRET.

|SÉANCE DU 23 FÉVRIER 1821.|

MESSIEURS,

Telle est la situation où nous a entraînés
une déplorable dissidence, qu'aucun de nous
ne peut plus censurer une faute du gouvernement, exprimer la plainte la plus juste,
solliciter la mesure la plus utile, sans accom-
pagner l'exercice de ce droit et l'accomplissement de ce noble devoir, d'une profession de
foi qui puisse repousser d'avance les odieuses
incriminations qu'on ne cesse de prodiguer

à des hommes dont il est plus commode de calomnier les intentions que de combattre les principes. Je le déclare donc : ami des libertés publiques, je le suis également du pouvoir qui en garantit la stabilité. J'ai la conviction qu'elles ne peuvent vivre que sous l'abri protecteur d'un gouvernement environné de force et de respect. Je ne sépare point, dans ma pensée et dans mon attachement, les droits du peuple, des prérogatives du trône. Ma vie offre assez de gages de ma prédilection pour cette affinité politique ; et je sens, comme vous, que le repos et le bonheur publics ne peuvent jamais être de longue durée dans un pays où les divers dépositaires du pouvoir méconnaissent la double obligation qu'elle impose.

En me permettant de vous peindre les sentimens dont je suis animé ; j'éprouve la satisfaction de les voir partagés par la généralité de nos commettans, et surtout d'être l'interprète fidèle de ceux dont j'ai reçu plus particulièrement ma mission, de tous les habitans de nos Pyrénées.

C'est aussi chez les Basques et les Béarnais, dans ces pays qui jouirent toujours de constitutions positives ; c'est dans l'esprit et la vo-

lonté de ces peuples qui aimèrent leurs Rois
et leurs libertés avec la même passion, qui
surent conserver la dignité de l'homme, sans
cesser d'être sujets fidèles, que j'ai puisé le
désir impérieux de réclamer la loi qui est
l'objet de ma proposition.

Les villes et les communes de France
avaient, sous l'ancienne monarchie, le droit
de choisir directement tous leurs administrateurs; ce droit, établi d'abord partielle-
ment par nos Rois, pour modérer les excès
de l'anarchie féodale, étendu ensuite par
d'autres causes, a été considéré de tout
temps comme sacré et comme inviolable.
L'élection des magistrats municipaux et com-
munaux se renouvelait tous les ans, et le plus
long terme de leur gestion était de quatorze
mois : ils jugeaient au civil et au criminel; ils
dressaient les rôles des tailles et autres impositions; ils recevaient le serment que tout
nouveau bourgeois prêtait à la ville ou à la
commune; ils présidaient l'assemblée qui devait élire leurs successeurs.

L'élection libre de ces magistrats d'une
autorité si étendue, fut protégée, à diverses
époques, par les ordonnances de nos Rois; il
y en a de François Ier, en 1536; de Henri III,

en 1579; de Louis XIII, en 1627. « Nous
« voulons, disent tous ces édits, nous vou-
« lons que les élections des prevôts des mar-
« chands, maires, échevins, capitouls, ju-
« rats, conseillers et autres charges des
« villes, se fassent librement, sans brigues
« et sans monopoles. »

Un édit de Louis XV, en 1764, assura
de nouveau aux villes de France ce droit
attaqué dans quelques unes de ses parties
par des actes législatifs antérieurs; et quand
un autre édit, en 1771, établit la vénalité
des hauts offices municipaux, la plupart des
cités maintinrent encore leur droit d'élire,
soit parce qu'elles firent elles-mêmes la finance de leurs offices, soit parce qu'il ne se
présenta pas d'acheteurs pour ce trafic illé-
gitime.

Telle était la situation des municipalités
françaises, quand l'Assemblée constituante
rétablit leur antique liberté sur un plan uniforme et systématique. Vous savez, Messieurs,
que les constitutions qui ont succédé immédiatement à la constitution de 1791, quelque
contraires qu'elles aient été aux dispositions
fondamentales de celle-ci, ont maintenu res-
pectueusement, comme une chose sacrée pour

le législateur lui-même, le système essentiellement français de l'élection municipale; système que, de son côté, la constitution de 1791
avait plutôt maintenu que fondé.

Enfin, c'est en l'an VIII que les villes et les
communes se virent déshéritées de cet antique droit, et arrachées à une autorité con-
nue, éclairée, modeste, que sa source leur
rendait encore plus respectable et plus chère,
pour subir le joug étranger des préfets et des
sous-préfets du gouvernement central, et celui des amis des préfets et des sous-préfets,
décorés du faux titre de conseillers municipaux.

Entre ces deux systèmes, Messieurs, quel
est celui que nous devons considérer comme
étant de droit commun en France; pour lequel nous déciderons-nous, nous qui sommes
Français? Je ne crois pas que la réponse
soit douteuse, et je passe de suite aux objections.

On dira que, dans un Etat monarchique,
tout doit se faire au nom du Roi et par le
Roi. La première de ces maximes est bonne,
la seconde est exagérée. On citera pour exemple la justice qui ne se rend qu'au nom du
Roi, et les juges qui ne sont nommés que par

lui, et l'on en conclut qu'il doit en être de même en administration.

Il n'y a point similitude, et l'on ne peut pas étendre le même principe à deux pouvoirs qui diffèrent essentiellement entre eux. Un juge n'agit que par abstraction : étranger aux individualités, il ne voit que des faits et les dispositions législatives qui s'y appliquent. La loi étant la même pour tous, son inflexibilité ne cède à aucune considération locale, son empire est absolu, et les magistrats n'en sont que les impassibles organes. L'autorité administrative n'est point circonscrite dans d'aussi étroites et rigoureuses limites; son action se diversifie, se concentre, ou s'étend, selon les besoins dominans des localités; elle embrasse une foule d'intérêts dont plusieurs sont régis par des réglemens fixes, mais dont les autres sont livrés aux lumières et aux vertus des administrateurs. Sous ce dernier rapport, la prospérité ou le malheur d'une contrée dépend d'eux : quiconque a voyagé, a dû souvent observer l'énorme différence qui existait entre des territoires possédant à peu près à un degré égal les mêmes moyens de bonheur. Dans l'un éclatait le désordre physique et moral, dans l'autre on admirait

l'effet contraire. Telle est l'influence de l'administration. Elle s'exerce sur le sol, les
mœurs, l'instruction, la tendance des esprits
et la paix des cœurs. Un juge peut, sans inconvénient, être transplanté du nord au midi;
il peut vivre inconnu, pareil à ces divinités
qui ne se révélaient que par leurs oracles.
L'administrateur, au contraire, doit pénétrer
dans le sein des familles, connaître tous les
individus et s'en faire respecter et chérir,
pour diriger plus facilement les passions vers
le bien commun, et protéger efficacement
tous les intérêts. Je pourrais pousser plus
loin cette comparaison; mais je crois en avoir
assez dit, pour prouver que le même mode de
nomination n'est point applicable à des fonctions qui n'ont entre elles aucune analogie.

C'est donc sur les rapports intimes avec les
administrés qu'est fondé le succès de l'administration intérieure; le choix des habitans
est le plus sûr garant de cet avantage; tous
les actes n'en seront pas moins revêtus du
nom et de l'autorité du Roi.

A aucune époque, même parmi les plus
tumultueuses, on n'eut la pensée de gouverner autrement qu'au nom du gouvernement
existant. Avant la révolution, la plupart des

municipalités étaient choisies et nommées par leurs concitoyens; et certes, des Rois n'en étaient point effarouchés. Dans plusieurs villes, à Bayonne, entre autres, où le corps municipal était en même temps tribunal haut-justicier et prononçait la peine de mort, où il y avait par conséquent un procureur du roi revêtu de marques tout-à-fait distinctives, ce procureur du roi était pourtant choisi, nommé sur les lieux, et de la même manière que les autres échevins; et rien de tout cela n'empêchait que tous les actes ne fussent formulés au nom du Roi.

Messieurs, cette affectation de suscepti- bilité en faveur des attributions du pouvoir royal, que nous voulons tous respecter et conserver robuste pour la plus grande utilité publique, ne doit pas dégénérer en excès. L'excès de pouvoir est aussi nuisible à celui dans les mains duquel on en dépose l'exercice, qu'à celui qui en subit les effets.

La France a besoin, plus que tout autre pays, de la sagacité d'administrateurs pris et choisis dans la localité; ce royaume est en- core plus remarquable par le nombre et la variété des intérêts qu'il embrasse, que par son étendue. Il y a des provinces riches, il y

en a de très-pauvres; il y en a qui abondent
en produits et en fabriques de toute espèce,
d'autres qui ne recueillent pas chez elles des
récoltes suffisantes pour leur propre consommation; plusieurs sont dépourvues de tous
les moyens de créer des établissemens in-
dustriels.

Vous avez vu avec enthousiasme cette exposition qui fera époque dans les annales du
progrès de nos arts; là étaient rassemblés
des produits admirables. Mais avez-vous calculé combien est petit proportionnellement
le nombre des départemens qui ont concouru
à l'éclat de ce spectacle? Ne croyez pas cependant que ces derniers ne désirent tous
également de rivaliser d'efforts et de succès,
mais la plupart manquent, et de moyens, et
d'encouragemens, et de directions. Le mouvement d'une action administrative, qui vient
de trop loin, n'est jamais assez promptement
appliqué aux surveillances et aux soins que né-
cessiteraient ces commencemens d'industrie;
il n'y a que l'œil et la longue expérience locale qui puissent créer, soutenir et encourager des essais; et ce n'est qu'avec les ins-
tructions des hommes de la localité que le
gouvernement peut espérer d'appliquer, d'une

manière sûre et utile, les secours et les encouragemens qu'il distribue.

C'est une belle décoration, au premier
coup d'œil, Messieurs, que cette égalité de
lois, de conditions, de mode d'impôts sur
toute l'immense étendue de ce grand royaume:
il fut facile de faire table raze, quand il ne s'a-
gissait que de détruire; le grand mouvement,
qui aplanissait tout, nous laissa peu de temps
pour réfléchir; il fut suivi de la confusion, et
bientôt après de ce gouvernement du sabre
qui, d'un revers, savait aussi abattre toutes
les difficultés.

Aujourd'hui nous sommes rentrés dans le
domaine de la réflexion et de l'équité; on ne
doit plus rien faire révolutionnairement : on
ne le ferait pas toujours avec impunité ; et
plusieurs regardent comme douteux si cette
grande uniformité de mesures, de procédés
et d'obligations de toute nature, convient
parfaitement à un pays qui se trouve placé
sous des zones bien distinctes, pour ce qui
se rapporte à la culture, aux caractères et à
la nature des productions et des richesses.
C'est du moins dans ces considérations que je
crois pouvoir puiser un de mes plus forts
argumens en faveur de la nécessité de confier

aux hommes de la localité le choix des premiers gérans de leurs affaires territoriales :
ce n'est que par des rapports journaliers et
directs avec les hommes populaires du territoire, que le gouvernement peut se flatter
de bien administrer l'ensemble. Dans un pays
étendu comme le nôtre, il ne doit y avoir
rien de positivement absolu dans les détails
et dans les procédés partiels du gouvernement; car il y a telle immunité ou faculté
locale qu'un département, qu'un seul canton
peuvent quelquefois réclamer, non pas comme
un privilége, non pas comme une exception au
détriment des autres, mais comme un besoin
de leur position, comme une sorte de droit
inhérent à la nécessité de leur existence; et
c'est dans ce cas que ces prud'hommes, ces plus
sages, ces plus éclairés, que les concitoyens
savent seuls bien désigner et bien choisir, sont
les plus capables de comprendre avec habileté
ce qu'il faut autour d'eux, et de l'expliquer
convenablement à l'administration supérieure.

Dans une telle position, il faut se garder
d'enlever aux communes le droit de nommer
elles-mêmes leurs officiers municipaux; aux
départemens, l'espoir consolant de choisir
directement leurs administrateurs.

Peut-on se dissimuler que Bonaparte lui-même, dans l'apogée de sa puissance, n'a jamais pu établir complétement un ordre de choses réprouvé par l'opinion. On tromperait le Roi, si on lui laissait ignorer que, dès le premier moment de leur création, les préfets ne furent aimés ni réellement appuyés par les administrés; qu'à cette même époque, les places municipales ne furent ni entourées de considération, ni généralement acceptées, et que dans une infinité de communes, et dans des villes principales, elles furent le plus souvent refusées, et demeurèrent en partie vacantes : j'en pourrais mentionner une foule d'exemples. Dans mon pays natal, entre autres, le corps municipal est presque toujours resté incomplet depuis le jour où ce grand-prévôt, pourtant si redoutable dans sa colère, enleva aux citoyens la plus chère de leurs prérogatives, celle dont ils avaient reçu et conservé jusqu'alors l'héritage, et à laquelle ils ne renonceront jamais.

Vous le savez, Messieurs, ces fonctions, du moins dans les villes, ne sont en elles-mêmes que pénibles et dispendieuses : on regarde comme un devoir de les accepter, quand on est sûr qu'elles sont offertes par l'estime et

la reconnaissance de ceux avec lesquels on
doit passer sa vie ; mais dès qu'une influence
du dehors, dès que des considérations équi-
voques s'interposeront dans ces choix, le don
perdra ce qu'il a de plus précieux, et sera
souvent rejeté, surtout par les hommes les
plus dignes d'occuper ces places, par ceux
dont la présence, à la tête des administrations, serait en même temps le meilleur gage
et le plus utile moyen d'union parmi les
citoyens. Bonaparte enchaîna plusieurs de ces
fonctionaires par l'appât d'un traitement; il
remplaça ainsi, par la cupidité, le désinté-
ressement qui a toujours honoré ces emplois,
et jeta, dans certaines âmes, un nouveau
germe de vénalité. Désirons de ces municipaux qui se trouvent assez récompensés par
le bien qu'ils font. On peut compter davantage sur une fidélité qui n'est pas tarifée ;
ceux-là ne seront pas si disposés à changer de
bannière.

Il ne faut pas l'oublier, la nation française
s'est augmentée successivement par l'agré-
gation de plusieurs petites nations diverses
dans leurs mœurs, dans leurs coutumes, dans
leurs lois, même dans leurs opinions. Un
grand nombre de ces nations n'ont point été

conquises; elles n'ont accédé à l'association commune, qu'avec des conditions, qu'avec des réserves, et en vertu de capitulations clairement exprimées et solennellement consenties.

La révolution a tout brisé. Les vêtemens de nos premiers aïeux n'allaient plus, il est vrai, à la taille de la génération présente : mais en faisant tous les sacrifices possibles aux nouveaux sentimens, aux nouveaux intérêts du siècle, aucun de nous n'a pu penser, ni pu consentir à tomber dans un état pire qu'autrefois.

Si les chartes, si les constitutions sont trop circonscrites, ou interprétées de manière à ce qu'on puisse se trouver plus mal qu'avant, chacun pourra se rappeler alors la position où il était lorsqu'il admit des lois plus générales, mais avec des conditions expresses. Plusieurs départemens, entre autres celui qui m'envoie ici, n'ont fait que perdre à la révolution ; et sans entendre répudier pour cela ce que celle-ci eut d'inévitable et de glorieux, nous n'admettrons jamais que nous puissions être réduits à nous contenter d'une condition sociale au-dessous de celle qui fut toujours respectée jusqu'à Bonaparte, ni qu'on

maintienne encore contre nous des usurpations qui nous blessent. J'entends d'ici mes
commettans s'écrier, au pied de nos montagnes : Nos princes de Béarn, nos rois de
Navarre ne nous traitaient pas ainsi; nous
avions des chartes alors, et bien plus étendues
peut-être dans leurs effets que celle dont nous
nous contentons, dans l'espoir qu'elle sera in-
terprétée dignement. S'il en pouvait être autrement; si l'on voulait continuer à nous traiter, dans ce qui se rapporte à nos besoins
journaliers, à notre repos, à notre existence,
comme nous traitait, parmi le fracas et le
choc d'hostilités continuelles, cet homme sans
frein, nous dirions alors : Rendez-nous les
libertés de nos pères; rendez-nous nos États;
laissez-nous administrer nous-mêmes notre
pays, dans ce qui doit nous regarder seuls;
nous fournirons nos contributions à la masse;
mais nous voulons régler nos affaires propres
avec la seule intervention des hommes de
notre confiance.

Ne craignez pas, Messieurs, nos dissensions
intestines; notre caractère et nos habitudes
les repoussent. Au milieu des effervescences
de la révolution, on n'en eût pas connu chez
nous les plus grands malheurs, si des étrangers

n'étaient venus prendre part à ces querelles
et les envenimer. En nous rendant la portion
de droits qui nous appartient dans l'administration des intérêts locaux, jamais vous ne
nous verrez assez désunis pour tracer des
exclusions absolues devant les hommes probes
et éclairés, quels que puissent être les travers
momentanés de leurs vaniteuses faiblesses,
parce que ces travers parmi nous n'auront
jamais ni la même intensité, ni les mêmes
dangers que dans ces régions où la masse fut
toujours plus insultée et plus opprimée.

On croit justifier le refus de concessions
raisonnables, en prétendant que les esprits
sont trop divisés en France pour que le gouvernement doive consentir à n'être plus le
régulateur exclusif de toutes les actions, de
tous les intérêts quelconques. Je conçois que
des ministres caressent de tels dogmes, et
qu'ils soient accueillis avec admiration par
ceux qui se croient à leur tour exclusivement
destinés à les mettre en pratique; mais, ce
n'est pas ainsi qu'on l'entend dans les provinces. Dans les plus considérables, dans les
plus dignes de nos égards, partout, peut-être,
à quelques légères exceptions près, on ne peut
plus supporter l'idée de n'attendre la plus

petite consolation, de n'obtenir la moindre justice ; de ne pouvoir remédier au besoin urgent du moment, que par l'effet trop lent d'une action éloignée, et avec le secours d'administrateurs inhabiles, mal choisis, bornés eux-mêmes dans leurs attributions, toutes rattachées à une dépendance trop lointaine, trop absolue, et qui par là ne peuvent jamais préserver du mal ou ramener le bien ; ni assez vite, ni entièrement.

Mais le plus grand inconvénient, peut-être, de cette position, c'est de grossir, de rendre permanens ces motifs de dissentimens et de désunions qu'on a l'air de vouloir tant éviter ; tandis qu'au contraire, et je ne crains pas de l'assurer, c'est en rendant à chaque département et à chaque commune la portion raisonnable du maniement de ses affaires ; c'est dans la concession désirée du choix de leurs administrateurs, qu'on trouvera le moyen le plus efficace et l'époque la plus prompte de toutes les réconciliations.

Je ne me dissimule pas que lorsque je parle d'administrateurs choisis sur les lieux, de municipes nommés par leurs concitoyens, quelques uns peuvent prononcer avec terreur le mot de république ; mais les mots ne seront

plus que des fantômes devant des esprits raisonnables. Certes notre éducation politique
nous a coûté assez cher, pour qu'à ce point
d'expérience où nous sommes arrivés en
France, les hommes éclairés qui l'habitent et
qui y dominent pour son bonheur, ne soient
plus dans le cas d'être accusés de se laisser
égarer par des utopies.

Si l'on veut qualifier en France de républicains tous ceux qui aiment la chose publique,
alors on peut croire qu'il y a en effet beaucoup
de ces républicains ; mais s'il ne s'agit que
d'une forme de gouvernement différente de
celle qui nous régit, ce sont là de feintes terreurs, ou plutôt un prétexte, à l'aide duquel
on cherche à justifier l'extention démesurée
de certains pouvoirs.

Un des inconvéniens les plus certains de
notre position, c'est, Messieurs, surtout pour
le gouvernement, d'être environné depuis très-
long-temps et de ne pouvoir attendre des conseils que d'une foule d'hommes qui, envoyés
primitivement ici par le peuple, pour défendre
et protéger ses intérêts, montés d'abord sur ce
marchepied, s'introduisirent avec son secours
dans toutes les places du gouvernement ; leur
caractère facile, ou si l'on veut, une heureuse

9

vocation, les a constamment maintenus auprès
de tous les chefs qui ont tour à tour apparu
parmi nos conflits politiques ; ces hommes
s'accoutumèrent bientôt à ne penser qu'aux
intérêts de leurs patrons, et aux plus grandes
félicités de ce domicile, devenu pour eux la
terre promise ; les intérêts de leurs provinces
furent d'abord négligés, ensuite les besoins
de leurs anciens concitoyens n'ont plus été
aperçus par eux du fond de leurs bureaux.
Tour à tour conseillers, chefs d'administration, sénateurs, ministres ; toujours unis et
dévoués à tous et à chacun des nouveaux chefs
de l'État, cés hommes ne sont pas de la
France ; ils ne sont plus absolument que de
Paris ; et ces hommes de Paris veulent que
cette ville seule soit toute la France ; ils tien-
nent excessivement à ce que tout soit soumis
à cette capitale, que tout y soit apporté en
tribut, que dans aucune autre ville du royaume,
que dans le moindre village, on ne puisse réparer un édifice public, trouver un petit emploi ou disposer d'un seul écu, qu'après avoir
parcouru vingt degrés de révision, avoir été
poussé et repoussé dans vingt bureaux ; ils
veulent que par l'effet d'une prétendue mer-
veille, qu'ils appellent centralisation, la

moindre réclamation venue du fond des départemens ne puisse être ou réglée ou rejetée que par des administrations ou par des commis de Paris.

Certes, je suis loin de vouloir assurer ici, que parmi tous ces hommes il n'existe pas quelques têtes habiles, quelques uns de ces cœurs droits et amis de la justice, que tout gouvernement est heureux de pouvoir appeler à son secours. Mais vous savez, Messieurs, si ces précieuses rencontres sont en petit nombre, et vous penserez certainement comme moi, que des exceptions bien rares ne doivent pas empêcher que je ne m'élève ici contre cette fatalité qui condamne aujourd'hui les provinces à n'être autre chose que le patrimoine d'une capitale.

Ce système n'avait, sous celui qui l'inventa, d'autre but que celui de s'emparer de tout à sa volonté. Un de nos rois eut, dit-on, un jour la faiblesse de répéter le propos de quelqu'un de ses flatteurs, en s'écriant : *l'État, c'est moi*. Bonaparte fut plus adroit; il s'est bien gardé de proférer jamais un tel blasphème; mais il fit plus encore, il sut le mettre en pratique : ses préfets étaient des séides, dont la mission principale, dont les talens

exigés n'étaient autres que d'exécuter ses ordres, quels qu'ils pussent être : il savait bien
les choisir dans ce but. J'ai vu l'un de ces préfets, alors chaleureux admirateur de son cher
maître, répondre à une administration tout
entière, qui venait réclamer de lui la levée de
quelques entraves commerciales, qu'il eût pu,
d'un mot, faire disparaître : Messieurs, je
ne suis qu'un recruteur. Il était arrivé avec
grand fracas ; mais ce n'était en effet que pour
arracher des soldats, pour accroître le contin-
gent assigné, et pour mériter par-là ou des
gratifications ou des titres. Il sut les obtenir.

Qui ne sent que de pareils hommes, livrés
à des vues plus ou moins ambitieuses, doivent
être naturellement enclins à servir l'autorité
aux dépens d'une population avec laquelle ils
n'ont que des relations passagères ? Quand la
mesure est comblée, quand la patience se
lasse, et que des voix accusatrices s'élèvent de
toutes parts, ces fonctionnaires trouvent aussitôt un abri contre l'orage, dans une retraite
lointaine, plus souvent encore dans une nouvelle préfecture, et leur chimérique responsabilité s'enfuit avec eux.

Il en est une plus réelle pour les administrateurs locaux, indépendamment de celle qui

pourrait être comprise dans le texte des lois. La première est dans le cœur de leurs concitoyens, dont la présence continuelle les accuse ou les absout, les punit ou les récompense. Ils sont destinés à vivre au milieu du bien ou du mal qu'ils ont fait, et aucun d'eux ne peut consentir facilement à se priver de cette bienveillance générale qui est le prix des bienfaits, et le premier charme de la vie.

Les préfets ne peuvent donc jamais remplacer dignement les administrations locales, et entretenir les rapports convenables entre le gouvernement et le peuple.

Un tel état de choses ne peut durer; les générations ne souffrent pas toujours la violence et l'injustice; chaque commune, chaque département réclame depuis long-temps la gestion de ses affaires locales; il convient de se rendre à ce vœu unanimement prononcé dans toute la France. Il est temps aussi qu'il disparaisse ce vasselage plus insupportable que l'autre, réduit souvent à de vaines cérémonies; il est temps que ce tribut d'assujettissemens journaliers et de dépenses sans nombre de tous les départemens en faveur d'une seule ville, cesse enfin d'exister.

Il est facile de conserver l'unité du gou-

vernement sans ôter à chacun la faculté de
jouir des ressources de sa localité, et ce partage bien entendu, rend au contraire l'unité
de l'Etat et plus solide et plus durable; tous
les individus jouissant d'un sort plus doux
dans leur région natale, en deviendraient
encore plus Français.

Je ne puis m'empêcher, Messieurs, de
laisser échapper ici une réflexion qui me
poursuit depuis long-temps, et de vous demander si la plupart de vous ne pensent pas
comme moi, que tant d'agitations, tant de
doutes, et tant de querelles eussent eu une
bien moins longue existence, que nous eus-
sions été moins pillés par les étrangers, et
que nous serions plus rassurés aujourd'hui sur
notre sort, si, lors de la seconde Restauration, on eût adopté un système tout-à-fait
opposé à celui autour duquel se sont groupés
des hommes qui ont été aussi ceux de tous
les systèmes. Il fallait alors ne pas accorder
autant de confiance à quelques adroits trans-
fuges du gouvernement impérial, et moins
repousser des militaires sincèrement disposés
à dévouer leur expérience à la défense du
trône constitutionnel. Au lieu de disperser
avec dédain ces beaux restes de tant de vic-

toires contre des ennemis étrangers, c'étaient
bien plutôt ceux qui avaient secondé de tout
leur cœur, dans l'administration civile, les
excès de Bonaparte, au milieu de nous et
contre nous, qu'il fallait se hâter d'éloigner.

N'eût-il pas été plus heureux de conserver
les conceptions militaires et les élèves du
général habile, et de chasser avec mépris les
serviteurs du despote?

Mais, disent quelques uns, ces militaires
étaient des hommes de son parti; moi je réponds : ceux que j'ai voulu désigner sont de
tous les partis. Les militaires furent du parti
de la gloire! C'est l'honneur et la patrie qu'ils
voyaient dans leurs drapeaux; c'est à la France
qu'ils dédiaient leurs trophées, et c'est pour
elle seule qu'ils croyaient vaincre!

De tout temps on a vu des soldats égarés
par l'enthousiasme de la victoire; mais des
administrateurs civils, loin des champs de
bataille, c'est à froid qu'ils calculent les jouissances du despotisme, et ce ne sont pas les
soldats de Bonaparte, mais des administrateurs de son école, qui cherchent encore à
conserver toute la tyrannie civile de leur ancien chef. Tout ce que Bonaparte fit à la
guerre, même ses combats honorables contre

des ennemis du dehors, ils consentent à le
qualifier d'horrible ; et tout ce qu'il a fait
d'odieux dans l'administration civile, contre
les Français, leur devient sacré. Voilà ce
qu'ils appellent la science du pouvoir ; elle
consiste à n'en conserver que ce qui l'aurait
rendu intolérable, si des compensations brillantes n'en avaient quelquefois adouci le
poids.

Les préfets appartiennent à Bonaparte, c'est
une institution de son époque, toute dans son
esprit, exclusivement dans ses intérêts ; il la
créa pour lui seul, pour l'accomplissement de
ses projets, pour opprimer les peuples ; jamais elle ne fut agréable à la nation ; elle ne
saurait lui être utile : elle les rejeta de son
cœur, dès le premier moment ; elle les rejette
encore. Ils ne lui ont été que funestes ; ils le
sont tous les jours à son repos et à son bonheur : principalement institués pour les re-
crutemens, et ce qu'on appelait alors la haute-
police, leurs missions coûteuses sont heureusement devenues aujourd'hui sans utilité réelle.

La première de ces mesures, entrée maintenant dans nos habitudes, et régularisée par
nos lois, serait exécutée avec la même exactitude, avec plus de tranquillité, et peut-

être avec plus de justice distributive, par les magistrats ordinaires.

L'exercice de la seconde n'est plus que l'occasion de semer de vaines alarmes et d'inquiéter à la fois le gouvernement et les administrés.

Si vous voulez croire la plupart de ces préfets, leur habileté détourne les tempêtes, leur vigilance empêche des bouleversemens : pourtant là où se sont réalisées des calamités extraordinaires, c'est toujours quelqu'un d'entre eux qui en fut, ou l'occasion, ou la cause, ou l'un des principaux instrumens; partout ils vous désigneront, comme les meilleurs citoyens, ces âmes serviles, toujours rampantes sous tous les pouvoirs, quels qu'en aient été l'origine ou le caractère, qui aspirent à toutes les fonctions publiques, qui les obtiennent sans cesse, quoique toujours indignes de les remplir; qui ne savent que flatter les puissans, et calomnier les faibles ou les disgraciés. Mais aussi les préfets placeront toujours dans les rangs de l'Opposition, dans les qualifications d'hommes de parti, les âmes fortes et généreuses, parce qu'il n'est jamais dans le caractère de celles-ci d'accueillir sans examen, ou d'approuver sans réflexion; si

pourtant une crise survenait encore, c'est
parmi ceux-là seulement qu'on pourrait trouver les vrais soutiens de l'Etat, et les plus
fermes défenseurs du gouvernement.

Faut-il parler aussi des sous-préfets, de
ces apprentifs politiques qui étaient autrefois des sous-officiers nécessaires à celui qui,
voulant tout entraîner vers la profession des
armes, imprimait une sorte d'organisation
militaire même à l'administration civile?

A quoi désormais peuvent-ils être bons, pour
régler la marche d'un gouvernement constitutionnel? Cette complication de rouages
saute aux yeux des moins expérimentés; et
j'ose dire que cette espèce de magistrature n'a
plus que le caractère d'un ridicule, et d'un
ridicule assez coûteux.

Bien plus, elle laisse subsister un inconvénient très-fâcheux, inconvénient qui consiste en ce que, dans la plupart des chefs-lieux
d'arrondissement, surtout dans les villes de
quelque importance, où les maires sont toujours des hommes d'une véritable notabilité,
la présence prédominante de ces jeunes soldats
débutans, ou de ces caporaux en retraite,
parce que la portée de leurs talens et leurs
qualités personnelles ont fixé là les bornes de

leur destinée, est sans cesse une pierre d'achoppement devant l'action administrative du chef plus considéré d'une administration municipale : de là résultent des contradictions journalières, des luttes d'amour-propre qui embarrassent la marche de l'administration supérieure, et, dans plus d'une occasion, celle du gouvernement lui-même.

Quand on connaît de près l'inutilité évidente de ces espèces de vedettes, création du perfide grand homme, précaution hostile de la part d'un oppresseur qui la destinait à défendre l'occupation des droits envahis, à échelonner l'espionnage, à le pointer, en quelque sorte, jusque dans l'intérieur des familles, on doit se demander toujours, pourquoi tout cela existe encore parmi nous, à moins que, par suite de cette fatalité qui semble peser sur notre belle France, il doive rester établi que, toutes les fois que des voix désintéressées et patriotiques signaleront un abus saillant, c'est alors qu'on en refusera la suppression.

Le système civil et le despotisme de Bonaparte ne peuvent désormais plaire à aucun parti, quelles que soient les couleurs qu'on lui attribue ; les dupes s'éclairent de tous

côtés; et le jour où chacun commence à
ouvrir les yeux, est bientôt suivi de celui
où les haines individuelles sont un instant
déposées, pour combattre l'ennemi commun.
On peut, il est vrai, se jouer tour à tour, et
jusqu'à un certain point, des hommes trop
passionnés; mais le réveil arrive, il devient
enfin terrible contre ceux qui les trompaient
tous et tout à la fois.

Nous sommes arrivés à des époques où la
conscience de chacun, mieux éclairée, surtout par de récentes expériences, a pénétré
tous les esprits bien faits d'un sentiment de
préférence en faveur du gouvernement monarchique et de la royauté héréditaire, parce
que tout homme sage voit aujourd'hui dans
cette forme de gouvernement l'intérêt mieux
entendu d'un vaste pays et d'une grande nation; mais pour qu'on puisse mieux en apprécier les avantages, il faut se garder de lui
imposer d'autres devoirs que ceux qu'il peut
bien accomplir par lui-même.

Un des grands malheurs des circonstances
actuelles, c'est, pour nous, d'être tombés in-
sensiblement sous la domination d'une espèce
de secte qui, dans des vues personnelles, soutient qu'il est facile d'amalgamer, si je puis

m'exprimer ainsi, le gouvernement des Bourbons avec le gouvernement de Bonaparte ; c'est-à-dire les succès momentanés et douloureux du pur despotisme, avec les vues et les bienfaits d'un gouvernement destiné à être essentiellement paternel : l'un, insensible, absolu, rapportant tout à lui, et ne visant uniquement qu'à ses avantages personnels ; l'autre, ne devant désirer que le bonheur de ses administrés, et n'avoir d'autre ambition que celle de contribuer à la félicité publique. Le premier, envahissant tous les droits et n'écoutant que sa seule volonté ; le second, ne voulant au contraire de l'autorité que ce qui peut la rendre plus utile à la masse ; celui-ci, créé pour la guerre ; celui-là, destiné à régner surtout avec la paix.

Que peut-il y avoir de commun entre deux gouvernemens d'une espèce aussi différente ? Comment est-il entré dans la pensée de quelques ambitieux de les associer ensemble, ou plutôt de chercher à les dénaturer l'un par l'autre ? Sans doute pour rendre l'un moins odieux, et l'autre moins aimé.

Il ne serait, Messieurs, d'aucune utilité de se dissimuler que Bonaparte fut un de ces hommes étonnans dont l'histoire racontera

longuement les actions et ornera ses pages ;
mais en nous félicitant de n'avoir plus aujour-
d'hui qu'à en admirer les récits, et d'avoir
cessé d'être contraints à seconder cette ardeur
de vaine gloire toujours si funeste à ceux qui
doivent en soutenir l'accomplissement, ne
souffrons plus que, même après la perte de
trop insuffisantes compensations, et de tout
ce qu'il y eut de grand pour nous dans les
résultats du passé, ce soit encore quelques
uns des plus stériles élèves d'un héros sans
humanité, qui fassent peser sur nous une
partie des effets de son caractère et des
malheurs de son ambition.

Quand les administrateurs des communes
et des départemens auront été élus par le
peuple, ils pourront quelquefois s'approcher
du trône, sans qu'on ait semé d'avance des
préventions fâcheuses contre leur caractère
ou la nature de leur mission ; et les princes,
lorsqu'ils parleront à ces magistrats, sauront
avec vérité ce que pensent les administrés ;
ils pourront peser eux-mêmes, et juger d'a-
près l'opinion générale.

Les élus du peuple ne seront pas les hommes
qui reçoivent à l'avance du cabinet des ministres le bulletin de tout ce qu'ils doivent

dire et de tout ce qu'ils doivent faire devant
ceux qui les visitent; chacun de son côté
parlera d'abondance et de cœur, et ces cœurs-
là ne se sépareront pas sans sentir et sans
croire qu'ils sont faits pour s'aimer.

Je n'hésite pas à déclarer ici, qu'après avoir
bien examiné les conséquences de l'état présent et de l'état d'autrefois, il est resté dans
ma persuasion, que même l'ancien régime,
tel qu'il était avant 89, peut paraître quelquefois préférable à l'état des choses qui
existe dans ce moment.

Sans chercher à caractériser l'origine et la
nature de la monarchie qui nous régissait
alors, il suffit de dire qu'elle était le plus
souvent modérée par une infinité de points
d'arrêt qui l'avaient rendue, en ce qui con-
cernait l'action du gouvernement, beaucoup
plus supportable que celle dont on veut nous
appliquer, depuis quelque temps, les effets.
Les priviléges des provinces et l'autorité des
grands corps intermédiaires avaient alors assez
de force pour défendre et pour protéger des
droits et des libertés contre des actes arbitraires; et aujourd'hui, si nous restions
comme nous sommes, au milieu d'institutions incomplètes, sans aucun recours inter-

médiaire suffisamment protecteur, en butte
à des lois d'exception, et attaqués dans nos
intérêts les plus chers par les résultats de
l'arbitraire, il résulterait de cette comparaison, que, sous l'ancien régime, dans plus
d'une époque, les intérêts privés et la liberté
individuelle ont pu trouver de plus efficaces
appuis; et quand une telle situation est devenue de plus en plus alarmante pour tous les
citoyens, gardez-vous, Messieurs, de croire
qu'elle puisse être d'une nature plus tran-
quillisante pour la solidité de la monarchie.

Il est temps, Messieurs, de consolider à
la fois le bonheur du Roi et celui du Peuple;
l'un est inséparable de l'autre.

Le meilleur moyen d'atteindre ce but, est
de moins s'occuper de l'intérêt des aristocra-
ties intermédiaires.

L'aristocratie féodale a fait son temps; elle
ne peut prétendre à revivre dans notre siècle.
Celle des places convenait au régime de Bonaparte, et sous cet homme extraordinaire,
qui savait pourtant la dominer, elle a su
s'approprier assez de richesses et de dignités
pour qu'elle puisse se tenir satisfaite de sa
position.

Celle des fortunes trouve en elle-même

sa propre jouissance; il lui convient de s'en contenter, surtout en France, où le peuple ne consentirait jamais à la considérer comme ayant, par ce seul mérite, des titres au pouvoir.

Le peuple français a été trop long-temps victime du souvenir de ces excès qui trouvèrent en eux-mêmes leur punition et leur terme. Ce souvenir ne saurait autoriser les hommes prévoyans et de bonne foi à ne plus le compter pour rien dans les bases et les effets d'une bonne organisation sociale. La popularité, quoi qu'on en dise, rendra le pouvoir royal plus respectable, et il doit puiser sa principale force dans le bien-être du peuple.

Vous obtiendrez plus sûrement cet heureux résultat, en laissant à chacun toute la part possible dans la gestion de ses affaires de famille et de localité, et en plaçant à côté de cette gestion le secours et la présence du pouvoir royal dans la personne de ses délégués directs, agissant sur les lieux mêmes.

L'action immédiate du pouvoir municipal et des administrations locales, unies à l'action du pouvoir royal, réalise la plus douce comme la plus solide alliance, et c'est ainsi

que vous parviendrez à fonder de nouveau
pour des siècles le repos et l'autorité d'une
monarchie puissante qui, entourée de l'amour
du peuple, n'aura plus à craindre ni les attaques du dedans, ni celles du dehors.

C'est en vain, Messieurs, qu'on pourrait
vous promettre cette désirable situation, si
le peuple continuait plus long-temps, en
France, à être compté pour rien; et c'est
pour qu'il en soit autrement, que j'ai l'honneur de vous proposer de faire une adresse
au Roi, dans laquelle vous lui demanderez
d'ordonner à ses ministres de présenter au
plus tôt une loi concernant une nouvelle organisation des municipalités et des conseils
généraux des départemens.

Puissent ses ministres, en formant le projet
de cette loi, être pénétrés de la conviction,
que les bases généralement désirées et propres
à mériter l'approbation des amis les plus sincères de la royauté et de leur patrie, sont :

La suppression des préfets et sous-préfets.

La direction administrative confiée aux
conseils généraux des départemens, autorisés à choisir dans leur sein une commission de trois membres au moins, et de cinq
au plus, suivant la population, pour admi-

nistrer conjointement avec un commissaire
du Roi, dans l'intervalle de la session générale du conseil, qui aurait lieu une fois par
an ; l'indemnité due à ces commissaires peut
être réglée par chaque conseil général, et être
mise à la charge des impositions locales.

La réduction des maires à un par canton,
qui serait en même temps le directeur et le
chef de toute l'administration cantonale composée d'autant d'officiers municipaux qu'il y
aura de communes dans le canton, chaque
officier municipal restant chargé de la police
immédiate de la commune de son domicile,
sous la surveillance et autorité du maire,
mais sans qu'aucunes mesure et décision administratives puissent être mises à exécution,
avant d'avoir été préalablement délibérées
par la majorité de la municipalité du canton,
réunie en conseil au moins une fois par se-
maine.

Puissent aussi les ministres sentir que, pour
donner un caractère et une force imposante
à ces corps administratifs, il convient qu'ils
soient nommés par tous les citoyens, sans
exception, de l'âge de vingt-cinq ans, et
payant une imposition directe de trois jour-
nées de travail.

Les nominations municipales se faisant dans chaque chef-lieu de canton, au scrutin secret et à la majorité absolue.

Celle des membres des conseils généraux, également au scrutin secret, se faisant aussi dans chaque chef-lieu de canton; le dépouillement partiel serait envoyé au chef-lieu du département, où le conseil général assemblé proclamerait les premiers en rang, suivant la majorité relative.

Je ne dois pas me permettre de donner ici à ces idées leur entier développement : c'est aux ministres à juger tout ce qu'on peut trouver d'utile dans le type que je me borne à désigner sommairement : leur expérience avec de la bonne foi leur en inspirera beaucoup mieux qu'à moi la coordination et le complément.

Vous n'en doutez pas, Messieurs, c'est toujours avec regret que beaucoup d'entre nous se voient forcés de faire entendre des plaintes contre l'administration et contre les ministres ; et ce serait une véritable bonne fortune, une jouissance précieuse pour la plupart, que de se trouver autorisés à fortifier de leur soutien la législation que je viens de réclamer, et que je regarde comme un des premiers fondemens de l'ordre social et du repos de la France.

Pour moi, je le dis dans toute la sincérité de mon âme, c'est avec bonheur que je voudrais, dans une telle circonstance, n'avoir à leur offrir que des éloges et des remercîmens.

OPINION

SUR LA LOI PRÉSENTÉE DANS CETTE SESSION, PAR LE MINISTÈRE, RELATIVEMENT A UNE NOUVELLE ORGANISATION DES MUNICIPALITÉS.[1]

MESSIEURS,

S'IL est de ces vérités éternelles auxquelles les esprits les plus discordans sont forcés de rendre hommage, il existe aussi chez tout peuple civilisé des intérêts généraux tellement liés avec la conservation ou le bonheur de son existence politique, qu'ils sont compris dans le sentiment des premiers besoins, et ne ces-

[1] La discussion de ce projet de loi n'ayant pas eu lieu, cette opinion n'a pu être prononcée dans la Chambre.

sent jamais d'être réclamés de tous les côtés à
la fois.

Un exemple s'offre devant nos yeux.

Malgré la diversité de nos opinions politiques, l'unanimité des vœux en France poursuit, avec une égale ardeur, la prompte amélioration du régime des intérêts locaux, et de
l'organisation des autorités auxquelles il convient le plus d'en confier la gestion.

Cependant, depuis la première rentrée de
notre monarque, ses nombreux ministres ont,
au mépris de la publique voix, toujours reculé
le moment de cette utile réformation.

Plusieurs d'entre nous déclarèrent, au
commencement de cette session, qu'ils étaient
résolus d'avoir recours à cette espèce d'initiative additionnelle qui nous est déférée, et je
m'étais déjà permis l'usage de ce faible droit,
lorsque le ministère est venu tout à coup,
presque à l'improviste, vous offrir ce qu'il lui
plaît de nommer une nouvelle et meilleure législation municipale.

Ah! Messieurs, ces conceptions, quoiqu'en-
vironnées de l'apparence d'une longue élabo-
ration, sont bien loin d'avoir le mérite de la
nouveauté.

La loi que les ministres vous proposent,

et que nous sommes appelés dans ce moment
à discuter, appartient, il est nécessaire de le
dire, à des préparations soumises autrefois,
et peut-être par quelqu'un d'eux, à leur
ancien maître : celui-ci, doué d'une bien plus
grande perspicacité que ses serviteurs, l'avait
repoussée comme montrant trop à découvert
l'action despotique qu'il avait quelquefois le
talent de déguiser sous des couleurs plus trompeuses. Cet homme était seul plus habile que
tous les instrumens dévoués qu'il employait
par nécessité, sans accorder pour cela beaucoup d'estime à leurs sentimens, ni aux secours qu'il en retirait.

Bonaparte avait su apercevoir bien vite,
dans cet ancien plan, qu'en mettant sous les
yeux d'un peuple intelligent cette réduction
progressive de toutes les participations individuelles qui plonge dans le néant l'action primitive des intérêts de chacun, et l'absorbe
en définitive, il laisserait complétement à nu
ses intentions dominantes, et se priverait par-
là des séductions qui lui réussissaient quelquefois sous l'enveloppe d'un jargon habituel
d'amour de l'égalité et de respect pour le
vœu national.

Il est devenu facile à quelques uns de ceux

dont toutes les pensées étaient dirigées vers
des hommages au despotisme, dans l'espoir
de conserver les faveurs de Napoléon, de reproduire aujourd'hui leurs anciennes méditations ; ils n'ont eu besoin pour cela d'aucun
nouvel effort de génie ; ils ont retrouvé ces
anciennes élucubrations dans leur cabinet ou
dans les cartons du conseil d'État.

Mais sans doute ils se sont bien gardés de
dire au Roi que leur ancien maître avait lui-
même repoussé ce tissu difforme, indigne de
ses hautes conceptions ; ils ont eu soin de
lui cacher que ce guerrier, qui était aussi un
penseur profond, préféra, dans cette occasion,
d'aller plus franchement au but, d'employer
une méthode moins hypocrite, d'adopter tout
uniment ce qui existe aujourd'hui, et qui,
quoique poursuivi par de continuelles réclamations, n'est pas du moins aussi humiliant
que la marche compliquée et perfide par laquelle, en éludant les vœux impatiens de la
France, on se flatte de nous persuader qu'on
travaille à les satisfaire.

Ces ministres, ce conseil d'État, dont la
majorité appartient encore à l'esprit des anciennes affections pour les procédés administratifs de l'Empire, ne doivent pas naturelle-

ment déroger à une méthode qui leur a valu
une espèce d'inamovibilité dans les premières
fonctions de l'État, et dans toutes les jouissances qui en dérivent.

Vous le concevez facilement, Messieurs ;
jamais on ne parviendra à faire, d'un affran-
chi de Bonaparte un véritable citoyen, ou le
fidèle interprète des sentimens d'un Roi de
France ; et tant que ces affranchis conserve-
ront le pouvoir et le maniement des affaires,
vous auriez tort d'attendre quelque heureux
effet d'un amalgame partiel. Ce ne sera pas
ceux que d'un côté ou de l'autre de cette
Chambre on pourrait leur adjoindre en sup-
plément, qui feront changer d'incorrigibles
habitudes.

Oui, Messieurs, la loi qui nous est présentée, et pour laquelle on réclame ici votre
assentiment, est plus mauvaise encore que
celle qui est en vigueur, malgré les reproches non interrompus de tous les Français ;
l'ensemble obscur, compliqué de la nouvelle
législation, offre dans ses effets et dans son
exécution de telles difficultés, de si complètes déceptions, qu'il me paraît impossible, pour tous ceux qui auront cherché
à l'examiner avec soin, d'avoir achevé cet

examen, sans rester convaincus qu'on ne peut
prétendre à la rendre supportable , même
quand on consentirait à des amendemens sur
chaque article ; le cadre est tout-à-fait vicieux, et ce serait entièrement manquer de
sens et de jugement, que de vouloir faire entrer quelque chose de raisonnable dans le
cercle d'une conception essentiellement contraire à la sûreté et à la splendeur du trône
et au bien-être des sujets.

Ce fœtus, si long-temps conservé dans le
sein ministériel dont il vient d'échapper si
péniblement, porterait avec lui , dans toute
la France, les germes de continuelles irrita-
tions, et d'un mécontentement inévitable.

Il m'a paru trop inutile, dans cette discussion, de se borner à combattre un tel projet ;
j'ai une autre tâche à remplir devant vous.
Déjà vous m'avez permis de prendre l'initiative, en opposant d'avance à l'œuvre ministérielle un plan beaucoup plus simple et plus
capable d'opérer le bien ; vous m'avez enhardi
en ne désapprouvant pas la plus grande partie
des idées que je vous ai déjà présentées. J'ai
su apprécier les encouragemens ; j'ai écouté
les objections, et j'ai été conduit à penser
qu'en justifiant votre première indulgence

par des développemens plus précis, et en
discutant ensuite les observations qui m'ont
été faites, il pourrait résulter de l'ensemble
de mes idées premières et de mes idées présentes, un véritable plan d'organisation municipale et départementale, qui, par votre
approbation, deviendrait tout naturellement
la censure la plus directe et la plus efficace
de la proposition qui vous est aujourd'hui
soumise.

La marche de la discussion que j'entre-
prends, se trouve tracée en quelque sorte
par mes antécédens; et, pour procéder à leur
développement complet, vous trouverez, je
l'espère, comme moi, que la meilleure méthode que j'avais à suivre est celle de répondre d'abord aux objections faites contre
mes premières propositions.

Un ministre éminemment parlementaire,
s'il suffit, pour mériter ce titre, d'être toujours prêt à déployer à la tribune une imper-
turbable faconde, pour opposer à des observations sérieuses des paroles retentissantes,
qui laissent peu de traces de lumières, a paru
fonder, sur deux motifs principaux, la censure de la proposition que je vous ai faite.

Le premier, c'est que ma proposition tendait à former dans l'État une multitude de républiques;

Le second, c'est que la suppression des préfets, et leur remplacement par des fonctionnaires qui n'auraient ni assez de force, ni assez de dignité, affaibliraient inévitablement le pouvoir royal.

Je vais répondre à ces deux objections, et tâcher d'établir dans vos esprits la conviction des avantages de mon système.

Il est ici, Messieurs, quelques hommes, surtout parmi les orateurs du gouvernement, qui sans cesse se montrent prompts à condamner avant l'examen, dans des improvisations où ils se bornent à effleurer la matière, parce que leur but principal n'est que de chercher à donner le change aux esprits.

C'est par suite de ce système habituel, qu'on a cru pouvoir répondre avec légèreté à ma première proposition, et qu'on s'est flatté de combattre un ensemble d'idées avec quelques mots malheureusement en possession d'inspirer des défiances.

Je sens autant qu'un autre, Messieurs, quel doit être le genre de succès de cette sorte de magie attribuée à certains mots; je sais qu'il est quelques royalistes qui ont la prétention

de vouloir l'être plus qu'il ne convient réellement à la royauté ; qu'il en est même qui,
quelquefois, se croient obligés de le paraître
au-delà de qui que ce soit, soit pour expier
leurs anciennes doctrines, soit pour affaiblir
les justes préventions qui les poursuivent, et
effacer d'importuns souvenirs ; c'est surtout
parmi ces derniers qu'on en rencontre de plus
empressés à saisir comme un triomphe tout prétexte de crier, à la république ! à la révolution !

Pour moi, Messieurs, qui suis du nombre
de ceux qui se trouvent aujourd'hui placés
précisément au même point où ils étaient
avant la révolution, au point où ils seraient
encore si elle n'avait pas éclaté, je n'ai jamais
changé de principes ; je me suis accoutumé
à être appelé royaliste par certains républicains, et républicain par certains royalistes ;
je ne sais pas reculer devant d'insignifiantes
épithètes, et elles me trouvent toujours prêt
à les braver.

J'accepte la qualification par laquelle on a
prétendu repousser mon opinion en lui attribuant une fausse tendance ; il est peut-être
possible d'acquérir quelques droits à votre
reconnaissance en la réduisant à sa juste valeur, en vous démontrant que trop souvent

la mauvaise foi s'empare de cette locution
de parade, de ce banal instrument employé
pour cacher le vide de raison et de sincérité.
Je briserai cette frêle machine, et je vous
démontrerai, j'espère, qu'il est des situations
où il devient permis d'être à la fois avec honneur et républicain et royaliste.

L'espoir de vous convaincre, Messieurs,
m'a fait accepter avec joie le combat sur un
terrain considéré jusqu'à présent comme extrêmement défavorable ; je m'y présente à
découvert, sans calcul de précautions ni de
retraite.

Une telle discussion me semble venir très
à propos, il convient de la traiter à fond :
je ne sais quelle inspiration sert à me persuader qu'il doit en résulter quelque bien, et
pour la France, et pour son Roi.

Examinons donc avec sincérité ce qu'il faut
penser désormais de cette terreur vraie ou
fausse qu'on affecte de manifester aux seuls
noms de république et de républicains. Depuis long-temps des esprits malintentionnés
se plaisent à signaler à tout moment l'apparition du fantôme ; ils l'appellent au secours
chaque fois qu'il paraît propre à détourner
de justes reproches, à faire oublier des abus

ou des fautes ; ce ridicule moyen est aussi le
dernier terme de certaines combinaisons destinées à semer des alarmes parmi les nations
et les rois.

Pour abattre ce fantastique épouvantail, il
me suffira de le faire apparaître devant vos
yeux tel qu'il peut exister dans la France, et
d'expliquer le véritable sens qu'on peut attacher au mot de république dans tout pays de
civilisation et d'industrie.

Laissons à des enthousiastes par sentiment
ou par intérêt ce besoin d'encenser les puissans de la terre, en rattachant aux cieux la
source de leur pouvoir et son usage au berceau du Monde. Je n'ai jamais senti en moi de
telles inspirations, et j'ai coutume de chercher sur la terre la cause et les effets de ce
qui n'est à mes yeux que purement terrestre.
Je pense que quand les réunions furent peu
nombreuses, on gérait en commun les intérêts ; que lorsqu'elles se sont accrues et que
les intérêts se sont multipliés, le bon sens
indiqua promptement le besoin des magistrats
et des rois ; que le gouvernement des premières associations fut celui d'une république,
et que celui des associations agrandies devint
bientôt une monarchie. Chacun de ces gou-

vernemens a présenté facilement en lui-même
le spectacle de son utilité relative : un petit
État peut être mieux gouverné et surtout plus
économiquement en république ; les grands
États, les grandes masses d'intérêts divers réclament une action plus concentrée, plus
active, plus dégagée de toute impression
personnelle ; et c'est dans la monarchie, c'est
sous le sceptre d'un roi qu'ils ont obtenu plus
constamment sécurité et impartiale justice ;
dans tous, on a vu souvent des abus et des
excès. Ils étaient confiés à des hommes.

Les générations qui se sont succédé ont
puisé leur instruction dans le tableau du bien
et du mal retracé par les historiens, et c'est
au nom du passé que les réformateurs réclament ordinairement la confiance des hommes,
en faveur des essais ou des perfectionnemens
qu'ils leur offrent.

Le gouvernement représentatif et monarchique, est le perfectionnement le plus accré-
dité dans l'opinion dominante à l'époque où
nous vivons ; les peuples peuvent y trouver
tous les avantages d'une sage république, et
les rois tous ceux de la plus solide et de la
plus honorable jouissance de l'autorité monarchique.

11

La direction suprême réside dans les mains
du monarque, l'honneur de tout le bien possible lui est dévolu, tous les maux lui sont
d'avance déclarés étrangers ; et c'est dans
l'admiration d'un aussi beau partage que l'an
passé je qualifiais au milieu de vous, Messieurs, le sort d'un roi constitutionnel, du
nom d'une véritable apothéose sur la terre.
Je dirai dans ce moment, avec la même conviction, que le gouvernement d'une monarchie représentative, fidèlement exécuté, est
en définitive la plus belle et la plus heureuse
de toutes les républiques.

Fruit des lumières du temps et des leçons
de l'expérience, cette admirable combinaison réunit dans son ensemble les attributs et
les effets de tout ce que les diverses formes
de gouvernemens connus jusqu'à ce jour ont
offert de plus propre à faire le bonheur des
peuples et des rois.

Si cela est vrai, comme nous le pensons
tous ; s'il est vrai que le gouvernement représentatif présente dans ses améliorations tout
ce qu'il y avait de meilleur dans toutes les
autres espèces de gouvernemens, il doit en
résulter qu'on peut, sans commettre de crime
et même sans mériter de blâme, nourrir la

pensée d'y retrouver aussi ce qu'il y eut de bon dans les républiques, et que, bien au contraire, il doit devenir louable d'y chercher aussi cette portion d'utilité parmi de plus grandes utilités d'une autre nature.

Que penser alors de la bonne foi de ces déclamateurs toujours enclins à donner aux mots de république et de républicains, la signification synonymique de désordre et de fureurs destructives?

Il nous est légitimement permis de conseiller quelques uns des procédés usités dans les républiques, sans encourir le reproche de ne pas aimer le gouvernement monarchique, ou de lui refuser la prééminence. Tous les républicains n'ont pas été des Catilina ou des Robespierre, peu de rois furent des Titus ou des Henri IV.

Si l'on peut parvenir à mettre en action sans inconvénient, dans le gouvernement représentatif, quelques unes des conceptions dont les traditions républicaines ont démontré l'utilité, il en résulterait un double profit même pour le gouvernement, parce que ce serait ainsi placer dans l'esprit de chaque individu, la juste mesure de l'utilité de l'ordre antérieur, à côté de la conviction de son

insuffisance relative pour les nécessités présentes ; nécessités qui, dans leur agrandissement, ont signalé d'autres besoins, et appellent à leur aide des ressorts plus vigoureux.
Par cette comparaison, la prééminence d'une
monarchie, les avantages attachés à l'existence d'un chef revêtu d'une grande autorité,
seraient plus démontrés et mieux sentis ; la
royauté ne paraîtrait plus à personne l'en-
nemie du petit nombre des convenances qui
ont pu se trouver dans le régime des républiques, et, quelles que soient les nuances de
chaque opinion, toutes à la fois se sentiraient
plus complétement disposées à jurer, sans
réserve, fidélité à ce gouvernement monarchique, universellement reconnu comme le
plus capable de protéger les droits, de remplir les désirs de chacun.

Que de choses, dans ce monde, Messieurs,
il suffit de se bien expliquer, pour tomber
d'accord ; et si ce que je viens de dire sous
le point de vue dans lequel on doit considérer
de nos jours ces mots de républiques et de
républicains, renferme quelque vérité, la
plupart d'entre vous sont déjà disposés à convenir qu'inutilement on cherchera désormais
à flétrir ces mots d'un sens fantastique, pour

remplacer de solides argumens ; et dans la confiance d'avoir démasqué cette absurde affectation, d'en avoir détruit pour l'avenir l'effet, et d'avoir éclairci cette question qui semblait délicate, et qui, au fond, est de la plus grande simplicité, je n'hésite plus à déclarer à ce ministre, qu'il me paraît naturel et possible de reproduire sans danger, dans le sein de la monarchie représentative, quelques uns des bons effets du gouvernement républicain ; que la royauté, loin d'en être affaiblie, n'en recueillerait que plus de force et plus de gloire, et qu'elle peut y trouver peut-être plus de chances de perpétuité.

Je me crois tout aussi bon royaliste que ce ministre, et je serai, autant qu'aucun autre, fidèle à mes sermens ; mais je continuerai à penser qu'il est permis en France, et nullement nuisible à l'État, de soutenir l'opportunité qu'il y aurait pour chacun de nous, à être républicain dans sa commune, à voir les affaires locales, les affaires de famille des départemens régies à peu près à la manière des petites républiques ; et que toute cette multitude de républiques qui ont paru tant alarmer l'esprit ombrageux de ce ministre, bien loin de devenir dangereuses pour la puissance et

pour la grande action de la monarchie , servi-
raient au contraire à multiplier ses forces et
à accroître ses ressources de toute espèce,
résultat infaillible de tous les élans d'amour
et de reconnaissance nés d'un sentiment de
bonheur réel et de véritable liberté.

Je ne dois pas taire cependant, qu'une autre
espèce de danger paraît effrayer aussi quelques
personnes ; c'est le danger de recréer , avec les
administrations départementales que je propose, l'esprit de contradiction et d'égoïsme ter-
ritorial qui semblait quelquefois dominer les
administrations précédentes d'une nature analogue , et surtout les pays d'État ; mais il y a
en cela une grande illusion , peut-être une erreur volontaire de la part de ceux qui conçoivent si promptement ces vaines terreurs ; elles
s'éloigneront de leur pensée dès qu'ils voudront bien se donner la peine de comparer ce
que je conseille avec tout ce qui a pu exister
jusqu'à ce jour , avec tout ce qui leur a paru ,
sans réflexion , avoir été du même genre.

Les pays d'État avaient en propriété des priviléges et des droits que l'autorité royale semblait toujours prête à envahir, et qui devaient
être toujours défendus avec une sorte d'irritation par ceux à qui la garde en était confiée.

Les administrations provinciales créées depuis, trop tard pour le bonheur de la France
et pour empêcher les écarts d'une violente révolution, renfermaient, dans leur organisation, les élémens naturels d'une opposition
toujours puissante, parce que les deux grandes
corporations qui étaient chacune en soi, et par
elles-mêmes, de grandes puissances dans l'État,
avaient aussi, dans ces nouvelles administrations, la plus grande portion d'influence.

Les administrations départementales qui ont
apparu ensuite pendant la révolution, quoiqu'exemptes des mêmes principes et surtout
des mêmes moyens de résistance, ont bien pu,
pendant ces époques calamiteuses, servir quelquefois l'esprit de division ou l'espoir de créer
quelques résistances isolées; mais lorsqu'on se
reporte aux époques et à l'examen des causes
de ces faibles efforts, on trouve bien vite que
la pensée n'a pu s'en manifester que dans des
momens de trouble général; d'où il est facile
de conclure que toutes ces espèces d'essais qui
ne purent jamais parvenir à avoir des résultats
réels, parce que la force naturelle de ces administrations se trouvait en elle-même insuf-
fisante pour agir isolément, n'appartenaient
uniquement qu'à des circonstances qui ne peu-

vent se reproduire que pendant des phases révolutionnaires; et chacun de vous sait bien
que, dans de semblables circonstances, ce
n'est pas parce que des municipalités ou des
administrations départementales seraient cons-
tituées de telle ou telle manière que les résistances pourraient devenir plus dangereuses,
et que lorsqu'un gouvernement aussi fortement constitué qu'est destinée à l'être notre
monarchie représentative, se trouverait dans
le cas de craindre réellement de grandes résistances, ce ne serait jamais des autorités subalternes qui pourraient par leur propre force
ou soutenir ou empêcher de semblables entreprises. Il peut cependant se trouver une heureuse position où les autorités communales et
départementales seraient capables de diminuer
ou d'arrêter ce malheur; c'est celle où, créées
par la confiance de leurs concitoyens, et toujours en possession de leur respect et de leur
amour, elles deviendraient moins exposées à
être méconnues, et pourraient ainsi servir sans
cesse d'intermédiaire conciliant et conservateur entre le gouvernement et les citoyens. Il
n'en pourra être de même si le gouvernement
s'obstine à imposer par force et par ruse aux
administrés, des pouvoirs qui ne seront jamais

adoptés par eux, qui n'obtiendront jamais leur confiance ; dont la présence et les opérations irritent les animosités et nourrissent dans les cœurs le désir des désobéissances.

Le genre d'administration que je vous propose est encore plus simple que tout ce qui a paru jusqu'à ce moment ; j'en place la pensée et le mouvement d'impulsion dans un conseil assez nombreux ; mais je rends les réunions de ce conseil peu fréquentes, pour éloigner jusqu'au danger de l'esprit de corps.

Je mets l'action administrative dans les mains du plus petit nombre possible, trois ou cinq au plus ; je rends le pouvoir de ce petit nombre de peu de durée, en attribuant au conseil le droit de le renouveler chaque année ; et enfin, je place à côté l'influence bien plus puissante et plus forte du pouvoir royal dans la personne de son représentant toujours sur les lieux, toujours en présence pour requérir l'exécution des lois, et pour appeler immédiatement le secours de l'autorité supérieure dès l'instant où l'autorité locale voudrait s'écarter de ses devoirs, méconnaître l'ordre établi, et se permettre la moindre dissonnance dans l'harmonie générale. Mais, disent quelques uns, voilà toujours les préfets ;

car sans doute vous ne voudrez pas reproduire le nom de procureurs syndics, parce
que cette dénomination ramènerait peut-être
dans les esprits l'idée d'une création révolutionnaire, et si vous adoptez celui d'intendans,
trop de personnes croiront que vous voulez ramener l'ancien régime.

Mon intention, Messieurs, n'est pas d'autoriser de pareilles allusions; je consens à céder
même à l'influence des mots qui malheureusement ont souvent aussi leur puissance, et
je chercherai à tirer parti de cette puissance,
en demandant que ces délégués supérieurs du
gouvernement soient appelés commissaires du
roi; cette dénomination toute naturelle an-
noncera plus vite l'importance et l'esprit de
leur institution; et comme ce titre fut quelquefois trop vaguement prodigué, comme il
importerait que ces commissaires n'eussent pas
l'air de n'être attachés qu'à des fonctions ins-
tantanées et temporaires, comme il serait convenable qu'ils parussent ne pas descendre de
plein saut dans cette carrière, je voudrais
qu'ils fussent liés à une branche de magistrature supérieure; que par exemple ils pris-
sent rang dans le conseil d'Etat dont ils porteraient les marques distinctives.

Je ne pense pas que la dénomination de préfet mérite la préférence, et depuis les préfets du Prétoire jusqu'à ceux de Napoléon, je n'aperçois rien dans ce titre qui puisse inspirer le désir de le perpétuer.

Je condamne jusqu'à leur uniforme, inventé pour les entourer d'une sorte d'apparence militaire qui était dans l'esprit de leur création.

Les fonctions de ces administrateurs sont bien plus civiles que militaires, et ces commissaires annonceraient mieux leur véritable destination avec un costume de magistrat, qu'avec un uniforme de général.

L'expérience a prouvé qu'on reçoit trop facilement de l'habit dont on est vêtu des impressions analogues, et lorsque nous voyons dans nos départemens ces préfets en grand costume d'officiers supérieurs au milieu de leurs escortes de gendarmerie, nous nous trouvons disposés à craindre que leurs décisions ne se ressentent de ces apparences guerroyantes ; malheureusement le ton tranchant, absolu de beaucoup d'entre eux, a trop souvent prouvé qu'ils avaient pu être égarés par le reflet du costume.

Ici, Messieurs, je dois faire remarquer qu'il serait injuste de m'attribuer la prétention

de vouloir comprendre dans cette censure générale tous les préfets à qui l'administration a
été confiée soit sous Bonaparte soit depuis.
Vous êtes trop sages pour ne pas sentir que ce
qui se dit d'une classe nombreuse d'individus,
implique toujours des exceptions. Je critique
l'institution, et non pas les hommes. Je sais
qu'il s'est trouvé des préfets, sous Bonaparte,
et qu'il peut s'en trouver encore aujourd'hui,
qui sont dignes de toutes les fonctions que le
gouvernement voudra leur confier ; et ce n'est
pas moi surtout, qui ne connais particulièrement aucun des préfets actuels, mais qui porte
affection et estime à quelques hommes honorables qui le furent autrefois, qui voudrais
m'arroger la folle prétention de confondre ou
de placer indistinctement sur la même ligne
tous ceux qui ont occupé ces fonctions. J'en
connais qui ont laissé de précieux souvenirs
dans les pays qu'ils ont administrés, et qui peuvent, dans tous les momens, se glorifier des témoignages d'estime et de reconnaissance dont
ils sont entourés ; mais ces exceptions assez
rares ne peuvent changer mon opinion sur tout
ce que renferme de funeste, et pour le roi,
et pour le peuple, l'institution elle-même.

J'ai déjà indiqué la plus grande partie de

ce mal dans mon premier discours ; les bornes
qu'il m'est prescrit de donner à celui-ci, ne me
permettent pas plus de développemens.

Je n'abandonnerai cependant pas cette matière sans vous faire remarquer que la pensée
dominante de celui qui créa les préfets, fut
d'en faire essentiellement des inquisiteurs et
des recruteurs, et que par une conséquence
naturelle et inévitable d'un système vicieux
en lui-même, les ministres qui nous ont gou-
vernés depuis la restauration ont, chacun à
leur tour, trouvé tout simple de ne faire essentiellement aussi de ces mêmes préfets que des
agens de police et des machinateurs d'élections, dont chaque parti est à son tour destiné
à ressentir les caresses et les rigueurs. Ils ne
sont pas plus utiles qu'autrefois ; ils sont toujours insuffisans pour bien conduire les affaires
du gouvernement et celles des individus, et
surtout pour rallier les esprits. La dépense
qu'ils occasionnent est hors de proportion
avec les services qu'on peut en attendre ;
et tout concourt, dans ce moment, plus que
jamais, à conseiller à Sa Majesté, et à vous
faire désirer que cet essai infructueux et des-
tructif d'une bonne administration soit enfin
abandonné et relégué dans les fastes de celui

qui en fut l'auteur, et qui, en l'inventant,
avait su comprendre, plus que tout autre, pour
quelles circonstances et jusqu'à quel point
il devait lui être utile.

Des administrations, telles que je les ai dé-
signées, peuvent seules, au milieu des exaspé-
rations présentes, ramener la concorde, le
bon ordre, l'économie, et la satisfaction générale.

Les municipalités cantonnales destinées à
préparer les premiers travaux, et à rendre
toutes les opérations promptes et faciles pour
l'administration départementale, présenteront
toujours dans leur sein une assez grande portion d'éligibles capables de bien remplir toutes
les fonctions qui leur seront déléguées, et
remplaceront avec de grands avantages tous
ces maires ou incapables ou livrés à des
ambitions personnelles, dont les uns, forcément choisis dans les campagnes, parmi des
cabaretiers, de petits trafiquans, gens absolument illétrés, ne savent pas dresser un procès-
verbal ou rédiger un acte civil, et sont obligés
d'avoir recours au premier chicaneur, ou à
l'huissier du voisinage, et dont les autres,
dans la plupart des villes, sont pris parmi les
hommes occupés à faire leur cour aux préfets

et aux sous-préfets pour obtenir des places
dont ils font des instrumens de profit ou de
domination, tandis que ceux, plus considérés,
que les citoyens choisiraient de préférence,
ont toujours refusé d'y entrer, parce qu'au lieu
d'apercevoir des compensations à des sacrifices, ils n'y trouvent qu'une dépendance ser-
vile, et l'impossibilité de faire triompher des
vues impartiales dirigées vers le bien des administrés.

Le plan que vous proposent aujourd'hui les
ministres ne peut, comme je vous l'ai dit en
commençant, faire disparaître aucun des
maux que je viens de vous signaler ; loin de
rendre aux administrés l'espoir et l'apparence
d'une amélioration, il les rejette, dans la certitude de tous les abus dont ils se plaignent ;
il dépouille le plus grand nombre de la participation à toute influence locale ; il met en
action un procédé offensif pour la majorité des
citoyens, au moyen duquel, comme par une
sorte d'alambic, on doit obtenir infaillible-
ment pour résidu, de la quintescence aristocratique ; il établit des priviléges injurieux
en opposition au droit commun, et anéantit
des droits anciens et primitifs, qui n'ont été
suspendus que par l'usurpation et la violence.

On veut ériger dans cette prétendue organisation de la famille, en propriétaires-nés, et
en administrateurs de droit, ces officiers judiciaires qui, loin de devoir être comparés aux
respectables magistrats des grandes villes et
des grandes populations, ne sont, dans les
campagnes et dans les petites villes, par habitude et par besoin, que des chicaneurs de profession, et les fléaux des intérêts de tous.

On veut établir dans les campagnes les
curés en droit d'être administrateurs civils;
et si le véritable esprit de la religion, qui
proclame que les prêtres ne sont pas appelés
dans ce monde à se mêler des affaires tempo-
relles, n'a pu arrêter les auteurs du projet,
ils auraient dû au moins, en examinant ces
choses telles qu'elles sont sur les lieux, se
faire ce raisonnement : ou ces curés ne sont
que les hommes de Dieu et de leur état, et
alors ils ne prendront pas une part réelle aux
affaires civiles; ils livreront tout, dans leur
ignorance ou leur bonne foi, à des hommes
dont ils ne seront pas capables d'apprécier le
mérite relatif, et ils deviendront peut-être dupes de quelques intrigans qui, s'appuyant de
l'autorité d'un ministre des autels, se croiront
plus forts pour entreprendre avec impudeur

ou des dilapidations ou des abus d'autorité;
et si au contraire ces curés se trouvent des
hommes comme tant d'autres, avides de faire
prévaloir leurs opinions et leurs préférences
peu chrétiennes, que d'avantages n'auront-ils
pas dans des communes rurales, par l'ascendant seul de leur habit, qui apportera dans
le conseil une sorte d'influence anticipée?

D'ailleurs est-il possible de ne pas apercevoir dans la marche proposée une sorte de
tendance vers cette impulsion théocratique,
que quelques hommes sans mauvais dessein,
je veux le croire, semblent appeler à leur secours, comme la dernière ressource contre des
améliorations qu'ils condamnent, parce qu'ils
ne veulent pas en découvrir le besoin impérieux dans l'état présent de la société?

C'est une grande erreur, Messieurs, de s'accoutumer à croire que l'esprit du siècle et
ce besoin des libertés publiques peuvent être
arrêtés ou même détournés par l'artifice de
tel ou tel mode d'institutions. Les institutions, aujourd'hui, ne sauraient créer ni détruire cet esprit de liberté; il existe dans la
nature de la civilisation présente, dans la
pensée générale, et surtout dans les intérêts
qui dominent la société où nous vivons. Les

institutions peuvent servir à mieux diriger ce
qui est, en imprimant aux choses un cours
plus sage et plus tempéré ; mais si l'on poussait l'aveuglement jusqu'à abuser des lois pour
repousser violemment ce qui marche par soi-
même, ce qu'il est impossible de ne pas reconnaître comme un invincible entraînement,
alors, au lieu de parvenir à diriger convenablement ce qui est plus fort que la main des
hommes, ces institutions maladroites ou tout-
à-fait hostiles ne feraient qu'amonceler des
nuages et préparer des tempêtes.

Et déjà on semble vouloir évoquer des
orages, par l'annonce qu'on nous fait de la
renaissance des corporations : je la vois signalée par l'appel de ces syndics introduits
dans le projet sous une espèce d'incognito.

Placé, jeune encore, à la tête de l'administration d'une ville importante, j'ai vu devant
moi ce qu'on pourrait attendre des services
de ces prétendus syndics, et j'ai reconnu surtout que l'influence accordée à ces chefs de
corporations, n'est propre ordinairement qu'à
leur persuader bientôt qu'ils sont plus que
des syndics pour leurs camarades ; qu'ils doivent s'en regarder comme les maîtres, et
qu'ils peuvent en devenir les persécuteurs.

Je dédaigne d'entrer dans le détail de tout
ce qui s'oppose aujourd'hui à la résurrection
des maîtrises et des corps d'arts et métiers :
je ne dois pas reproduire ici ce que de bons
écrits ont parfaitement démontré ; les lettres
patentes de leur suppression, bien méditées
d'avance par ce Turgot d'une si respectable
mémoire, suffisent seules pour justifier am-
plement cette sage mesure du gouvernement
d'alors ; et j'ose déclarer aux ministres que
s'ils continuaient à favoriser, par de faux calculs ou par une coupable condescendance,
ce que j'appelle le scandale d'une agression
contre les progrès éclatans de notre industrie,
devenue la censure vivante de leurs projets,
ils reculeront certainement devant l'impossibilité de son exécution. Trop souvent on s'est
montré peu attentif à écarter des causes de
dissensions et de haines : qu'on se garde d'en
accumuler de nouvelles !

Vous trouverez naturel, Messieurs, qu'en
condamnant l'organisation des communes,
qui vous est présentée par le gouvernement,
et en persistant dans un plan de municipalités cantonnales, qui me paraît si préférable,
je me dispense de parler cette fois des sous-
préfets. Quand les municipalités seront orga-

nisées par cantons, il en résultera ce nouvel
avantage de ne plus trouver de place pour
les sous-préfets, ni pour aucun intermédiaire
dispendieux entre l'administration départementale et celle des communes ; et je puis
me contenter de vous répéter à ce sujet, qu'il
serait temps qu'on fît disparaître de toute organisation administrative quelconque, cette
soudure inutile, cet appareil d'ostentation et
de ralentissement qui n'a jamais servi qu'à fatiguer en même temps les administrés et le
trésor public.

Parmi les erreurs qui dominent encore
dans les conseils des Rois, et peut-être jusque
dans notre sein, il en est une, suivant moi,
très-capitale et trop accréditée, que je veux
me hâter de combattre. L'entreprise pourra
paraître prématurée à plusieurs d'entre vous;
je suis préparé à leur surprise; je les prie
seulement de m'accorder quelque attention.

L'erreur dont je parle consiste dans la
persuasion que l'existence et le bonheur
des sociétés actuelles dépendent de l'habile
combinaison de trois élémens constituans;
le monarchique, l'aristocratique et le démocratique, qu'on appelle aussi l'élément
républicain.

Ce principe une fois admis, les conséquences deviennent naturelles, et dès lors le
point de perfection qu'elles indiquent est de
chercher à mesurer exactement la part relative de chacune de ces trois puissances :
de là tous ces axiomes de balancemens, de
pondérations, et toutes ces formules érigées
depuis long-temps en dogmes non contestés.
Je suis loin d'accorder toute ma croyance à
ces dogmes; je ne pense point que les trois
élémens dont il s'agit, doivent être placés à
l'origine et comme au frontispice de l'organisation sociale, avec une égale mesure de
participation primitive; et je soutiens au contraire que la véritable et la plus sûre manière d'organiser solidement un gouvernement représentatif et monarchique, consiste
à ne fonder ses premières bases que sur l'influence et la force du pouvoir royal, et sur
l'action du principe républicain.

Toute part faite d'avance à l'aristocratie,
est un vice dans la racine de cette organisation : c'est une faute dont les conséquences
inévitables doivent tour à tour occasionner
des inquiétudes, des tiraillemens, des entraves, tantôt à l'action du pouvoir monarchique, tantôt à l'action nationale, parce que

l'aristocratie ne songera qu'à prédominer aux
dépens de l'une ou de l'autre.

L'influence de l'aristocratie ressort tout
naturellement de la nature des choses; elle
est par elle-même; elle se trouve partout en
force; c'est un germe qui est dans l'œuf, et
qui prend son développement en même temps
et dans les mêmes proportions que le reste
de la matière; c'est un fait qui trouve toujours sa place préparée.

De quelque manière que vous organisiez
un État, soit en monarchie absolue, soit en
république, vous ne parviendrez jamais à empêcher que le plus grand propriétaire n'ait
dans son canton le plus d'influence; que le
plus riche n'ait autour de lui le plus de serviteurs ou d'affidés; que surtout le plus habile, le plus capable n'obtienne encore une
plus flatteuse supériorité. Ces choses-là, la
loi n'a pas besoin de les établir, de les protéger d'avance; on peut s'en rapporter à des
facultés indestructibles, pour se tenir convaincu qu'elles sauront d'elles-mêmes se faire
leur part.

Mais si vous commencez par leur en établir une de droit, bientôt elles ne s'en con-
tenteront pas; elles ne se serviront des droits

reconnus légalement, que pour les accroître à l'aide des forces étrangères dont vous les aurez pourvues à tort. Tantôt elles voudront empiéter sur l'action du pouvoir royal, tantôt sur l'action de l'influence populaire; elles combattront tour à tour et l'une et l'autre de ces influences; elles affaibliront les ressorts du gouvernement, quel qu'il soit; elles nuiront au contentement et au bien-être du peuple; elles troubleront le système et l'harmonie dans lesquels doit résider le bonheur des citoyens et le repos de l'État.

Si au contraire, dans vos opérations constitutives, vous ne vous occupiez pas du tout de l'aristocratie, elle réussirait par elle seule à trouver sa juste place; elle saurait obtenir elle-même sa portion légitime d'influence; elle n'aurait plus aussi facilement la prétention de l'accroître et l'audace de montrer cette prétention; son sort deviendrait même, en définitive, beaucoup plus heureux, parce que, ne paraissant aux yeux du peuple que comme un résultat tout naturel, celui-ci ne trouverait ni humiliante, ni pénible, une déférence qui lui paraîtrait volontaire; personne ne songerait à faire de cette prééminence un objet de mécontentement, d'irritation ou de combat.

Deux publicistes très-consultés, au commencement de notre révolution, ont beaucoup contribué à mettre en crédit les opinions que je viens de combattre : déjà vous nommez Montesquieu et Delolme.

On n'avait pas alors assez envisagé le caractère distinctif de chacun de ces écrivains, ainsi que la source et les motifs des doctrines consacrées dans leurs livres.

Montesquieu, génie transcendant, se montre souvent comme créateur dans les lettres et dans la politique ; mais quand vous résumerez ses développemens sur les élémens constitutifs et la meilleure organisation des gouvernemens, vous reconnaîtrez qu'il s'est attaché principalement à expliquer la composition, le fondement et la marche des gouvernemens existans, et que, s'imposant une réserve commandée par les dominations et l'esprit de cette époque, il ne voulut point s'appesantir sur les vices des institutions en vigueur ; il ne fit que laisser entrevoir les améliorations dont il les croyait susceptibles.

Si nous avions parmi nous un Montesquieu, ce serait lui qui pourrait le mieux nous indiquer la plus parfaite organisation d'un gouvernement représentatif bien en rapport avec notre situation présente. Il a écrit dans d'autres momens et pour des situations grandement dissemblables.

Le Genevois Delolme, plus moderne, travaillait pour le gouvernement anglais, et en quelque sorte sous sa dictée. Si l'on étudie avec attention quel était son véritable but, on reconnaît que, fidèle à sa mission, il cherchait par-dessus tout à prouver l'excellence et la supériorité du gouvernement de l'Angleterre.

C'est dans ces deux publicistes, et principalement dans le dernier, très en vogue au temps de l'Assemblée Constituante, que la plupart d'entre nous ont puisé leurs premières lumières sur des sujets encore nouveaux ; c'est de l'esprit de leurs préceptes que se formèrent les élémens de nos opinions politiques, et c'est sur l'autorité de leurs raisonnemens que nous fondons souvent le succès des nôtres.

Il est temps de reconnaître que, dans ces écrits célèbres, on peut trouver facilement des définitions justes du passé, mais qu'on a tort d'y chercher sur l'avenir autre chose que des idées spéculatives ; que ces idées peuvent servir quelquefois de guide jusqu'à un certain degré; mais que jamais il ne faut leur emprunter des directions absolues pour d'autres temps et pour de nouvelles circonstances; et qu'avec l'avantage ou le malheur de l'expérience acquise, avec moins de génie et plus de lumières, il est possible de juger plus sainement, de mesurer avec plus de justesse la situation actuelle et les besoins du moment.

Combien je sens, Messieurs, que nous sommes loin d'une telle conviction! Lorsqu'au milieu des misérables aberrations de l'esprit de parti, l'on est arrivé jusqu'à vouloir fonder une distinction dans les attributs et les droits de la grande et de la petite propriété, un tel moment est sans doute peu favorable pour faire accueillir les nouveaux principes que je me suis permis de vous soumettre; mais, entraîné par une persuasion intime, étrangère à tout esprit de parti et à toutes vues personnelles, je me suis flatté d'obtenir de votre bienveillance un mûr examen de ces idées assez nouvelles qui ne sont pas indignes d'occuper vos méditations.

Des principes si complétement en opposition avec ceux qui ont présidé à la formation

de la loi qu'on vous propose, vous disent assez
quelle est mon opinion à son sujet.

J'ignore, Messieurs, de quelles régions de
la France sont venus ceux qui conçurent ce
singulier projet de loi ; ils doivent certainement appartenir à ces provinces où tout, avant
la révolution, était plus ou moins sous le joug
du régime féodal. Leurs erreurs sont nées
sans doute de la force de leurs premières impressions ; et ces hommes ont pu penser que,
de nos jours, il suffirait encore de gratifier
d'un simulacre de liberté municipale ceux qui
s'estimaient heureux de recevoir du plus
petit châtelain la permission de vendre, de
transiger, et quelquefois de se déplacer ou
d'agir : ils semblent n'avoir pas su que, dans
une grande partie de la France, les peuples
n'eurent pas besoin de la révolution pour être
pleinement émancipés, pour jouir de toute
liberté dans leurs communes, dans cette première et plus chère patrie; que là, de toute an-
tiquité, on fut en possession du droit de gérer
les affaires locales; que jamais, avant Bonaparte, et avant les continuateurs de ses procédés
politiques, on ne s'était avisé d'émettre la
prétention de déposséder les habitans du
choix des gérans de leurs propres affaires.

Ce serait un grand malheur, Messieurs, pour l'État et pour le Roi, si ceux qui entourent le trône et en sont les conseillers, cachaient au monarque quelle est la persistance et la vivacité de cette mémoire du passé, de ces souvenirs du pays, des affections natives qui s'y rattachent, et dont on retrouve l'empreinte jusque sur les pierres du sol.

Ces conseillers ne devraient pas oublier de quel prix était, pour le moindre paysan, la fonction respectée de jurat de sa paroisse; combien il était fier du bonheur de citer son père parmi les élus, et de l'espoir de le devenir lui-même; dans les villes, la même prétention, la même ardeur éclataient quand il s'agissait de concourir au choix des échevins, et de figurer au nombre des notables; ambition respectable, qui rendait plus impérieux le besoin d'obtenir l'estime publique, et poussait plus vivement les cœurs vers cette douce et paisible conquête. Oserez-vous condamner d'aussi vénérables souvenirs, et anéantir d'aussi légitimes espérances? Oserez-vous déraciner ainsi les premières douceurs de l'existence sociale, détruire ce respect que les lois n'obtiennent que quand elles sont en rapport avec les intérêts; étouffer ce premier sentiment d'affection qui attache l'individu à l'association générale, quand il se voit compté pour quelque chose par elle? Pourrez-vous étouffer dans votre âme la voix intérieure qui vous crie qu'il n'y a point de patrie pour celui qui n'aperçoit dans toute la chaîne de ses devoirs sociaux qu'une dépendance complète, sans aucune adhésion de sa part?

Dans quel gouffre de malheurs nous jeterait cet isolement réciproque du gouvernement et des sujets! Ce gouffre peut engloutir un jour et l'État et la royauté.

Le seul bien qui pourrait résulter du projet que je combats, serait, Messieurs, qu'après la discussion approfondie dont il sera l'objet, les ministres fussent tellement pénétrés de ces vices, qu'ils s'empressassent de le retirer, pour y substituer un plan tout opposé et une loi plus conforme aux vœux de la France.

Ce conseil leur sera donné par tout vrai citoyen, par tout ami véritable du bonheur de notre pays. A ce titre, je me sens le droit de le faire entendre le premier : je le leur adresse ici avec loyauté; mais peu confiant dans l'espoir qu'il soit accueilli, j'invoque du moins le rejet de la loi présentée, et je déclare que jamais aucun de mes votes n'eut, à

un plus haut degré, l'assentiment de ma raison
et de mon cœur.

Je vote. . . . . .

✿✿✿✿✿

SESSION DE 1821-22.

OPINION

SUR LE PROJET DE LOI RELATIF A LA POLICE
DES JOURNAUX.

[SÉANCE DU 7 FÉVRIER 1822.]

MESSIEURS,

JUSQU'A présent, lorsqu'on a parlé dans cette enceinte, de la presse en général, et des presses périodiques en particulier, il n'a été question que de leur liberté, et des lois et des juges les plus propres à en prévenir les abus, à en punir les délits. Il est question aujourd'hui, le titre même du projet de loi le

13

déclare, non de justice, mais de police; et
cela est bien différent.

Chez tous les peuples où la liberté sociale
s'est établie, on a senti qu'elle serait bientôt
envahie, si la justice n'était pas adorée sans
mesure, et la police redoutée, surveillée elle-
même, et circonscrite avec précision. Partout la police a inspiré sans cesse autant d'effroi que de sécurité; partout les bons esprits,
les cœurs droits cherchent à l'environner elle-
même d'une surveillance plus pure que la
sienne. Les Anglais, qui en savent autant que
beaucoup d'autres sur le véritable ordre social, ont toujours refusé d'en confier le maintien à la police. Dans leurs voyages et dans
leurs courses nocturnes les moins éloignées,
ils aiment mieux, comme ils le disent, faire la
bourse du voleur, que de garnir de gendarmes
ou d'espions les rues de leurs villes, les ave-
nues de leurs assemblées et de leurs maisons.

Loin de faire de ce mot de *police*, maintenant si décrié, quoique respectable dans son
étymologie, le titre même du projet de loi, il
fallait l'écarter de toutes les lignes de ce projet, non pour tromper, mais pour ne pas effa-
roucher, mais pour être forcé de donner quel-

ques attributs de la vraie justice à des règle-
mens d'une police arbitraire.

L'invasion de toutes nos libertés est avan-
cée, et elle se poursuit à front découvert.

Ce n'est pas du tout par esprit d'opposition
aux ministres que je viens faire ces observations; eux et nous devons nous entr'aider,
comme nous combattre, non suivant la différence des places, mais suivant celle des opinions et des circonstances. Autant qu'eux au
moins, je désire que tous les délits des presses,
périodiques ou non, soient prévenus, la répression en dût-elle être même un peu violente.

Depuis le moment où Louis XVI eut prêté
serment à la constitution de 91, et depuis que
Louis XVIII a proclamé la Charte, il ne peut,
il ne doit y avoir, au moins, qu'un seul et
même bon principe, qu'un seul et même bon
résultat pour les ministres du Roi, et pour les
députés du peuple.

Pourquoi toute censure fut-elle abolie en
89 pour tous les ouvrages, et pour tous les
écrits périodiques? C'est que, précédant leur
publication, elle en détruisait nécessairement
la liberté.

Pourquoi, depuis trente-deux ans, ainsi

qu'on le peut voir par divers rapports des
Chambres nationales, s'est-on toujours proposé de substituer à la censure des lois répres-
sives et même très-sévères ? C'est que ce n'est
pas la liberté qu'il faut ni supprimer ni restreindre, mais les délits qu'il faut punir ri-
goureusement : parce que la liberté, faite
pour être partout respectée et chérie, doit
être pour tous sans blâme et sans reproche ;
c'est que les délits des presses périodiques, et
de toutes les presses, ne peuvent être ni jugés,
ni prouvés, ni commis qu'après leur publication. L'Aréopage même, auquel aucun degré
de vertu ne manquait, dit-on, aurait manqué
très-souvent de beaucoup de degrés de lumières pour juger d'avance quel genre, quel
nombre, quelle étendue de maux pourraient
être occasionnés par les huit colonnes du plus
détestable journal. Il n'est qu'un seul tribunal
d'une justice assez parfaite, pour être ainsi
antérieure au crime ; le tribunal de l'unique
juge pour lequel l'avenir existe dans le présent, celui de Dieu.

De ces vérités évidentes, il résulte, avec la
même certitude, que, dans l'ordre politique,
la maxime la plus importante, c'est que la
police la plus pure ne doit jamais être qu'une

avant-garde de la justice, destinée à en préparer les actes, et non pas à les accomplir; et
que par conséquent, si elle en usurpe, ou
même si elle en accepte les fonctions, elle est
elle-même plus criminelle que tous les coupables. La police ne doit pas plus envahir la justice, que la justice la police. Et cependant,
cette confusion, cet envahissement que le titre
même du projet de loi avoue, sans scrupule,
et commence sans effroi, continuent et deviennent complets dans les quatre articles qui le
composent.

En voici le premier :

« Nul journal ou écrits périodiques ne
pourra être établi ni publié sans l'autorisation du Roi. »

Il est vrai que cette disposition ne pourra
être applicable qu'aux écrits périodiques établis postérieurement au 1er janvier 1822;
mais il en résulte également que depuis cette
époque, dans laquelle nous sommes déjà entrés, les journalistes et les journaux seront
esclaves; car là où il faut autorisation, il ne
peut y avoir liberté.

Il est vrai encore que si l'autorisation éma-
nait toujours du roi, les journalistes asservis
n'en seraient que plus dignes de foi; mais ils

seraient réellement les créatures des ministres, et par suite, leurs éternels flatteurs et
défenseurs. Les presses périodiques seraient
plus soumises et plus humiliées que les arts
et métiers sous les maîtrises et jurandes.
A quoi bon, dès lors, l'appareil et la dépense
d'une police et d'une justice? Ce premier
article peut suffire à tout, et ne coûte rien.

Mais voici, Messieurs, ce que peu d'entre
vous voudront comprendre, et ce qui paraît
jeter l'alarme partout.

Mieux appropriée, sous tous les rapports,
à ce genre de délits qu'à tous les autres, l'é-
preuve par jurés y paraissait aussi universellement plus nécessaire, instituée par l'Assemblée constituante, sanctionnée par Louis
XVI, en pleine exécution depuis près d'un
tiers de siècle ; on la cherche dans le projet
de loi, et on ne la trouve pas : on veut la
faire disparaître, et (remarquez bien ceci) on
n'ose pas l'abolir en termes formels. Il faut
pourtant une loi très positive pour abolir une
loi très-positivement établie et exécutée.

. On en parle; mais où? dans l'exposé des
motifs, et nullement dans les articles du
projet.

On en parle; mais comment? comme en

passant, et sans articuler aucun des griefs contre le jury ; en ne fondant la préférence qu'on accorde aux Cours royales, que sur ce que *l'inamovibilité des juges les met au-dessus de tout soupçon ; sur ce que les juges forment une réunion d'hommes graves et studieux, dont l'esprit en général est plus exercé aux opérations que les jugemens de ces actes supposent et rendent nécessaires ; sur ce que les juges seront nombreux, et les audiences solennelles.*

De tels motifs, je l'avouerai, ne m'ont paru ni décisifs ni même imposans ; ils ne peuvent ni éclairer ni aveugler personne.

L'inamovibilité des juges est nécessaire à leur indépendance ; mais ils peuvent être inamovibles, sans cesser d'être en proie à des causes plus fortes de dépendance, de séduction, de corruption. L'histoire de toutes les Cours judiciaires, impériales et royales, n'en offre que trop d'exemples.

Ce n'est pas la crainte d'être chassé du sénat, qui, sous l'Empire romain, faisait de presque tous les sénateurs des instrumens si dociles, si atroces, de la tyrannie des Césars ; et ce n'est pas par le soin de garder ses places, que le tribunal, devenu si odieux à l'Angleterre, sous le nom de *Chambre étoilée,* rendait

tant d'arrêts peu conformes aux lois, et si
conformes aux vengeances et aux usurpations
des Stuarts.

Les traitemens les plus riches attachés aux
fonctions des juges ne sont pas les récom-
penses suffisantes pour des forfaits si grands
et si nombreux : c'est ce qui est accordé, non
comme traitement, mais comme don, qui est
surtout corrupteur ; et les ambitieux qui usur-
pent, et les ambitieux qui veulent transfor-
mer un pouvoir déféré ou héréditaire en un
pouvoir absolu et arbitraire, savent prodiguer les trésors, les décorations, les espérances, d'abord pour arriver à leur but, toujours pour s'y maintenir.

C'est, au contraire, parce qu'il est très-
amovible, et qu'il varie à chaque instant, que
le jury est presque impossible à corrompre.

Il faut sur cela entendre Delolme, le juris-
consulte politique de l'Europe qui, depuis
Montesquieu, a le mieux connu et le mieux
fait connaître la constitution de l'Angleterre,
celui de tous qui a été le plus favorable à la
concentration de toutes les branches du pouvoir exécutif dans une seule main, et dans
celle d'un roi :

« La liberté de la presse, *dit cet écrivain si*

» *éloigné de tous les excès*, comme elle a lieu
» en Angleterre, consiste plus particulière-
» ment en ce que les tribunaux ou juges quel-
» conques ne peuvent prendre connaissance
» qu'après coup des choses qu'on imprime,
» et ne procéder en ce cas qu'en employant
» l'épreuve par jurés ; c'est même, ajoute De-
» lolme, c'est cette dernière circonstance qui
» constitue surtout la liberté de la presse.
» Si le magistrat, quoique restreint à n'agir
» que sur des écrits déjà publiés, était le maître
» de ses décisions, il se pourrait que sur un
» article qui, comme celui-là, excite si parti-
» culièrement la jalousie du pouvoir, il sou-
» tînt tellement ses efforts, qu'il parvînt à
» tout étouffer. »

On ne devine pas quelle si grande difficulté les rédacteurs du projet de loi trouvent
à réunir, pour les jugemens des délits de la
presse, des jurés aussi graves et aussi studieux, aussi exercés à toutes les opérations
de l'esprit, que les juges des Cours royales.

Un choix circonscrit dans un certain nombre des professions les plus éclairées de la
société, offrirait autant et plus de véritable
sécurité que les juges des Cours royales, pour
un genre de jugement qui, par sa nature, doit

sortir de la conscience plutôt que de l'argumentation.

Quant aux garanties que la société et les
prévenus peuvent équitablement exiger, doit-
on supposer de bonne foi qu'elles seront plus
fortes dans les Cours royales, parce que l'arrêt sera prononcé en audience solennelle, et
que des magistrats en grand nombre y con-
courront? Cela pourrait être, dans le cas tout
au plus, où, dans ces Cours royales, la majorité devrait approcher de l'unanimité autant
que dans le jury : mais c'est ce qu'on ne veut
pas, puisqu'on ne l'a pas dit. Quant à la grande
solennité des audiences, son effet le plus ordinaire est de donner aux juges une idée plus
démesurée, plus orgueilleuse de leur puissance et de leurs personnes ; disposition plus
propre à alarmer qu'à rassurer beaucoup de
prévenus, même innocens.

Ce n'est point la pompe de la justice, c'est
sa pureté qui a le double effet, et d'arrêter
par l'épouvante ceux qui sont tentés de se
rendre coupables, et de rassurer les innocens qui sont accusés.

Après avoir fait disparaître le jury, sans
l'abolir, le projet veut soumettre les Cours
royales qu'il y substitue à des genres de

preuves dont les tribunaux n'ont jamais entendu parler que comme opposés aux preuves judiciaires, et pour des délits qui ne sont pas des délits, au moins encore.

Ainsi, tout serait dénaturé, les tribunaux pour la nation, les lois pour les tribunaux. Ceux qui n'impriment jamais, comme ceux qui impriment tous les jours, peuvent en être également épouvantés.

C'est dans l'article 3 que se montre cette innovation extraordinaire : et que tous les côtés de cette Chambre se recueillent ici profondément pour juger s'ils ne doivent pas se réunir cette fois dans une opposition générale. Ceci a une toute autre importance qu'un changement de ministère.

Art. 3. « Dans le cas où l'esprit et la ten-
» dance générale d'un journal serait de na-
» ture à porter atteinte à la paix publique,
» au respect dû à la religion de l'État, et aux
» autres religions légalement reconnues en
» France, à l'autorité du Roi, et à la stabi-
» lité des institutions constitutionnelles, les
» Cours royales, dans le ressort desquelles
» ils seront établis, pourront, en audience
» solennelle, et après avoir entendu le pro-
» cureur-général et les parties, suspendre

» l'écrit périodique ou journal, ou même le
» supprimer, s'il y a lieu. »

Certes, porter atteinte à la paix publique,
à l'autorité du Roi, à la Charte, à la religion,
ce ne sont pas là de minces délits. Mais plus
ils sont graves, plus les preuves doivent en
être nécessairement fortes, et les peines ef-
frayantes. La jurisprudence criminelle des
nations n'a rien de plus universellement proclamé et suivi que ces deux maximes. Cependant, à quel genre de preuves le projet
veut-il que les Cours royales regardent comme
prouvés les délits des presses périodiques?
« A leur esprit et à leur tendance générale. »
Vous proposez, il est vrai, un amendement,
qui n'est, à mon avis, qu'insidieux, celui de
substituer ces mots : « Dans une suite d'articles. » Vous voulez imposer à des juges un
travail trop difficile, pour qu'ils s'y assujet-
tissent. Votre périphrase n'est qu'un masque,
et, en dernière analyse, une subtilité. La véritable pensée du législateur a été signalée :
l'impression est faite ; elle restera, elle pré-
dominera sans cesse. C'est la tendance que
vous entendez toujours juger. Et vous savez
qu'il vous appartient de compter sur le dévouement absolu de vos mandataires.

Quoi ! une tendance générale et un esprit pourront servir de corps de délit et de démonstration ? Car il faut un corps de délit absolument, ou bien il n'y a point de délit aux yeux de la justice.

Ce n'est pas non plus sans les plus hautes considérations, sans une profonde et heureuse prudence que la sagesse des lois antiques a employé cette expression un peu extraordinaire *de corps de délit*. Que d'erreurs fatales la justice aurait commises, s'il eût été permis à ses ministres de voir les délits dans l'esprit général des prévenus ? Et dans nos causes célèbres, au contraire, que de crimes évanouis, que d'accusations sans crimes, parce que le délit n'existant point, son corps n'a pu être mis sous les yeux, quoique ce délit pût paraître visible à l'esprit des juges dans je ne sais quel esprit général des prévenus !

La tendance, l'esprit est tout ce qu'il y a de plus vague au monde. Et quand cette tendance ou cet esprit auront eu soin de brouiller avec calcul toutes leurs traces, qui peut se flatter de pouvoir les pénétrer ! Sera-ce par quelque sorte de devination ? Mais qui devine dans ce bas monde ? Pas plus les juges des Cours royales que le reste des hommes.

Ce n'est pas tout : pour la conscience, le crime existe, en partie, dès qu'il est conçu ; pour la justice, il n'existe que lorsqu'il est commis. Quand la tendance a commencé, on n'est pas au but encore : on peut être arrêté ou détourné par le remords, espèce de vertu, heureux présent de la Divinité.

Les Cours royales qui auraient d'autres maximes seraient trop exposées à mettre leurs jugemens en contradiction, en contraste avec les lois divines et humaines, pleines toujours de rémission pour les tendances, et quelquefois d'indulgence pour ce qui est consommé.

Jusqu'à présent nous n'avons eu qu'une excessive sévérité à reprocher au projet de loi. Voici que tout à coup il change de caractère. Il devient d'une extrême douceur ; on ne pourrait concevoir à quel point, si on ne pénétrait plus avant dans les vrais motifs de la loi.

Il n'y a que deux peines : l'une, la suspension des écrits périodiques ; l'autre, la suppression : et remarquez bien que l'écrivain en personne n'est pas seulement touché ; mais que c'est uniquement l'instrument dont il s'est servi qui est arrêté ou brisé.

N'est-il pas évident que pour la nation, qui

ne peut avoir ni besoin, ni amour des délits d'une presse périodique, mais qui peut avoir un goût très-vif, une sorte de besoin d'une presse dont les talens lui donnent des plaisirs, et les discussions de nouvelles lumières, il vaut mieux que les délinquans soient bien châtiés ; et que la suppression des presses, au contraire, ne vaut mieux que pour des ministres en alarme devant la triple opposition de la nation, des Chambres et des presses périodiques ?

Plus nous avons besoin, dans nos mœurs, et nos habitudes constitutionnelles, d'une presse périodique qui éclaire les esprits, et qui nous associe chaque jour à des discussions d'intérêts qui sont les nôtres, plus nous sommes disposés à punir ceux qui empoisonnent cette source d'avertissemens utiles.

Qu'on frappe donc avec sévérité sur ceux qui insultent aux croyances publiques, qui manquent au respect dû à l'autorité royale et à nos institutions constitutionnelles ; mais qu'on ne supprime pas les presses, et qu'on ne rétablisse pas d'une manière indirecte ce que l'on a nommé avec justice d'odieuses confiscations. En agissant ainsi, vous paraîtriez bien moins punir le passé, que vouloir

donner aux ministres les moyens de s'avancer contre vous dans le silence et dans les
ténèbres.

La liberté des presses périodiques est le
véritable exercice des droits des hommes qui
peuvent se croire libres; c'est l'attribut le
plus réel et le plus essentiel des prérogatives des citoyens sous un gouvernement re-
représentatif; c'est, en dernière analyse, le
gouvernement représentatif tout entier. Il est
là plus que partout ailleurs ; ou du moins son
caractère le plus distinctif se trouve dans l'action non interrompue de cette jouissance. Et
c'est aussi par ce motif qu'on a qualifié, plus
d'une fois, avec raison, les écrivains périodiques du nom de sentinelles de la nation. Ces
sentinelles agitent sans cesse le flambeau qui
met au grand jour la marche des ennemis de
nos libertés, et dévoilent leurs complots. Leur
imposer silence, détruire leur action, et les
supprimer, c'est conspirer avec le pouvoir.
On qualifie trop légèrement tous les journalistes de folliculaires, c'est une véritable injustice, et l'on se flatterait vainement de nous
faire oublier qu'aujourd'hui un grand nombre d'hommes de lettres distingués écrivent
dans les journaux, et c'est là une des pré-

cieuses conquêtes que nous devons à l'état
actuel des lumières.

En nous proposant une police, on nous pro-
mettait de nous débarrasser de la censure,
qui est bien aussi une police ; et pourtant,
parce qu'en effet il peut y avoir des circonstances ou des époques qui excitent davantage
les passions et les délits des plumes périodiques, le projet veut que dans toutes ces
circonstances le ministère puisse remettre en
vigueur une censure. La censure ! dont les
abus ont été si crians qu'aucun des partis
n'ose ici en prendre la défense. Ne l'avons-
nous pas vue étendre tour à tour, et sur tous,
la rigueur vénale de ses ciseaux ? Savons-
nous bien exactement, nous autres négocians,
ce qui se passe dans cette péninsule qu'on
cherche à punir de vouloir la liberté ? Est-on
disposé à nous apprendre où en sont la *légitimité* du drapeau de Mahomet et la *rébellion*
de l'étendard de la croix ? Cependant Bordeaux, Nantes, Marseille, tous les ports de
France, tous les négocians français ne sont-
ils pas intéressés à connaître, dans chaque
moment, à chaque minute, et les diverses
chances de succès et les diverses probabilités
de paix et de guerre, qui ont tant d'in-

14

fluence sur toutes les spéculations commerciales ? Avons-nous oublié combien a été funeste, l'an passé, à beaucoup de négocians, l'obscurité dont on enveloppait les événemens de Naples ? Voulons-nous que des spéculateurs étrangers, que quelques agens diplomatiques (et il y en a de tant d'espèces !) puissent exploiter encore à leur profit l'ignorance où l'on nous laisserait ? Ce serait donner trop de responsabilité aux ministres. Eux ou leurs devanciers n'ont pas assez soigné le dépôt de nos libertés, pour qu'il n'y ait pas plus que de l'imprudence à leur confier le soin de nos bourses.

Rétablir la censure, ce sera élever police sur police ; soit. On a la prétention de vouloir nous accoutumer à tout. Je suis loin de croire pourtant qu'en France on puisse se résigner, de bonne grâce, à voir peser tour à tour sur chacun cet excès de précaution, cette accumulation de pouvoirs sans mesure, livrée aux caprices de tous les ministres présens et futurs ; et si la loi devait être adoptée, je conseillerais à la Chambre de supprimer, du moins, cette extension trop dangereuse dans toute circonstance quelconque, et funeste pour toutes les opinions,

Je termine ici mon examen du projet de loi; mais, pour le compléter, je veux y ajouter des observations sur le rapport auquel il a donné lieu.

En adressant quelques réflexions au rapporteur du projet de loi que j'ai entrepris de combattre, il m'est devenu presque impossible de ne pas me souvenir de l'autre loi sur la presse qui vient d'être adoptée, et de ne point rencontrer en même temps dans ma pensée le rapporteur de cette loi.

· La première loi était, dans ce combat à mort contre une de nos plus précieuses libertés, le véritable corps de bataille, et la citadelle où ses ennemis ont voulu prendre poste pour dominer tous les alentours. La seconde loi n'est qu'une conséquence de cette victoire, mais la plus funeste.

Tous les grands effets appartenaient au premier rapporteur, le second n'avait qu'à prendre possession d'un terrain presque sans défense. Il a avancé sans peine sous la protection du premier assaillant. Aussi quelle différence dans la marche et les efforts de l'un et de l'autre!

- Le premier est entré dans la lice avec les armes les plus tranchantes; le second cherche

à prendre quelquefois l'allure d'un pacifica-
teur. L'un s'entoure de tous les moyens d'é-
pouvante et de destruction; l'autre semble
n'aspirer qu'à justifier la conquête, et la compléter par une sorte de persuasion. Pour le
premier, tout est perversité, tout est criminel;
chez le second il y a quelquefois indulgence,
une sorte de demi-concession. A l'en croire,
il ne voudrait rien anéantir; il ne désire
que modifier, il a presque dit perfectionner.
Celui-là est toujours un président absolu, qui
veut imposer ses doctrines comme il dicte ses
arrêts; celui-ci n'est qu'un avocat qui plaide
le plus souvent avec adresse, avec talent, mais
qui bientôt se trouve entraîné par l'exemple
de son prédécesseur, et peut-être aussi par le
désir de complaire à ceux qui lui ont ouvert
et qui lui assurent une plus vaste carrière.

Tous les deux sont ainsi poussés plus ou
moins fortement dans les mêmes images, dans
les mêmes argumens, dans les mêmes accusations. Là, le roi sans constitution, c'est-à-dire
absolu, est et fut avant tout, et par-dessus tout.
Ici, c'est beaucoup moins, « le roi n'a pas besoin d'être autorisé. » Chez l'un et chez
l'autre, c'est l'impiété, c'est la rébellion qu'il
faut se hâter de châtier.

Mais où donc règne cette impiété ? Y eut-il jamais des momens dans les siècles où elle ait moins osé élever la voix et se montrer à découvert ?

La rébellion ! mais cette accusation déplorable fut de tout temps prodiguée sans mesure par tous les hommes en possession du pouvoir. Et combien de fois les hommes les moins hostiles, les plus pacifiques, ne se sont-ils pas vus traités de rebelles par ceux qu'ils n'avaient jamais pensé à attaquer ? Combien de fois, dans l'histoire de tous les pays, n'avons-nous pas vu cette épithète dangereuse prodiguée réciproquement par chaque parti, et chacun se trouver à son tour rebelle, suivant la chance du combat ! Ah ! si l'on veut apprécier de bonne foi des reproches aussi légèrement prodigués, qu'on se souvienne du moins que, pendant les époques d'agitations et de rivalités de parti, surtout au milieu des haines politiques et des combats qu'elles entraînent à leur suite, les rebelles ont toujours été les vaincus ; mais la fortune est inconstante ; quand la victoire passe d'un camp dans l'autre, les rebelles aussi sont de l'autre côté : et malheur à ceux qui, les premiers, ont proclamé l'accusation et justifié la violence !

L'un et l'autre rapporteurs nous ont parlé de l'indépendance des magistrats.

Je demanderai au premier, si, par amour du passé, il a voulu citer l'indépendance des parlemens. Pour celle-là, je crois que les rois sont peu disposés à la considérer comme favorable à leur repos et à celui de l'État. Serait-ce de l'indépendance des magistrats de notre temps ? Mais si nous n'avons pas tous perdu la mémoire, nous savons ce que fut, sous l'Empire, l'indépendance de la plupart de ceux qui siégent encore dans les Cours de justice. Je demanderai à ce rapporteur s'il en connaît beaucoup qui aient refusé d'obéir au gouvernement de fait ; si presque tous, et j'allais dire lui-même, n'ont pas prêté serment au vainqueur, même pendant les Cent-jours. Vainement on se flatterait de nous faire illusion sur cette indépendance. Il exista sans doute toujours, et il existe encore aujourd'hui quelques magistrats indépendans par leur caractère et leurs sentimens. Mais à quel nombre seront-ils réduits, dans ces causes où le gouvernement tout entier les environne de ses caresses ou de ses menaces.

J'irai plus loin vis-à-vis du deuxième rapporteur, et je soutiendrai devant lui que

dans ces situations de troubles où il nous place
lui-même pour notre part actuelle, dans son
rapport, nous avons vu non-seulement des magistrats, mais même un corps entier d'avocats
ne pas oser se considérer comme indépendans.
Et ici, ce n'est pas dans les livres, ce n'est pas
loin de nos regards que j'irai en chercher un
exemple éclatant; c'est dans un temps assez
rapproché de nous, c'est auprès de lui, dans
sa ville natale, que je rencontrerai l'application de ce fait.

Deux frères jumeaux (les frères Faucher),
deux hommes, si j'en crois tous ceux qui les
ont connus, doués des plus belles qualités du
cœur, et de tous les agrémens de l'esprit, distingués par beaucoup d'honorables actions;
nés le même jour, blessés dans les mêmes
combats, comme si la nature les avait destinés
à vivre, à souffrir et à mourir ensemble, sont
jetés dans les malheurs d'une accusation, au
milieu d'une de ces crises trop fréquentes
parmi les discordes civiles : ils poussent un cri
du fond de leurs cachots, pour demander des
défenseurs; ils appellent d'anciens amis, des
parens peut-être : tous se taisent, tous s'éloi-
gnent, et ces infortunés vont à la mort, sans
avoir vu paraître les défenseurs qu'ils avaient

réclamés! Qui pouvait enchaîner l'indépendance des avocats et glacer leur courage?
l'effervescence du moment, la gravité de l'accusation, le grand caractère de l'offense pré-
sumée, la haute dignité des offensés. Il est
donc des circonstances où l'on doit craindre,
avec fondement, de ne pouvoir compter même
sur le secours et le courage des avocats, considérés jusqu'à ce jour comme plus indépendans
encore que les juges.

Oui, Messieurs, vous devez craindre qu'il
n'y ait souvent des situations, des momens où
des magistrats n'osent agir avec indépendance : et c'est alors que le jury seul, et surtout le jury non falsifié, peut promettre aux
accusés une décision consciencieuse, dépouil-
lée de l'entraînement des combinaisons personnelles.

Vous chercherez vainement l'impartialité
ailleurs que dans le jury, quand il s'agit des
jugemens de la presse. Pour ces causes, et
pour toutes celles qui intéressent le gouvernement, vous ne pouvez vous promettre que
bien rarement une véritable indépendance,
pas même dans cette Chambre, tant que des
fonctionnaires révocables pourront y siéger
avec vous, et qu'ils seront appelés à donner

leurs votes sur les propositions de ceux qui savent leur montrer dans chaque scrutin l'occasion d'une disgrâce ou d'une plus haute fortune.

Le premier besoin, dit le rapporteur, est la conservation. Oui, sans doute, unissons-nous tous pour conserver le bon ordre, pour consolider les droits du trône, pour garantir les libertés publiques. Mais pour atteindre plus sûrement ce but, procédons, avant tout, par des lois dont le texte soit clair et précis, et non pas composées de dispositions indéfinies; car il est impossible qu'aucun de vous veuille accorder à la commission ou à son organe, que sous quelque rapport que ce puisse être, et en matière de législation surtout, *le vague* en puisse *faire la force*, ainsi que l'a dit le rapporteur; vous croirez bien plutôt, avec moi, que le vague doit toujours faire désespérer de la certitude de la justice.

En finissant, Messieurs, permettez-moi de produire au grand jour et de vous soumettre une réflexion qui se présente souvent à mon esprit, surtout quand je me trouve au milieu de vous.

Jamais peut-être on n'a plus souvent, que dans l'époque actuelle, parlé de monarchie, de royauté : jamais on n'a paru plus constamment d'accord sur la préférence due à ce mode de gouvernement. Tout le monde ici est monarchiste par excellence, et je vous avoue que je crois cela vrai, sincère de tous les côtés, dans cette Chambre; car il n'est pas en moi de supposer qu'un esprit judicieux puisse, dans ce siècle éclairé, rêver de bonne foi d'autre régime, une meilleure administration que celle du gouvernement représentatif sous un roi héréditaire. Cependant, d'un côté, on est accusé d'aspirer à la république; de l'autre, de ne vouloir que l'ancien régime, c'est-à-dire le despotisme royal.

Toutefois les accusateurs et les accusés invoquent à l'envi la Charte, qui devient ainsi, pour tous à la fois, un bouclier dans les situations difficiles. Eh bien! procédant toujours avec la même sincérité, je déclare qu'à mes yeux il y a quelque chose de vrai dans toutes ces accusations.

Ceux parmi lesquels je siège n'ont jamais entendu, n'ont jamais voulu repousser le gouvernement monarchique, ni rejeter l'hérédité du trône; mais ils ont pu croire avec moi, ils pensent peut-être encore que le meilleur

moyen de consolider ce gouvernement et cette
hérédité dans la même famille, serait d'organiser le gouvernement représentatif, suivant
l'esprit, le besoin, les intérêts du moment,
et en harmonie avec les situations sociales
dominantes à l'époque où l'on en constitue
les bases ; et pour cela, d'amalgamer avec ce
gouvernement quelques unes des institutions
secondaires usitées dans les républiques, institutions dont notre France avait toujours conservé autrefois des portions très-précieuses.

Ceux qui siégent de l'autre côté renient
l'ancien régime, tout en l'adorant. Partout ils
se défendent de vouloir son retour ; mais à
chaque pas ils l'établissent dans sa réalité. Il
est déjà au milieu de nous, devant nous ; il
reparaît de tous les côtés. Le Roi pour eux
n'a jamais une assez grande étendue de pouvoirs ; les votes populaires ne sont que des
votes anarchiques. Tous les emplois, toutes
les places, si on les en croit, appartiennent
exclusivement à ce qu'ils appellent leur fidélité, c'est-à-dire un dévouement aveugle
pour la puissance : tout pour le Roi, rien ou
presque rien pour le peuple. Seuls, ils veulent
entourer le trône ; les dignités, les places de
quelque importance, sont leur propriété, et

l'égalité des droits n'est pour eux qu'une chimère philosophique. Ils ont soin de crier, comme nous, anathême à l'ancien régime ; mais déjà ils en ont amené les effets, et ils sont en possesion de toutes ses conséquences.

Avouons-le, Messieurs, tel est dans ce moment l'état des choses en France, tel est le point le plus réel de nos divisions et de nos débats. Nous verrons bien, nous saurons quelque jour, ce qui eut été préférable, et quel serait encore le parti le plus prudent à prendre, et pour la consolidation de la monarchie, et pour le bonheur de la famille régnante.

Quant à moi, qui suis convaincu que dans l'état actuel de la société il faut conserver à toutes les presses, périodiques ou non, toute la liberté possible, et qu'il n'en peut exister pour la pensée et pour les écrits, sans le jugement par jury, je rejette la loi proposée, et je voterai toujours contre toutes les lois qui enlèveront au jury la connaissance de ces délits.

A mes Collègues.

Quand je parle devant vous, pour chercher à vous convaincre davantage, je cite quelquefois des faits à l'appui de mes raisonnemens.

Énonçant mes craintes sur le peu d'indépendance des juges, *en matière politique,* lorsque c'est le gouvernement qui attaque et poursuit, il me vint assez naturellement dans la pensée de pousser plus loin cette démonstration, en ajoutant qu'au milieu de circonstances de cette nature, des avocats que nous aimons à considérer dans une plus grande indépendance, ont pu quelquefois être atteints ou de faiblesse ou de terreur.

L'exemple de ce qui eut lieu à Bordeaux dans le procès de deux officiers généraux de l'armée, les frères Faucher, se plaça dans ma mémoire. Je n'ai rien inventé : j'ai beaucoup adouci : je ne voulais pas exhumer toutes les douleurs qu'inspirera sans cesse aux âmes sensibles le souvenir de cette déplorable affaire.

L'histoire de cette catastrophe, fille cruelle
de l'esprit de parti, fut distribuée il y a deux
ans à la plupart des députés ; et nous re-
çûmes aussi des Mémoires imprimés de la
part d'une famille qui demandait la réhabi-
litation de ces regrettables condamnés. C'est
dans ces récits que plusieurs d'entre vous
pourront sans doute vérifier très-vite, si,
comme je l'ai dit, j'ai su mettre de l'adoucissement dans le tableau d'un souvenir cruel
pour tous les cœurs fidèles à des sentimens
d'humanité.

Je me fais un devoir de rappeler ces faits,
non pas pour me disculper, lorsque je ne crois
pas en avoir besoin ; et encore moins pour me
rétracter. Ce n'est pas moi, qui suis toujours
prêt à subir les conséquences quelconques de
ce que mon devoir et la vérité m'inspirent,
qui tomberai jamais dans la faiblesse d'une
rétractation peu digne d'un homme d'honneur, quand il n'a point commis d'erreur véritable ou involontaire.

Mais s'il est vrai que je dois une réponse
dans cette occasion aux dénégations, à mes
yeux trop hasardées, de M. le garde des sceaux
et de M. le rapporteur, voici celle que je présente à mes collègues, en leur adressant im-

primée l'opinion que j'ai prononcée devant eux le 7 février.

D'après les écrits que j'ai cités, d'après le dire de témoins oculaires, d'après les lettres qu'on vient de m'adresser de Bordeaux, il paraît constant que les malheureux frères Faucher furent condamnés à mort sans avoir pu obtenir les défenseurs qu'ils réclamaient, sans en avoir vu paraître aucun; qu'ils n'eurent un ou deux défenseurs *d'office* qu'après cette condamnation, et seulement devant le conseil de révision.

Que leur défenseur commença son plaidoyer par une sorte d'excuse d'avoir à défendre de tels coupables, et que, suivant l'opinion d'une grande partie des habitans de Bordeaux, la défense eut tout le caractère de la première impression dont on avait cherché à l'entourer ; qu'enfin cette défense *d'office* fut de nature à ne pas laisser des consolations dans le cœur des victimes et de leurs amis.

Quant aux avocats qui furent désignés par les accusés, et qui s'éloignèrent d'eux, je ne les connais point; je ne cherche point à les connaître. La découverte de leurs noms ne pourrait diminuer le poids d'un souvenir la-

mentable, et il me serait trop pénible d'avoir
à conserver un regret de plus.

C'est rendre service à toutes les opinions,
à l'avenir comme au temps présent, que de
vouer aux remords tout acte d'extrême violence, toutes ces espèces de justice révolutionnaire, à quelle époque, sous quelles formes, ou sous quel nom qu'elles apparaissent
à nos yeux.

OPINION

SUR LE PROJET DE LOI DES DOUANES.

[SÉANCE DU 25 JUIN 1822.]

MESSIEURS,

Il y a long-temps que, dans le sein de cette Chambre j'ai proclamé mon opinion, et je crois pouvoir ajouter celle de presque tous les négocians de nos ports maritimes, sur le système des douanes, créé d'une manière violente par le dernier gouvernement, et dans des vues plus militaires que commerciales.

En persistant dans une direction qui, à son

15

origine, trouva des motifs ou des excuses de circonstances, nous avons été de plus en plus entraînés, par des conséquences irrésistibles, dans des voies d'exagération, qui, comme on pouvait le prévoir d'avance, devaient amener un jour, et produisent aujourd'hui l'anéantissement de quelques unes de nos ressources naturelles, sacrifiées au succès incertain d'autres ressources plus ou moins factices, puisque chaque jour elles ont besoin, pour se soutenir ou pour s'étendre, de nouvelles protections et de nouveaux avantages accordés au maintien de leur prospérité vacillante.

Si la France était destinée, comme d'autres pays, à ne devoir être par dessus tout qu'un pays manufacturier, je concevrais facilement cette obstination et la durée des principes qui dominent de plus en plus l'application du régime de ses douanes.

Mais dans l'étendue de ce beau royaume qu'il faut toujours considérer, ainsi que je l'ai dit une autre fois, comme partagé en deux zones très-distinctes, il existe respectivement, dans la situation des habitans du Nord, et de ceux du Midi, des intérêts d'une nature presque opposée. Ainsi, il peut bien convenir aux provinces du Nord de vivre sous un régime douanier de plus en plus exagéré, et même prohibitif, parce que ces provinces, presque toutes d'une fertilité très-remarquable, ont dans leur propre sein de quoi suffire abondamment à tous les besoins de leur existence ; et par suite de cette richesse du sol, leur population étant aussi respectivement beaucoup plus considérable que dans le Midi, elle leur offre des ressources de toute espèce pour la création, sur les lieux mêmes, d'autres industries qui viennent ajouter sans cesse à l'augmentation de leur prospérité intérieure.

Les habitans des provinces du Nord trouvant autour d'eux tout ce qui peut suffire à leurs besoins de première nécessité, empruntent de cette perspective rassurante moins d'agitation d'esprit, moins d'incertitude sur leur sort ; ils en deviennent plus patiens, plus méditatifs, et plus propres, sous tous les rapports, aux essais des nouvelles découvertes, et au perfectionnement des travaux mécaniques.

Dans ces provinces si bien dotées, on est rarement exposé a sentir le besoin des secours du dehors ; et alors on aspire de préférence à verser tranquillement la surabondance locale dans des pays où l'étranger ne puisse venir montrer sa rivalité. L'on trouve beaucoup plus commode de pouvoir exploiter sans efforts des régions d'où l'on a fait disparaître toute concurrence.

C'est véritablement un succès inappréciable pour les habitans du Nord, que d'être parvenus à persuader au gouvernement qu'il devait leur assurer, à tout prix, de faciles consommations, et leur sacrifier pour cela le bien-être, et presque l'existence d'autres provinces de leur propre pays.

Cette marche leur a paru plus simple. Elle peut bien n'être pas la plus favorable à l'émulation et à l'avancement des progrès de toutes les industries; mais il est si doux d'appeler à son secours le pouvoir et la domination! L'on se persuade alors qu'il peut devenir inutile de s'informer si ceux qu'on a classés dans un cercle restrictif et absolu, ne se trouvent pas ainsi doublement tributaires, et par des contraintes dans leurs achats, et par des obstacles pour la vente de leurs produits.

On conçoit facilement que les pays manufacturiers du Nord, et même tous les pays en-deçà de la Loire, peuvent très-bien s'arranger d'un tel régime, et soutenir que le système des douanes actuel est tout ce que, dans leur intérêt, ils peuvent espérer de meilleur et de plus favorable.

Mais il n'en peut être de même pour les provinces du Midi, si du moins l'on veut considérer les habitans de cette partie du royaume comme des Français égaux, non pas seulement en droits politiques, mais aussi en droits de bien-être, en droits d'aisance et de fortune, en droits de bonheur individuel.

Les provinces du Midi, à quelques exceptions près, sont en général beaucoup moins favorisées que celles du Nord, pour l'approvisionnement de tous les besoins de la vie. Elles sont sujettes à beaucoup plus d'accidens de saisons : et dans ce pays où le soleil semble briller de plus d'éclat, la nature, au milieu de ses caresses, et de ses précoces faveurs, est aussi plus capricieuse; elle mêle trop souvent aux charmes de sa parure, à ses bienfaits, des rigueurs inattendues. Le Midi est trop souvent le pays des gelées intempestives, et celui des grêles, des orages destructeurs des récoltes. Ses productions territoriales sont plus casuelles, et en général, d'une nature à ne trouver des débouchés avantageux, que dans des contrées lointaines.

Les habitans du Midi, d'un caractère léger

comme le sol qu'ils habitent, enclins par suite
de la mobilité de leur climat, des fréquentes
et capricieuses secousses du ciel sous lequel
ils vivent, à une sorte d'agitation continuelle
d'esprit et de corps, se trouvent ainsi très-
peu propres à des occupations sédentaires, à
des travaux lents et suivis.

Les hommes du Midi sont en général mal
disposés pour devenir des fabricans habiles.
Il y a sans doute, dans cette vaste partie de
la France, quelques contrées qu'on peut citer
comme exceptions, et où l'on a su depuis
long-temps mettre à profit des situations particulières et le secours des eaux, pour y fixer,
même d'assez bonne heure, des fabrications
qui ont eu jadis quelque renommée.

Mais jusque dans ces exceptions, je trou-
verai une preuve de l'espèce d'inaptitude manufacturière que j'ai attribuée aux habitans
du Midi; car, même aujourd'hui, au milieu
des perfectionnemens de nos inventions modernes, qui ont poussé si loin la réussite des
produits des manufactures du Nord, celles du
Midi restent en arrière et presque station-
naires.

Les produits territoriaux les plus abondans du Midi, ceux qui sont destinés à ra-

mener, dans les mains des propriétaires du sol, le signe d'échange qui leur échappe sans cesse, pour pourvoir à leurs besoins journaliers, et à une culture plus coûteuse, sont les liquides et essentiellement les vins et les eaux-de-vie. Ces liquides ont, de tout temps, trouvé leur principale consommation à l'étranger. Mais si, par suite de vos combinaisons fiscales et de cet exclusif toujours croissant, vous contribuez chaque jour à tarir les sources habituelles de leurs débouchés, quel sera alors le sort de la plus grande partie des propriétaires du Midi, de ces propriétaires d'un sol qui se refuserait à tout autre emploi?

Bien plus, de tout temps les habitans du Midi furent obligés de chercher au loin des ressources plus étendues et capables de pourvoir à des nécessités mal satisfaites par les produits insuffisans et précaires de leur territoire. C'est dans le commerce et la navigation qu'ils surent apercevoir de bonne heure une source abondante de remplacemens et de richesses. Marseille ouvrit la première cette route aux habitans de la Gaule, et inspira de proche en proche, aux peuples du Midi, la pensée du commerce et l'amour de la navi-

gation. Plus tard, Bordeaux et Nantes ont
jeté un grand éclat dans cette carrière, et
accrurent les richesses de la France entière.

Dans ce moment, les ports de Marseille,
de Nantes, de Bayonne, voient leurs rades dé-
sertées chaque jour par ces nombreux pavil-
lons, qui venaient y chercher les récoltes des
contrées méridionales ; et les négocians de
ces villes maritimes se consument en vains
efforts pour retenir en France quelque portion de leur ancienne prospérité. Chaque
nouvelle entreprise est pour leurs habitans
une nouvelle occasion de ruine. Tout le Midi
participe à ces désastres : et les provinces,
dont ces ports devenaient les entrepôts, suc-
combent de proche en proche sous les coups
d'un régime douanier, incompatible avec le
bien-être de toutes les contrées du Midi.

Est-il juste, est-il possible même de con-
sacrer long-temps la ruine d'une partie d'un
grand royaume, pour accroître la prospérité
de l'autre ? Cet état de choses ne peut être
supportable à ceux qui en sont aussi complètement victimes ; et une telle inégalité ou
de faveurs ou de disgrâces ne saurait être de
longue durée.

Cette question, Messieurs, est arrivée à

son point de maturité. Elle est devenue très-sérieuse; il convient aujourd'hui de chercher à la résoudre avec franchise, plutôt que d'en laisser froidement aggraver les funestes conséquences.

La plupart des provinces du Midi, quoique ayant cédé avec plus ou moins d'ardeur aux conséquences d'une révolution déjà commencée un demi-siècle avant l'époque chronologique qu'on se plaît à lui assigner, parce que celle-ci fut celle de son développement en action, n'ont fait que subir successivement de nouvelles calamités à chacune des époques marquantes de ces inévitables entraînemens.

Dans la première crise, elles perdirent des formes d'administration et des droits de gestion locale, nécessaires pour la conservation de leur bien-être.

Dans la seconde, sous l'Empire, elles ont subi la dévastation et les fléaux de la guerre qui leur étaient inconnus depuis des siècles.

– Dans la troisième, depuis la Restauration, elles se trouvent exposées à se voir enlever jusqu'à leur dernier écu, et à perdre toutes les voies de remplacemens, par la privation de débouchés, pour les produits de leur territoire.

La plupart des provinces du Midi n'ont jamais été conquises ; elles se sont associées à la France par des capitulations et avec des conditions. Elles sont loin sans doute de regretter de s'être rendues françaises. Elles sont fières d'avoir leur bonne part dans tous les souvenirs glorieux qui se rattachent à ce nom ; mais il serait imprudent pour ceux qui, dans les jouissances de la fortune, peuvent facilement se complaire dans des pensées triomphales, de se dissimuler que la masse de la population ne peut vivre de souvenirs et même de gloire, et que, pour mettre le peuple en situation de s'associer à ces nobles sentimens, et de prendre en paix sa part de cette jouissance morale et contemplative, il lui faut, avant tout, *victum et vestitum*, la vie et le vêtement.

Or, si les provinces du Midi doivent rester exposées à subir long-temps encore, et même à voir aggraver le régime de douanes actuel, qui accroît chaque jour leur gêne et leur ruine, bientôt la généralité du peuple de ces contrées se trouvera dénuée des moyens de gagner sa vie et de renouveler ses vêtemens.

Et remarquez, Messieurs, que ces pays se trouvent dépouillés presque en même temps.

de toutes les relations extérieures qui alimentaient l'activité, l'esprit commercial de leurs habitans, leur constance, leur hardiesse pour les entreprises maritimes.

Dans la partie là plus méridionale, on a perdu une grande portion de ce riche commerce du Levant. Dans toute l'étendue de ces frontières, les voies d'un commerce immense avec l'Espagne se sont rétrécies ou même fermées; et l'on se trouve presque totalement repoussé par les représailles qu'ont excitées nos mesures fiscales. Du côté de l'Océan, ce riche commerce avec nos colonies est resté sans alimens, ou dans des situations plus ruineuses que profitables.

C'est ainsi que nos provinces méridionales ont tout perdu à la fois dans un assez court espace de temps. Et ce serait dans une aussi fatale situation que vous voudriez persister à les rendre encore tributaires des pays les plus fortunés de la France, de ceux qui ont plus conquis qu'ils n'ont perdu, et de ceux dont les richesses et la consistance sont le plus exposées aux changemens, aux invasions hostiles, et à ces destructions que laissent sur leur passage d'envieux et farouches vainqueurs! Car, parmi d'aussi grands intérêts, il appartient aux hommes d'État de ne laisser échapper aucune conséquence plus ou moins lointaine, et de faire entrer dans des calculs d'une aussi haute importance toutes les combinaisons possibles.

C'est vers le Nord, c'est devant des frontières ouvertes, et à peu près sans défense, sous les yeux de vos rivaux, de vos ennemis, que vous voulez ajouter forcément aux prospérités locales et inhérentes aux richesses du pays, même aux dépens du bien-être de vos provinces méridionales, éloignées de toute autre agression sérieuse que celles qui naîtraient de nos propres dissensions; que vous voulez tout faire au détriment des pays du commerce extérieur et de la navigation; c'est-à-dire, de ces profits qui sont entièrement de conquête, et qui ne coûtent à la France d'autres avances et d'autres chances que celles de l'intelligence, de l'activité et de l'audace naturelle des individus chez qui la situation locale et les traditions de famille ont placé avec plus d'abondance ces précieuses qualités.

Et ici je suis loin de m'abandonner à des images exagérées, et de céder à l'impulsion de trop partiales affections de localités. J'ai

pour appui tous les antécédens et tous les
souvenirs du passé. Ce que je retrace, c'est
ce qui existait pour nous avant l'excès de vos
mesures fiscales ; ce que je réclame, ce que
je demande enfin, c'est ce que nous avons
possédé de tout temps, ce qui subsistait dans
nos pays, à des époques d'impartialité, de
sagesse, et où l'on sentait le besoin d'arranger le régime de beaucoup de contrées
distinctes, suivant les nécessités de la situation de chacune d'elles. Dans les combinaisons fiscales d'autrefois, ce qu'on appelait les
cinq grosses fermes, ne dépassait guère la
ligne de la Loire. Les extensions étaient gra-
duées suivant la nature des territoires, la position de chaque contrée, et les nécessités
locales.

Le commerce maritime extérieur était libre
et favorisé, surtout dans le Midi. Marseille
sur la Méditerranée, Bayonne sur l'Océan
étaient en possession de franchises dont tous
les pays environnans partageaient l'utilité.

Si vous voulez maintenir votre système de
douanes, tel qu'il est, et pourtant ne pas ache-
ver la ruine du Midi de la France, ne pas
exposer votre marine à être anéantie dans
ces provinces qui renferment tant d'hommes

précieux pour la mer, ne détournez pas les
yeux de cette étendue de notre belle France,
de la variété de ses productions, des desti-
nations analogues, surtout des habitudes natives et du genre d'inclinations des nombreux habitans de tant de contrées d'une
nature diverse. Il ne faut pas mépriser si
fortement les leçons des temps qui nous ont
précédés, et la mémoire de ces directions
commandées en quelque sorte par la position topographique et par ces instincts irrésistibles qui ont leur racine dans le sol, et
qui émanent du climat.

Alors, vous verrez que ce que j'ai déjà
qualifié ailleurs et devant vous de belle et
vaine décoration, que cette uniformité de
mesures, et sous plus d'un rapport de législation dans un royaume aussi vaste et pourtant aussi dissemblable dans ses parties, aurait besoin quelquefois d'être modifié et
arrangé dans de grandes divisions suivant la
nature des lieux.

Ainsi, par exemple, si vous croyez utile
pour une partie du pays, de conserver le système de vos douanes, s'il convient à quelques unes de vos provinces de le rendre
plus sévère, faites alors la part de chacun :

cherchez ce qui est très-possible, le bien général et la satisfaction respective dans une
ligne de combinaisons qui soit appropriée
aux convenances des démarcations tracées en
France d'une manière palpable par la nature
elle-même. Portez jusqu'à la Loire et vers
ses confins, tout votre système de rigueurs
douanières et toutes les prohibitions que les
pays manufacturiers trouveront plus avantageuses pour eux ; et laissez aux provinces méridionales l'exercice indispensable pour elles,
du commerce d'échange et d'une libre navigation sur toutes les mers, et avec tous les
ports étrangers.

Si le bien-être des provinces du Midi se
trouve amélioré par cette liberté, le gouvernement y trouvera bientôt de nouveaux
moyens de percevoir d'autres contributions
plus abondantes dans des pays devenus moins
malheureux, et dont les habitans furent toujours empressés de contribuer aux besoins
de l'État. Ils se réjouiront de payer ces bienfaits en répondant par des tributs relatifs à
l'amélioration de leur sort.

S'il en doit être autrement ; je regarde
comme un devoir de déclarer avec loyauté,
et j'ose l'assurer au nom d'un si grand

nombre de Français devenus trop malheureux par des mesures qui les accablent presqu'exclusivement, qu'on se fait illusion sur la durée possible de cet état de choses. Car une condition d'existence aussi inégale dans le sort des habitans de plusieurs provinces, tendrait plus ou moins à rompre des liens de fraternité, qui ne peuvent être rendus durables que par des mesures violentes. C'est alors se confier uniquement à la force d'un pouvoir, qui peut disparaître devant l'action plus forte de l'excès de la souffrance et du désespoir.

Ici ce n'est point dans des opinions financières ou politiques qu'il faut placer la question, mais dans le cercle impérieux de la nature des choses; il ne s'agit plus des effets d'une conquête, des conditions d'une dépendance inévitable, et d'une sorte de servage ou d'assujétissement aux volontés et aux convenances d'un vainqueur par les armes. L'origine et le fondement de la réunion entre les provinces du Midi et le reste de la France, ne doivent être considérés, en dernière analyse, que sous le rapport d'une fraternisation réciproquement utile et d'une véritable association d'amitié et de soutien. Si, par suite de prédilections envers une partie, l'autre se trouve tellement lésée, que son existence naturelle et raisonnable en soit réellement compromise, l'inévitable pensée qui s'empare et entraîne ceux qui souffrent à ce point, est de renoncer à une association dont les effets sont devenus intolérables.

On peut se maintenir sous les mêmes drapeaux, sous la même autorité, en cessant de trop confondre quelques intérêts matériels, et de les assujettir à des dépendances incompatibles. On devient même meilleurs amis quand on n'a plus de sacrifices pénibles à subir les uns envers les autres.

Les Français du Midi sont tous affectionnés à la royauté et à la famille de nos Rois. C'est dans leurs provinces que prit naissance la tige la plus précieuse de cette race auguste. Leurs ancêtres entourèrent son berceau, ils furent les compagnons de son enfance et les premiers soldats qui aient suivi les pas de l'aïeul dans la route du trône où siégent ses descendans.

Mais sans être infidèles à la légitimité, on peut défendre sa propre existence contre un anéantissement inévitable.

Les habitans du Midi ne se trouveront point heureux, ne se croiront point traités avec jus-

16.

tice, si vous ne changez pas à leur égard les
rigueurs de vos principes et de vos mesures,
en matière de douanes. Mon devoir était de
vous avertir : j'ai dû vous parler de leurs
maux et de leurs droits. Ils sauront rendre
justice à ma sincérité et à mes intentions.

Mais comment espérer un changement de
système, ou même des adoucissemens, lorsque
chaque jour nous procédons en sens contraire ?

Il est des pays qui, dépourvus des moyens
de chercher une matière de contributions
dans leur propre sein, et trop pauvres pour
s'exposer à devenir les tributaires des autres peuples, sans craindre de compromettre
et de sacrifier jusqu'à leurs dernières propriétés mobilières, n'aperçoivent avec quelque
raison de meilleures ressources pour se faire
des revenus, que celle des impositions douanières. Ils cherchent alors à repousser ce qui
vient du dehors, à conserver ce qu'ils ont dans
leur sein, et même à y exciter, par des privations, l'établissement des nouveaux produits
que la consommation locale réclame successivement.

Telle est la situation des États naissans,
des nations qui commencent à fonder leur
existence. Elles sont dominées par le besoin

de favoriser par toutes sortes d'économies et
de dispenses de tributs, les productions du sol,
et les industries locales, jusqu'aux époques où
leur abondance variée viendra leur assurer
des moyens d'échanges et d'encouragemens
pour agrandir leurs entreprises.

Mais lorsque cette nouvelle situation, cette
abondance de produits est obtenue, ces mêmes
États sentent le besoin des secours du commerce extérieur ; ils cherchent à en favoriser
tous les divers développemens, et ils aperçoivent promptement qu'ils ne peuvent marcher vers un tel but, et l'étendre que par une
plus grande liberté, et par des combinaisons
de réciprocité qui soient propres à appeler
une concurrence la plus nombreuse possible.
Ils s'empressent d'inspirer aux étrangers ces
sentimens d'amitié et de bienveillance qui
cimentent et multiplient les relations utiles
entre les peuples les plus voisins et les plus
éloignés.

La France se trouve éminemment dans ce
cas ; riche des bienfaits de sa civilisation si
perfectionnée, des produits variés, de la supériorité en objets de goût de ses nombreuses
manufactures ; surchargée des productions
surabondantes d'un sol étendu et en général

très-fertile ; n'étant exposée à aucune nécessité importante des produits étrangers, et n'ayant d'autre inconvénient à encourir dans ces transactions que celui de céder quelquefois à des fantaisies, et jamais à des besoins réels, elle a tout à gagner à ouvrir ses portes pour pouvoir être accueillie plus facilement ailleurs. Elle a tout à perdre à se montrer rigoureuse et repoussante, et à courir le risque d'être repoussée à son tour.

Vainement on chercherait à opposer à ces perspectives l'exemple des deux peuples les plus marquans dans la carrière commerciale.

Je crois, au contraire, pouvoir y trouver un appui pour mes raisonnemens.

Les Américains continuent à placer leurs revenus publics dans les provenances presque exclusives de leurs douanes. Cela me paraît tout naturel, et justifie la première partie de ma proposition.

Les États-Unis, quoique déjà puissans dans la balance politique du monde commercial et maritime, sont encore dans le premier degré de leurs institutions économiques. Ils sont forts de l'étendue de leur territoire ; mais relativement, ils sont faibles de population, et

d'approvisionnemens. Ils doivent tendre long-
temps encore à appeler des augmentations de
bras et des accroissemens, ainsi que des va-
riétés de produits. Il leur importe de se défendre contre de trop fortes concurrences qui
arrêteraient les commencemens pénibles de
leurs créations locales, et qui diminueraient
leurs capitaux. Le gros intérêt de l'argent
dans leur pays; le peu de variété de leurs
objets d'échange, et les nombreux besoins qui
les mettent encore dans la dépendance de plusieurs autres États d'Europe, leurs comman-
dent de tenir toujours en main la clef de leurs
communications avec l'étranger, et de procéder sans cesse en présence du signe journa-
lier de la balance de leurs transactions avec
l'extérieur.

La France, au contraire, est pleine d'une
population qui déborde, et qui semble pres-
crire le besoin ou la prudence de lui fournir
l'occasion de s'élancer au dehors.

Ses fabrications de toute espèce sont en
telle quantité, que tout nouvel obstacle à ses
écoulemens doit tendre à l'instant vers leur
diminution, et amener successivement la ruine
de nombreux établissemens.

Ses richesses, en signes d'échanges, mal

réparties et trop agglomérées sur un petit
nombre de points, n'y laissent, aux principaux
capitalistes, que d'assez minces intérêts : et
cette inégalité d'effets devient, sous beaucoup
de rapports, d'un côté, le témoignage d'un ralentissement dans la circulation, et de l'autre,
indique la vraisemblance ou la menace de
quelque désordre intérieur dans la marche simultanée de l'ensemble des progrès de l'économie commerciale et industrielle.

L'Amérique commettrait une imprudence
en s'exposant déjà aux désavantages de communications trop larges ou trop faciles avec
des peuples plus riches et plus avancés dans
les arts, et en admettant sans mesure toutes
leurs productions trop séduisantes.

La France, au contraire, ne peut que décroître en diminuant ses communications au
dehors, et en se privant chaque jour par des
procédés ou trop exigeans, ou trop personnels,
de quelque nouveau débouché, et du place-
ment de sa surabondance.

Je pourrais d'un mot mettre l'Angleterre
hors de ligne dans cette sorte de comparaison.
Sa position toute maritime a toujours pu lui
permettre de s'isoler et de se croire étrangère
à toutes les assimilations continentales. Elle

eut long-temps pour but principal d'alimenter
les progrès de son industrie dans des liaisons
lointaines, où sa supériorité sur mer lui assurait des préférences constantes, et même au
besoin l'éloignement de toute concurrence
nuisible. Toujours assurée de se procurer des
marchés privilégiés, il lui importait pendant
long-temps de dérober aux regards de tous les
rivaux, et ses procédés et ses réussites. Elle
marchait ainsi fort en avant de toutes les
autres nations manufacturières. Elle pouvait
se passer des consommations de celles-ci, elle
en avait le remplacement et au delà. Tout lui
prescrivait alors de ne pas les admettre dans
le moindre partage de ses efforts et de ses
succès. Elle avait dans sa ceinture maritime
la facilité certaine de les écarter. Elle a dû
conserver long-temps ses exclusives possessions.

Mais tout à un terme. Une circonstance extraordinaire, un de ces élans qui ne naissent
qu'au milieu de grandes agitations, et d'événemens imprévus, nous a placés dans la même
ligne pour la perfection des objets manufacturés. L'Angleterre n'a plus rien à cacher.
Elle n'a plus autre chose à espérer, même au
loin, que des préférences maintenues par la

force, et par le souvenir de sa prépondérance sur mer. Elle a complété tout ce qu'elle pouvait attendre des exclusions et du secret. Déjà elle n'y aperçoit plus que des inconvéniens, et elle parle de changer un système qui a fait son temps, et qui n'est plus profitable, même pour elle.

La France se perdrait ou tendrait à décroître, si elle persistait à imiter aujourd'hui ce que l'Angleterre a épuisé, et ce qui ne peut plus avoir d'application utile pour toute nation arrivée, ou peu s'en faut, à l'apogée du développement de toutes ses facultés intérieures.

C'est ici la place d'appeler généreusement au secours de tous ceux qui n'adoptent pas mes idées, l'opinion d'un homme célèbre, lorsqu'on accusait sa conduite ministérielle d'être destructive du commerce extérieur et maritime de l'Angleterre.

Pitt, fertile en expédiens de défense, sortit habilement d'une situation difficile, en opposant à des reproches de la même nature que ceux que je produis devant vous, un tableau presque enivrant du commerce intérieur de son pays; et soutint, avec son prodigieux talent, cette thèse devenue si chère aux sectateurs

des exclusions commerciales ; et aujourd'hui
le palladium de leur système, que toute nation guidée par ses véritables intérêts doit,
avant tout et par dessus tout, s'attacher à ce
qui concerne son commerce intérieur. C'est
alors qu'il déploya avec orgueil cette fastueuse
énumération du mouvement du commerce intérieur de l'Angleterre, et qu'il voulut justifier des prédilections de circonstances par le
récit des travaux et des transactions auxquels
les consommations du pays servaient d'alimens. Libre d'établir à plaisir des bases pro-
pices à sa réplique, il se plut à dissimuler et
à rapetisser le fondement véritable de toute
cette prospérité d'une espèce secondaire. Il
cherchait à repousser momentanément ses
contradicteurs, même par de vaines comparaisons. Il leur opposa une sorte de balance
entre les opérations attribuées séparément à
ce qu'il appelait tour-à-tour commerce extérieur et commerce intérieur : et, en élevant la
masse des bénéfices du dernier à plus de trente
capitaux au dessus de l'autre, en divisant ce
qui n'est presque toujours qu'une corrélation,
et ce qui, le plus souvent, doit former un
tout inséparable, il prononça sans conviction
qu'il ne fallait pas hésiter dans les préférences

à accorder entre des intérêts aussi disproportionnés.

Je dis sans conviction, parce que ce grand homme d'État ne pouvait, dans son âme, confondre les notions les plus simples, et méconnaître la cause, alors même qu'il se glorifiait de ses effets, et qu'il y cherchait son appui.

Il fit apparaître un fantôme pour éblouir les faibles, et disperser ceux qui voulaient arrêter ses combinaisons du moment.

En effet, Messieurs, n'est-ce pas un véritable fantôme que cette sorte de comparaison entre des élémens insaisissables dans leur multiplicité et leurs fugitifs rattachemens? Qui donc peut, sans témérité, se croire certain de fixer les termes positifs du calcul infini d'aussi vastes applications, et distinguer avec précision ce qui, parmi les transactions opérées sur le sol du pays, appartient uniquement aux provenances de ce sol, ou ce qui a reçu son origine, sa vie, des conséquences générales de tout le mouvement industriel du dedans et du dehors?

De tels calculs, de telles comparaisons, pris sur l'échelle d'un pays très-étendu, et qui est en continuel mouvement de transactions avec l'Univers, ne sont jamais que les produits d'hypothèses arbitraires et fantastiques.

Les chiffres du ministre anglais n'étaient alors que les enfans de ses passions de l'époque, et de passions politiques celles de toutes dont l'ascendant est le plus fort, et trop souvent le plus aveugle.

Sa comparaison se trouve détruite par le tableau plus réel des péripéties commerciales, et des degrés de fortune de son propre pays. C'est là même qu'on peut trouver les armes les plus victorieuses contre son système du moment.

Que fut l'Angleterre dans son principe? Une île mal cultivée, couverte de forêts et de bruyères, habitée par un des peuples de l'Europe, le plus rebelle à la civilisation et aux douceurs de la vie; un de ceux qui sont entrés le plus tard dans les communications sociales, et dans l'exercice des arts et de l'industrie. C'est sur la mer heureusement présente de tous les côtés à leurs regards, que les Anglais s'enhardirent à des essais; qu'ils rencontrèrent dans le commerce l'occasion des bénéfices, et de réels accroissemens. C'est ainsi qu'ils acquirent des richesses, et avec la possession des richesses, le sentiment de l'utilité

des arts qui adoucissent les mœurs, et pro-
curent des jouissances nouvelles.

Jusqu'au moment de ces époques de bonheur, quel était le commerce intérieur de
l'Angleterre? Quelques tristes échanges de
matières brutes, de bois, de métaux de peu
de valeur, et de lainages mal travaillés.

Si l'Angleterre est devenue industrieuse et
riche, si elle est aujourd'hui populeuse et
puissante, même par l'effet du travail résul-
tant des besoins de sa propre consommation;
si elle est le pays des grandes fortunes, et le
siége d'innombrables transactions, d'où lui
sont venus ces avantages? A qui est-elle rede-
vable de toutes ces précieuses conquêtes, de
cette réunion de forces et de moyens de toute
nature sur un territoire jadis pauvre et peu
habité? Elle doit toute cette opulence au commerce extérieur et à la navigation.

A côté de ce spectacle de grandeur, placez
le tableau de ce même pays concentré en lui-
même, sans communications au dehors, dépouillé des profits qui viennent rafraîchir à
chaque instant son mouvement et ses forces;
qui vivifient l'action incessante de toutes les
élaborations, et concourent au jeu simultané
de ce grand ensemble de prospérités : appli-

quez à cette nouvelle position le calcul des
effets de consommations sans remplacemens ;
de destructions sans moyens de rétablir ; de
richesses qui s'écoulent par des habitudes de
dépenses, et qui ne rentrent plus par d'autres
canaux : fermez la porte au retour des revenus,
arrêtez les eaux destinées à rétablir l'équi-
libre des déperditions, et vous pourrez alors
fixer le jour de la décroissance et du tarisse-
ment.

Lorsque Pitt étalait les prodiges du mouvement du commerce intérieur de son pays,
il retraçait malgré lui les conquêtes de son
commerce extérieur et maritime, et il n'a
jamais pu avoir l'intention de repousser et
de méconnaître l'origine et la cause première de toutes les prospérités de l'Angleterre.

Et d'ailleurs, quel est en définitive le bénéfice du commerce intérieur d'un pays relativement aux profits de ses habitans pris en
masse ? Rien autre chose qu'un déplacement
de capitaux.

Quel est, au contraire, le véritable résultat
des bénéfices du commerce extérieur ? Une
augmentation de la fortune générale aux dépens de l'étranger.

Dans les opérations du premier, je n'aperçois que des mouvemens de rotation dans un
cercle fixe et circonscrit.

Dans les succès du second, je vois le cercle
s'élargir, et son contenu recevoir de réelles
augmentations.

Le commerce extérieur, loin de nuire à
l'action du travail et des bénéfices commerciaux du territoire sur lequel il s'exerce, vient
ajouter à sa rapidité et à son étendue. Il est en
même temps effet et cause. Il débarrasse le
pays du trop plein; il lui apporte en retour
les matières premières qui multiplient les produits et les transactions; il lui fournit les
signes d'échange qui accélèrent la transmission de main en main. Il est tour à tour moyen
de dégagement et moyen de remplacement.
C'est l'écluse bienfaisante qui sert à faire écouler la surabondance et à recombler le vide.

Dans l'état présent des nations, celle qui
tracerait autour d'elle un cercle exclusif et de
non-communication, se verrait bientôt réduite
à abandonner une partie des productions de
son territoire : et en renonçant à tout ce qu'elle
pourrait fournir à d'autres pays, et à ce qu'il
lui est utile de recevoir du dehors pour ses
améliorations intérieures, elle serait forcée

de borner ses cultures et ses travaux aux seuls besoins de ses habitans : elle devrait perdre tout espoir d'agrandissement. Tout se trouverait rétréci dans son existence ; tout, jusqu'aux aisances de la vie physique , jusqu'à l'étendue du domaine de la pensée.

Otez à l'Angleterre sa navigation et son commerce extérieur ; bientôt vous la verrez rétrograder vers sa première pauvreté et sa dépopulation, et ce même entraînement de décadence ferait aussi disparaître les prétendus bénéfices de son commerce intérieur. Dans cette image , vous reconnaîtrez celle de la situation actuelle des provinces méridionales de la France.

Les conséquences de votre système de douanes leur enlèvent les ressources qui peuvent seules alimenter leur navigation. Elles inutilisent les facultés de leurs ports maritimes. Elles ruinent de proche en proche tous les propriétaires de ces contrées , pour qui il est d'absolue nécessité d'avoir recours à l'exploitation des mers et au secours du commerce extérieur. La continuation de l'état de contrariété qui les afflige, doit compléter avant long-temps la misère et la dépopulation de cette précieuse partie de la France.

Messieurs, quand j'ai voulu me livrer à l'examen de la loi qu'on vous propose dans ce moment, j'ai été saisi par la pensée qu'il fallait, avant tout, combattre les principes erronés sur lesquels repose fondamentalement votre système de douanes; je vous en ai retracé le vice radical par la peinture de la situation déplorable et de l'anéantissement infaillible de votre commerce maritime, par le tableau des destinées malheureuses réservées à nos provinces méridionales dont le bien-être est lié à la navigation et à la libre jouissance du commerce extérieur.

Je ne dois point associer à ces hautes considérations des reproches de détails. Je laisserai de côté les nombreuses observations que je pourrais faire sur plusieurs articles du projet de loi. Elles affaibliraient l'examen des principes sur lesquels j'ai cru devoir attirer, avant tout, vos regards.

Je me tairai donc sur la persistance dans des prohibitions absolues, manière d'opérer formellement dérogatoire à tous les dogmes raisonnables consacrés en matière d'économie politique.

Je passerai sous silence cette obstination à conserver des impôts sur les matières pre-

mières, et même sur les produits du sol destinés à l'exportation, entre autres sur les vins,
lorsqu'ils vont chercher chez l'étranger une
consommation que nous devrions bien plutôt
encourager par des primes, que de la mutiler
et de l'entraver par des droits à la sortie de
nos ports; impôt contre nature, dont l'effet
funeste est de restreindre les ventes au dehors
de denrées dont nous avons un si grand intérêt à multiplier les débouchés.

Je sais qu'on propose la diminution de cette
taxe impolitique, et qu'elle vient d'être réduite; mais, outre l'impossibilité d'une répartition équitable de cet impôt désastreux dont
la plus petite surcharge nuit au commerce de
nos vins de basse qualité qui sont en si grand
nombre, il est naturel de penser aussi que,
tant que ce droit ne sera pas réduit uniquement à celui de balance, de manière à ce que
le principe du rejet de toute imposition réelle
sur la sortie de ce produit du sol soit reconnu,
il résultera toujours de l'état actuel des choses,
très-peu de profit pour le fisc, beaucoup de
nuisance pour le producteur, et une diminution fâcheuse de nos ventes à l'extérieur.

Je sens, autant qu'un autre, l'utilité du secours des douanes, lorsqu'elles sont destinées

à être beaucoup plus un moyen vivifiant qu'un moyen de revenus.

Dans un pays comme la France, qui renferme dans son sein plusieurs sortes d'intérêts qu'il faut protéger simultanément, le tarif des douanes doit toujours être calculé sur les avantages que réclament également l'agriculture, l'industrie manufacturière et la navigation, sans jamais sacrifier l'une à l'autre.

Le tarif actuel se ressent des vices de son origine. Il fut essentiellement destiné à être oppresseur, et non pas protecteur.

Quand vous édifiez sans cesse sur les mêmes bases avec des dispositions supplémentaires et accessoires, vous ne devez obtenir que des résultats saccadés, toujours imprégnés des directions hostiles, inséparables de la pensée primitive de celui qui fit tracer ce tarif, bien plus dans un but de domination personnelle, que dans celui de l'utilité générale du pays.

Le tarif de 1791 offre un point de départ beaucoup plus raisonnable ; s'il était aujourd'hui remanié avec le concours des hommes de la théorie, et des hommes de la pratique, il pourrait produire de véritables perfectionnemens et de meilleures combinaisons, pour concilier tout à la fois la politique et l'administration dans ce qui peut garantir l'amitié au dehors, et la richesse au dedans.

Messieurs, la situation sociale et politique des États de l'Europe est aujourd'hui d'une telle nature, que c'est essentiellement dans les effets du régime de leurs douanes que résident le bien-être intérieur des peuples, et la suprématie des gouvernemens pour leur influence au dehors.

Je suis convaincu que ce grand intérêt public est livré en France à de nombreuses erreurs, à de mauvaises directions. Et, jusqu'à ce que le gouvernement change de système à cet égard, je croirai remplir un devoir patriotique, en votant contre les propositions qui dérivent des principes que j'ai combattus.

DISCOURS

SUR LE BUDGET DE 1823. (MINISTÈRE DE L'INTÉRIEUR, CHAPITRE V, ÉLÉVATION DES MONUMENS PUBLICS.)

|SÉANCE DU 26 JUILLET 1822.|

MESSIEURS,

JE suis loin de la pensée d'un refus de fonds pour élever des statues à ceux qu'on peut considérer comme dignes d'être vénérés par la postérité; mais lorsqu'on a jugé à propos de nous désigner ceux pour qui l'on destine les fonds demandés, je regarde comme un devoir de vous présenter des observations sur quelques uns d'entre eux.

Je n'ai jamais connu le général Pichégru. Je n'ignore point qu'il fut un des premiers qui mena nos soldats à la victoire. Mais aujourd'hui que tant de révélations précoces prennent soin, par des motifs plus ou moins honorables, de découvrir à l'envi tant de secrets, je sais aussi qu'alors même qu'il commandait dans nos rangs, il négociait; ce qui, à mes yeux, et dans de telles circonstances, doit toujours être considéré comme une trahison; et ce qu'il paraît n'avoir suspendu, que parce qu'on ne tomba pas d'accord sur les conditions.

Depuis, il combattit à découvert, dans notre sein, devant la France, avec plusieurs d'entre nous. J'applaudissais à leurs efforts; j'ai déploré leur chute. Mes regrets et mes vœux les suivirent dans ces plages désertes, où quelques uns de leurs compagnons ont trouvé du moins d'honorables tombeaux.

Comment s'est terminée une carrière mêlée d'actions glorieuses, d'efforts généreux, de combinaisons peu loyales? par une de ces entreprises qu'un homme d'honneur ne peut jamais avouer; par une de ces ténébreuses machinations, dont le dénouement, quant aux effets médités ou probables, est encore difficile à caractériser, et dont le but principal, ou la conséquence la plus immédiate, était avant tout un assassinat. Laissons en paix sa cendre. Si des amis particuliers la couvrent d'un marbre consolateur, nous saurons respecter des sentimens privés, des amitiés personnelles; mais cette satisfaction isolée ne doit appartenir qu'à quelques hommes. La France ne peut avoir rien de commun avec ces affections de reconnaissance individuelle ou de parti; et moi, Français, je ne dois pas voter pour sa statue.

Pourquoi faut-il que je me regarde aujourd'hui comme contraint d'exprimer aussi à cette tribune mon opinion sur un des hommes que j'ai le plus aimé dans ma vie, et pour qui je l'eusse volontiers sacrifiée dans d'autres momens? Si j'étais déjà rentré dans ma situation privée, si je n'en fusse pas sorti, je me serais toujours regardé comme libre de ne parler, de ne me souvenir que de tant de faits glorieux, que de tant de qualités estimables du général Moreau. Et si l'on m'était permis devant moi de citer une erreur de sa vie, de douloureuses larmes eussent été ma seule réponse.

Ici, j'ai encore une autre épreuve pénible à subir. Il faut que je parle un instant de moi ; il faut que je réponde à tous ceux qui semblent pressés de m'interpeller, de me demander pourquoi j'interviens dans cette discussion, de quel droit j'apporte ici mon jugement sur un général qui a tant honoré les armes françaises, moi qui n'ai point combattu à ses côtés, moi qui n'eus jamais le bonheur de verser mon sang pour la patrie. Messieurs, je fus son ami; j'ai mérité plus d'une fois sa plus intime confiance. Il m'a placé, dans son malheur, au premier rang de ses amis les plus fidèles. Si je n'ai pu le défendre à force ouverte, je ne l'ai pas abandonné dans sa disgrâce; je me suis exposé à la partager; j'en ai bravé pour ma part un commencement.

J'ai consolé tous ses pas dans l'exil. Je voulus le ramener de Cadix; sa route était tracée; j'en avais assuré les commencemens. Plus d'un de nos braves l'attendaient autour de son pays natal, et depuis la Garonne jusqu'au milieu de son armée, il n'eût plus marché qu'entouré de son état-major, et comme général d'armée. Mais alors... repoussant toutes nos offres, sa réponse fut toujours : Je ne ferai jamais la guerre à mon pays.

Plusieurs de nos braves, et moi comme eux, nous pensions différemment. Nous avions cru que des Français avaient le droit de faire la guerre à un homme coupable de toutes les usurpations, puisque déjà il s'était emparé de tous les pouvoirs et de tous les droits. Nous pensions, et je le crois encore, que des Français pouvaient prétendre à vider entre eux des querelles françaises, mais entre eux seuls, et sans appeler des étrangers à leur secours. Nous pensions, et je le crois encore, que la guerre civile est un acte cruel, même horrible, mais qu'elle peut quelquefois n'être pas un acte déshonorant.

Il mit à la voile. Nos vœux, et des témoignages d'amitié sincère allaient de temps en temps lui porter des consolations dans sa retraite : quelle fatale destinée que celle qui l'en arracha quelques mois trop tôt! Une mort déchirante devait-elle lui être destinée, et devenir le sujet d'un deuil ineffaçable pour tous ses nombreux amis! Comment est-il avenu que le général Moreau n'ait point péri irréprochable, et que tant de Français qui le chérissaient aient été privés de la consolation de le voir près du trône de nos rois, montrer à son pays natal un autre du Guesclin, et à la

France un nouveau connétable tenant dans sa main le glaive d'extermination contre tout étranger assez audacieux pour souiller le sol de notre patrie?

Messieurs, jadis à côté du trône et dans la famille de nos rois, on avait senti le besoin de déchirer quelques pages de la vie d'un grand capitaine. Il nous appartient à nous aujourd'hui de ne pas exposer à des outrages, les statues de ceux qui furent nos amis. Gardons le souvenir de leur vie; cherchons à oublier la cause de leur mort.

Que ceux qui, comme moi, aimèrent vivement quelqu'un d'entre eux, réservent dans leurs cœurs un culte fidèle aux actions qui les leur firent chérir; qu'ils leur élèvent en paix des monumens, dont un peuple généreux saura respecter, dans toutes les situations, les sentimens et les motifs personnels. Mais respectons, avant tout, les mânes de ces innombrables guerriers morts pour la patrie. Craignons que les socles de quelques monumens publics ne puissent devenir des champs de bataille, et qu'ils soient exposés à n'être le plus souvent que des objets d'excitation à des querelles et à des combats.

Ami sensible et fidèle, je contribuerais sans

regret à élever une statue à Moreau dans un sanctuaire particulier. Député de la France, je vote contre la statue du général Moreau, comme monument public.

SESSION DE 1823.

OPINION

SUR LE PROJET DE LOI DE L'EMPRUNT DES 100 MILLIONS.

[SÉANCE DU 24 FÉVRIER 1823.]

MESSIEURS,

JE ne me suis pas dissimulé, en traçant les réflexions que je viens vous présenter, combien il était difficile d'élever encore la voix en faveur de la paix et contre des subsides extraordinaires, au milieu d'une assemblée dont la majorité s'est déjà montrée si facilement disposée à la guerre.

Je sais très-bien que, dans cette enceinte,
il n'est permis à aucun de nous d'isoler entièrement ses pensées et ses affections, et de les
détacher de tout l'ensemble des intérêts de
l'État. Mais il est aussi pour chacun un devoir
qui porte en lui-même le caractère d'une utilité précieuse, celui de vous présenter des
observations plus particulières, lorsque, par
des antécédens personnels, on peut se croire
autorisé à discuter plus à fond quelques unes
des matières qui vous sont soumises.

Dans la situation présente de toutes les nations de l'Europe civilisée, ce qui peut le
mieux assurer leur repos et la sûreté des
États, c'est le paisible exercice du commerce
et de l'industrie. Les négocians et les manufacturiers ne furent jamais les amis de la
guerre, ni les amis des révolutions. Protégés
à propos contre des troubles et des actes de
violence, les négocians et les manufacturiers
sont toujours les ennemis des révolutionnaires, et ceux que l'autorité établie trouve
sans cesse les plus disposés à défendre la tranquillité publique et à s'opposer à toutes les
innovations trop subites ou trop absolues.

C'est au nom de cette population, qui ne
connaît d'autre ambition que celle du travail

et du repos, essentiellement amie du règne
des lois et de la justice, que je viens ici discuter sans haine, sans aucun but caché, tout
ce qui tend à changer, pour le malheur de
tous, une situation digne de tous les vœux,
et aussi désirable pour les rois que pour les
peuples.

A une époque qui n'est pas bien loin de
nous, quels furent les hommes les plus promptement disposés à contrarier la marche du
gouvernement qui régissait la France? Ce
furent les négocians, et surtout les négocians
des ports de mer. Privés depuis long-temps
de tous les avantages de leur position naturelle, dépouillés de la jouissance de ces communications maritimes qui enrichissent l'État
plus encore que les particuliers qui les diri-
gent, c'est parmi eux, c'est dans les ports de
mer que la famille de nos rois conserva toujours le plus grand nombre de partisans; c'est
par l'empressement des habitans des ports et
par leur coopération active dans des momens
encore périlleux, que s'est opéré avec plus
de promptitude et de succès un mouvement
décisif en faveur des Bourbons.

Je ne cherche point ici à diminuer pour
qui que ce soit la portion de mérite qu'il lui

plaît de s'attribuer dans cet événement mémorable ; mais je ne puis me défendre de
signaler une vérité incontestable, en répétant,
avec tous les bons observateurs du cœur humain, que les hommes de toutes les époques
se sont laissé toujours plus vivement entraîner par ce qui touchait de près à leurs
intérêts personnels ; et je n'hésite pas à penser
que dans la résistance qui s'est si souvent
manifestée parmi les habitans de nos ports
contre les gouvernemens qui nous ont régis
pendant la Révolution, et dans l'empressement
de leurs acclamations au retour du Roi , l'espoir de la renaissance du commerce maritime
a pu beaucoup ajouter à la chaleur des ap-
plaudissemens et à la vivacité des efforts.

Quoi qu'il en ait été, les vœux quelconques
furent accomplis. Nos vaisseaux ont bientôt
parcouru toutes les mers ; les habitans de nos
côtes ont pu voir chaque jour avec joie le pavillon français sillonner les flots, et nos navires transporter de toutes parts les richesses
de la France et celles du Nouveau-Monde.
Une confiance qui semblait devoir être désormais sans bornes, a conduit au loin des milliers de nos concitoyens et des millions de
notre fortune.

Partout, dans les Amériques, dans les Indes, dans les parages les plus reculés, nous avons en ce moment de nombreux vaisseaux et des capitaux considérables : quel serait le sort du plus grand nombre, si la guerre venait à éclater au milieu de la sécurité inspirée à de louables spéculateurs?

Notre marine militaire s'apprête, dit-on, à les défendre, et à les protéger.

Oui, sans doute, nous devons beaucoup espérer du zèle et du courage de notre marine militaire. Mais, vous le savez, Messieurs, nos justes sacrifices en sa faveur ne peuvent nous promettre, qu'avec le secours du temps, une défense assez rassurante contre de trop nombreux ennemis, contre des ennemis à qui les facilités locales et d'abondantes ressources assurent pour long-temps encore une prépondérance dont nous sentons chaque jour le poids.

Vous pouvez beaucoup attendre du dévouement de nos marins dans ce qui dépendra de leur valeur et de leur habileté. Jamais peut-être de plus réelles espérances ne furent permises à tous ceux qui savent apprécier leur zèle et leur ardeur de se distinguer. Mais cette œuvre de nos désirs et de nos tributs est à peine à son aurore : il reste beaucoup à faire

18

pour la compléter et pour fonder solidement
sa consistance ; et s'il nous était réservé de la
voir compromise presqu'à l'improviste dans
son adolescence, un tel malheur serait pour
les Français le sujet de regrets inconsolables.

Notre commerce maritime n'a, depuis long-
temps, pour soutien que la constance de ceux
qui se trouvent enchaînés, en quelque sorte,
à cette carrière par les habitudes de leur enfance, et par l'espoir toujours déçu d'un meilleur avenir pour notre navigation. Si une telle
persévérance les avait conduits à une ruine
totale, qui de vous pourrait en être le témoin
sans en éprouver la plus profonde douleur ?
Et s'il est encore des êtres sans patrie et sans
humanité, qui, dans les accès de leurs passions aveugles, répètent que les hommes du
commerce et de l'industrie sont trop indépendans, qu'il est bon de les *mater* (car telle est,
dit-on, l'expression consacrée par des fu-
rieux), je leur dirai, au nom des plus estimables citoyens, et dans l'intérêt mieux entendu
de la France et de la monarchie : travaillez,
au contraire, à la conservation de l'aisance de
tous ces citoyens, qui ne vous demandent ni
places lucratives, ni pouvoir, qui sont les amis
les plus fidèles de la tranquillité publique,

qu'ils savent apprécier plus que d'autres,
parce que, sans elle, ils ne peuvent jouir en
paix du fruit de leurs honorables travaux.
Gardez-vous de réduire au désespoir ceux qui,
loin de vous être à charge, sont, pour une
grande part, les nourriciers de l'Etat, et toujours les plus sincères partisans de son repos.
Ayez moins de confiance dans les promesses de
ceux que vous salariez, et qui sont insatiables
de vos faveurs. Le commerce heureux est le
plus ferme appui des gouvernemens : le commerce ruiné par des imprudences ou par des
haines, peut en devenir le tourment et l'inexo-
rable accusateur.

« Mais ce qu'il importe, avant tout et par-
» dessus tout, nous a dit M. le rapporteur,
» c'est d'assurer au besoin la gloire de nos
» armes, l'honneur de notre drapeau, le repos
» de la France et la majesté du trône. »

Hélas! Messieurs, ouvrez nos annales, et
sur quelque époque de guerre que tombent
vos regards, vous trouverez toujours ces
mêmes expressions employées par les mandataires ou les amis du pouvoir, pour décorer de
quelque prétexte justificatif toutes les guerres
justes ou injustes que les rois ou leurs courtisans ont tour à tour entreprises, et dans

quelque but d'ambition ou de passions personnelles qu'elles aient été conçues.

« Nous sommes Français, poursuit M. le
» rapporteur, et nous avons dit dans notre
» adresse au Roi, qu'aucun sacrifice ne coû-
» tera à la nation pour défendre la dignité de
» la couronne, l'honneur et la sûreté de la
» France. »

Pour ma part, j'adopte une telle opinion.
Je sens autant qu'aucun de vous le besoin de
tout ce qui peut maintenir et l'honneur et la
sûreté de mon pays, et la dignité du gouvernement qui préside à ses destinées. Quel est
celui qui voudrait se présenter à la face du
Monde, et parler à cette tribune au nom
d'un peuple déshonoré?

Mais sans cesser d'être unanimes dans ces
nobles sentimens, chacun de nous se doit aussi
d'examiner si réellement la dignité de la couronne, l'honneur et la sûreté de la France se
trouvent compromis dans ce moment.

J'ai l'orgueil de me croire aussi bon Français qu'aucun autre : mais ici ce n'est pas pour
la France seule que nous devons plaider la
cause de l'humanité et de la justice.

Ne nous laissons pas égarer par de vaines
paroles, qu'on fait trop légèrement retentir à

nos oreilles, comme un moyen facile de séduction, par ces mots : C'est français, ce n'est
pas français.....

Messieurs, ce qui est véritablement français, c'est ce qui appartient à la justice, à la
raison, à la générosité, à la bienfaisance.
Ces sentimens, ces paroles sont de toutes les
langues, de tous les pays. Ils sont compris et
aimés dans toutes les parties du Monde. En
vain vous vous efforcerez d'attribuer aux
Français des sentimens particuliers ; ils n'ont
pas une autre âme que celle des autres nations
civilisées.

Elle s'éloigne, elle a fui cette époque où
chaque peuple ne voyait hors de lui, et chez
ses voisins, que des animosités et de mauvais
traitemens. Il existe encore en Europe des nations distinctes ; mais il n'y a plus parmi les
hommes qui habitent tous les pays civilisés
qu'une seule âme, qu'un même cœur. Ce
cœur ne bat, en tous lieux, que pour la liberté, pour l'amour et le bonheur de nos semblables. C'est en vain que les puissans de la
terre cherchent encore à désunir et à mettre
aux prises ceux qu'un souffle divin anime
d'une bienveillance universelle.

Les peuples, avant long-temps, renonceront

à des guerres générales. Malheur a ceux qui
cherchent à faire revivre ces guerres, à les
prolonger! Oui, malheur aux ennemis de
l'humanité! Voilà des mots éminemment français. Bien plus, ils appartiennent à toutes les
nations : le Monde entier les salue de son approbation et de ses hommages. Il leur a voué
son culte.

Si vous pouvez vous dispenser de faire la
guerre, l'exécution de la loi qu'on vous propose n'est plus qu'inutile et dangereuse. Si
même la guerre doit avoir lieu un jour, mais
qu'une agression de votre part puisse être
éloignée, différez aussi le moment de vos dépenses et de sacrifices prématurés.

Et quelle est cette guerre que des ministres
nous ont annoncée comme inévitable, et
qu'ils se hâtent tant d'entreprendre? quel peut
être le motif de cette terrible résolution?
A-t-on spolié nos concitoyens? A-t-on offensé
l'honneur national, ou mis en péril la sûreté
du pays? A-t-on envahi notre territoire?......
Rien de tout cela n'est arrivé. Car, je vous le
déclare, Messieurs, l'honneur de la France ne
peut être compromis par ce que l'on a si déri-
soirement qualifié d'insulte, ou violation de
certains droits contestés sur une petite vallée

dont le nom fut jusqu'à ce jour à peine connu de ses voisins.

Il est vrai qu'on a énoncé un intérêt plus grave. On prétend qu'un prince de la famille de nos rois se trouve prisonnier dans ses États. Cependant il est dans son palais; il reçoit chaque jour des hommages; il s'assied sur son trône; tout se fait en son nom et par ses ordres : il n'a pas cessé de régner. Quelles sont donc les preuves de sa captivité? Serait-ce parce qu'il gouverne au nom d'une constitution à laquelle il doit le recouvrement de sa couronne, et qu'il a juré de maintenir?

Étrange esclavage, Messieurs, que celui qui dérive d'une loi fondamentale dont les effets ont pour premier résultat, arraché un monarque à ses véritables oppresseurs, changé une prison lointaine en un palais somptueux au sein d'un vaste royaume, et fixé autour de sa personne, à la place des espions et des gendarmes de Valençay, le respect, le dévouement de tous les véritables Espagnols.

Vaine démonstration, disent ceux qui ont pris les armes pour rétablir dans leur pays le pouvoir absolu, pour fouler aux pieds et les lois maintenant en vigueur, et les lois plus anciennes et plus pleines de libertés, que leurs

ancêtres ont constamment ou réclamées ou
défendues.

Qu'elle est grande l'erreur de quelques
Français qui ne veulent reconnaître pour Espagnols que ceux qui font la guerre à leur patrie, que ces ambitieux qui, sous le nom d'un
roi résidant au milieu de ce que vous appel-
lerez, si cela vous plaît, un autre parti, voudraient s'emparer d'une puissance indéfinie ;
tentative qui peut devenir funeste à ce roi lui-
même, et pousser même ceux qui l'entourent
à méconnaître les droits sacrés de sa personne.

Messieurs, il n'y a que du danger à vouloir se dissimuler l'effrayante perspective d'un
précipice où l'on peut jeter à la fois, par des
violences, et l'Espagne tout entière, et le roi
que l'on prétend sauver.

Depuis long-temps vous avez pu mesurer
les moyens de tous ces insurgés qui ne sont
pas restés sans protection. Des armes, de
l'argent, des secours de toute espèce, leur
ont été prodigués. A quoi tout cela a-t-il
abouti ? A des incursions malheureuses dont
la nature difficile du pays a seule enhardi
et favorisé les ravages ; à quelques combats
isolés qui ont fait inutilement verser le sang
humain, et ramené sur notre territoire des

fuyards dénués de tout. En sera-t-il autrement, lorsque vous les reconduirez dans leur
pays? Seront-ils alors plus capables de vous
ouvrir les chemins et d'épargner le sang de
vos soldats?

Ils ne les appellent, disent-ils, que pour
encourager par leur présence le plus grand
nombre de leurs compatriotes prêts à se réunir
à eux.

Ne vous y trompez pas, Messieurs, dans
un pays pauvre et ruiné, comme l'est depuis
long-temps l'Espagne, les vagabonds, les gens
sans asile, sans existence, tous ces hommes
enfin, que l'on désigne plus généralement
sous le nom de *prolétaires*, se rencontreront
en grand nombre.

Sous quelque bannière qu'on vienne leur
offrir des vivres, des habits et quelque argent, on en réunira beaucoup. Mais, sans
élever des doutes sur la fidélité d'un petit
nombre de chefs, je suis intimement convaincu qu'il y a du danger à fonder des espérances sur ces soldats indociles, peu sensibles
à des sentimens d'affection et de reconnaissance envers toute espèce d'étrangers. L'autorité de leurs propres commandans est sans
force sur des bandes irrégulières, sur des at-

troupemens sans discipline, auxquels la plupart se réunissent bien plus dans l'intention
de guerroyer pour leur compte et à leur
profit, que par dévouement pour une cause
politique et avec un but général.

Protégés par vous, ils feront des courses
en avant, et une guerre à leur manière. Ils
livreront des combats pour faire du butin;
et le jour où vous pourriez avoir besoin de
leur appui, vous ne les trouverez pas.

Bien plus, que deviendront-ils au moment
où quelque intervention nouvelle viendra
placer vis-à-vis de vous, dans leur pays, un
allié de l'autre parti, se présentant entouré
de trésors et prêt à offrir plus d'argent. Ce
jour-là, Messieurs, le plus grand nombre de
ces hommes que vous aurez armés, nourris
et payés, attirés par le plus petit avantage,
tourneront contre vous vos propres armes et
chercheront à racheter leurs premiers torts,
auprès de leurs compatriotes en se montrant
des ennemis plus cruels que ceux auxquels
vous aurez les premiers déclaré la guerre.

Je connais l'Espagne, Messieurs; je l'ai
habitée, et des relations, des amitiés de toute
ma vie, m'ont appris à bien juger le caractère
de cette nation remarquable. Je dois le dire

ici, pour l'acquit de ma conscience : ceux qui paraissent vous réclamer aujourd'hui ne vous seront d'aucune utilité réelle et peuvent finir par vous devenir funestes. Ceux, au contraire, que vous voulez attaquer désirent rester vos sincères et vos plus utiles amis. Vous pourriez prétendre à obtenir quelque chose d'eux par vos exhortations et vos exemples, mais vous ne leur arracherez rien par la force. Il n'est pas difficile de leur faire beaucoup de mal, de parcourir les armes à la main la plus grande partie de leur pays. Mais vous ne ferez jamais plier sous vos volontés la nation espagnole. Je pourrais ici m'appuyer de son histoire de tous les temps : vous la connaissez comme moi. Dût-il n'échapper aux coups d'innombrables agresseurs qu'un petit nombre d'Espagnols, leur pays, par son étendue et la variété de ses défenses naturelles, fournira toujours assez de refuge aux indomptables pour leur réserver le dernier triomphe : ils recouvreront leur pays tout entier en foulant aux pieds les ossemens des milliers d'étrangers que le climat, les privations et la misère auront dévorés, même sans l'effort des armes. Craignez des commencemens de conquêtes trop faciles ; plus vous marcherez en

avant, plus votre situation deviendra dangereuse.

Mais s'il est vrai, comme vous le dites,
que rien ne doit vous arrêter, parce que vous
croyez un Bourbon en péril, et quand vous
avez laissé échapper l'occasion de tenter avec
rapidité un coup de main qui n'avait pas alors
l'inconvénient d'exciter une guerre générale;
souvenez-vous qu'aujourd'hui vous vous êtes
privés du seul motif plausible qui pouvait
appuyer des déterminations précipitées.

Le projet de former une armée d'observation plus imposante n'est pas ce que je me
permets de combattre. Le caractère national
ne saurait condamner la présence sur nos frontières de soldats inoffensifs, dont la mission
serait de veiller sur la sûreté de la France,
de venger des outrages, s'il en était commis,
et d'en faire la déclaration formelle, sans envahir le pays voisin. Une telle conduite serait beaucoup plus efficace pour la tranquillité
du roi d'Espagne.

Pesez mûrement, je vous en supplie, les
avantages de cette position, qui laisserait
prévoir la vengeance, sans provoquer l'irritation et la fureur.

Si Ferdinand était réellement en danger,

croiriez-vous arriver assez à temps pour le sauver? Vos franches et nobles déclarations, sans actes de violence, suffiront pour sa sécurité, tandis qu'une guerre commencée par vos ordres peut la compromettre.

Il en est temps encore; faites reposer nos guerriers au pied des Pyrénées, mais ne leur permettez pas de les franchir : vous ne pourriez légitimer une telle incursion que par la nécessité de repousser des agressions positives. Craignez de rompre les premiers la paix. Promenez vos regards sur l'Europe; déjà elle s'ébranle tout entière. Chacun aperçoit comment une guerre peut commencer, comment elle peut, en un instant, s'enlacer de tous côtés et s'étendre sans mesure; mais qui peut d'avance en calculer la durée, en fixer le terme? Jetez les yeux sur l'autre rive de la Manche. Voyez les vaisseaux britanniques embarquer des canons, et de nombreux corsaires faisant voile vers les côtes d'Espagne, pour y réclamer des patentes de destruction. Pensez à nos navigateurs; entendez autour de vous les alarmes du commerce, celles de nos malheureuses colonies. Retenez fortement ce tableau sous vos yeux, il suspendra peut-être des déterminations trop promptes.

Poursuivez, s'il le faut, vos préparatifs de guerre, mais conservez encore la paix. On nous apprit à tous dès l'enfance à la nommer la Fille du Ciel.

Et si vous devez rejeter sans pitié mes patriotiques prières, d'ici, de cette tribune, je lancerai ma voix jusqu'au pied du trône, et je ne craindrai pas de déclarer au monarque que ceux qui lui conseillent la guerre, avant qu'on ne nous ait attaqués, ou que quelque grand forfait ne nous ait condamnés à cette extrémité déplorable, sont les fléaux de la France et de l'humanité; qu'ils sont les ennemis du bonheur de sa famille. Je m'arrête à ces derniers mots : mon caractère me défend d'aller plus loin, et de fournir des prétextes à de perfides interprétations.

Je vote pour la paix en rejetant la loi de guerre qui nous est proposée.

SESSION DE 1824.

DISCOURS

PRONONCÉ DANS LA DISCUSSION DE LA LOI SUR LE
RECRUTEMENT.

(SÉANCE DU 29 MAI 1824.)

MESSIEURS,

ACCOUTUMÉ à ne traiter à cette tribune que
des sujets analogues à ce qui a le plus occupé
ma vie, j'ai long-temps hésité avant de me
résoudre à prendre la parole sur la nouvelle
loi de conscription que l'on vous propose aujourd'hui; mais un mûr examen m'a con-

19

vaincu que c'était une loi plutôt civile que
militaire; qu'il y avait lieu d'en considérer
les effets dans ce qui touche à nos affections
de famille et à nos intérêts sociaux les plus
précieux, plus encore que sous le point de
vue de l'amélioration de notre établissement
de guerre; et qu'il suffisait d'avoir des enfans,
des parens et des amis dont cette nouvelle
loi doit changer et aggraver le sort, pour regarder comme un devoir de la discuter et de
chercher les raisons propres à la combattre.

Dussiez-vous, Messieurs, m'accuser de témérité ou d'erreur, je ne crains pas d'avancer
ici que dans ma manière de sentir et d'envisager cette question, il m'a paru que les militaires qui siégent parmi nous devraient peut-
être s'abstenir de prendre part à sa décision;
ils se trouvent nécessairement enclins à ce qui
domine toutes leurs affections, dans ce qui
peut accroître le domaine de leur influence,
à ce qui doit embellir la carrière à laquelle
ils ont voué leur sont; et les résultats les plus
favorables de leur vie. Il leur serait difficile
de se défendre de partialité dans ce qui doit
les entourer de plus nombreuses perspectives
et leur donner une plus grande consistance.
Je ne suis pas de ces amis timides de la

liberté, qui redoutent comme trop dangereuse l'existence des armées permanentes. Je veux la liberté ; mais je veux en même temps l'indépendance nationale, sans laquelle il n'y a plus de garantie pour les institutions, ni d'éclat pour le trône, ni de dignité pour le peuple. Je vais plus loin : je regarde cette force protectrice comme souvent nécessaire à l'industrie et au commerce, qui auraient tort d'en méconnaître l'utile secours.

Par un enchaînement naturel, et qu'il serait facile d'expliquer, la richesse suit la puissance qui lui offre sa protection. Quand Gênes et Venise s'élevaient à une si haute prospérité, leurs galères dominaient dans la Méditerranée. Quand la Hollande entassait chez elle tous les capitaux du Globe, son pavillon était respecté sur toutes les mers, et Ruyter vainqueur remontait la Tamise. La richesse actuelle de l'Angleterre a, de même, pour base sa puissance militaire. Otez-lui ses flottes si formidables, ses chantiers, ses arsenaux, et vous frapperez du même coup ses fabriques et son commerce. Négligez en France notre marine, continuez à la traiter avec parcimonie, et vous hâterez le découragement de nos entreprises maritimes, et nous perdrons chaque jour da-

vantage nos débouchés d'outre-mer, déjà si
réduits et si insuffisans.

Ayons donc toujours à notre disposition des
forces capables d'en imposer à nos envieux,
et de faire trembler nos ennemis. Maintenons
sur pied, ou promptement disponible, une
armée respectable qui puisse rappeler sans
cesse à l'Europe, qu'à aucune époque, et
lorsque nous ne sommes point désunis, on n'in-
sulterait pas impunément notre chère patrie ;
mais gardons-nous d'employer, pour recruter
cette armée, des moyens également nuisibles
aux particuliers et à l'État, des moyens dont
rien ne nécessite et ne justifie l'emploi.

Le nouveau projet de loi étend à huit années l'obligation de service militaire que la
loi actuelle impose pour six ans aux jeunes
conscrits ; et il porte à 60,000 le nombre des
conscrits mis chaque année à la disposition du
gouvernement. C'est presque doubler le fardeau de la conscription.

Nous ne devons pas nous dissimuler, Messieurs, que dans l'état actuel de la société, au
point de bien-être où la civilisation a porté
toutes les classes de citoyens, le métier de soldat est le moins recherché de tous, parce qu'il
est plus dépendant, le moins rétribué, et

celui qui offre, au milieu de dangers et de
privations sans nombre, les chances les moins
favorables. Aussi voyons-nous dans nos villes,
et surtout dans les campagnes, beaucoup de
répugnance pour le service militaire ; aussi
voyons-nous que, malgré tous les efforts des
officiers, malgré leurs soins prévoyans, malgré
la discipline vraiment paternelle qui existe
dans beaucoup de nos régimens, les rengagemens sont très-peu nombreux.

Cette répugnance peut bien être une des
suites de nos longues guerres ; car vous aurez
tous lu comme moi, dans les *Mémoires de
Sully*, que, même sous Henri IV, et après ses
longues guerres, on ne faisait marcher les soldats qu'en leur mettant le gibet sous les yeux.
Mais cette raison n'est pas la seule aujour-
d'hui, et il faut bien se persuader que dans
le temps actuel où l'aisance règne dans les
villes, où un bien plus grand nombre de pay-
sans peuvent *mettre la poule au pot*, comme le
leur souhaitait ce Roi dont le souvenir est
gravé même dans la mémoire du pauvre,
l'état de soldat nécessite de plus grands sacrifices qu'autrefois, et soumet celui qui l'embrasse à des privations plus dures et plus sensibles. Si nos armées étaient recrutées par des

enrôlemens volontaires, je ne verrais aucun
obstacle à ce qu'on prolongeât le temps du
service. L'engagé exigerait sans doute dans ce
cas une plus forte somme; ce serait là un
marché tout comme un autre. Mais avec le
tirage général au sort, c'est un impôt que vous
levez, que vous augmenterez sans compensation nouvelle; c'est un surcroît d'obligations
que vous créez, sans y ajouter aucun adoucissement, et cet impôt est le plus terrible de tous.
C'est une portion de la vie que vous exigez;
et à quelle époque? Dans l'âge des illusions,
où le plus grand bonheur est dans l'indépendance; dans l'âge des affections douces, où
l'on contracte souvent des liens qui peuvent
embellir toute l'existence; dans l'âge de l'activité, où l'on jette ordinairement les fondemens de sa fortune, et où l'homme commence
à se préparer des moyens d'aisance et de consolation pour ses vieux jours.

J'en appelle à vos propres sentimens, Messieurs; croyez-vous qu'un sacrifice de six ans
ne soit pas assez long, assez pénible, assez
douloureux? Mais deux ans de plus, diront
quelques personnes irréfléchies, sont peu de
chose, ne changent point la destinée d'un
homme. Eh! Messieurs, combien n'y en aura-

t-il pas pour lesquels ces deux ans décideront
de toute l'existence? Combien dans ces deux
ans perdront leur père, leur mère, et ver-
ront changer toute leur position! Combien,
dans ces deux ans, se dégoûteront tout à fait
du travail et oublieront jusqu'aux premiers
rudimens des arts et des métiers qui pouvaient
les rendre utiles à la société!...

Ce n'est pas tout, Messieurs; vous savez
aussi bien que moi qu'à côté d'un devoir doit
toujours se trouver un droit; à côté d'un sacrifice un dédommagement : et qu'allez-vous
donner aux jeunes Français pour ces deux
ans que vous exigerez de plus? Augmenterez-
vous leur solde? leur faciliterez-vous, par une
nouvelle loi d'avancement, les moyens de devenir officiers? Accroîtrez-vous le nombre de
ces officiers? donnerez-vous plus d'espérance
aux soldats de *trouver au fond de leur giberne*
le bâton de maréchal, qui, suivant l'heureuse
expression du monarque qui nous gouverne, y
est toujours caché? Je ne vois rien dans la loi
qui tende à ce but; et même ce serait inutilement que s'y trouveraient ces dispositions
bienveillantes, si d'ailleurs, dans votre ordre
social actuel, il y avait des obstacles à leur
exécution. Pour que les soldats puissent de-

venir officiers et même sous-officiers, il faut
premièrement qu'ils sachent lire et écrire;
et, par la plus funeste des erreurs, on éloigne
l'instruction des classes pauvres; on bannit
les moyens qui la rendaient facile et populaire;
on croit trouver une garantie dans l'ignorance, si féconde en vices et en crimes; dans
l'ignorance, compagne de la dégradation et
de la misère. La majeure partie, la presque
totalité des soldats resteront donc, doivent
rester nécessairement soldats, ne peuvent
concevoir l'espérance d'être jamais autre chose.
Ils ne savent pas lire à une époque où, par les
bienfaits de l'enseignement mutuel, tous les
Anglais, tous les Hollandais, et bientôt tous
les Russes sauront lire et écrire!

Dans cet état de choses, le sacrifice de six
ans est immense, et je veux vous proposer les
moyens de l'adoucir. Celui de huit ans serait
intolérable; et il le serait d'autant plus qu'il
est inutile pour l'armée, et à charge au gouvernement : il ne me sera pas difficile de le
prouver.

Je n'entrerai pas dans les discussions de tac-
tique, qui ne me sont pas familières; je conçois que des colonels qui aiment les parades
brillantes, qui attachent un grand prix à une

marche bien cadencée, à des mouvemens
d'armés plus rapides, plus instantanés, se per-
suadent que deux ans de service de plus sont
d'un grand avantage pour l'instruction de nos
soldats. Mais, si je ne me trompe, ce luxe
d'instruction, cette coquetterie du métier, ne
sont pas la guerre. Habitant d'une ville frontière, j'ai vu, dans les terribles luttes de la
révolution, nos bataillons à moitié instruits
battre de vieilles troupes. Depuis, dans les
champs de l'Italie, dans les plaines de la Saxe,
dans cent combats dont tous les pays de l'Europe ont été témoins, nos jeunes soldats se
sont couverts d'une gloire que quelques revers
n'ont pu effacer. Et, sans remonter à des temps
déjà éloignés de nous, l'Europe n'a-t-elle pas
admiré récemment le courage et la belle discipline de cette armée d'Espagne, qui, sous
un prince digne objet de notre affection et de
nos espérances, cherchait, au milieu des fati-
gues et des privations, à épargner au pays
ennemi jusqu'aux malheurs inséparables de la
guerre ?

A-t-elle eu besoin de huit ans d'instruction, cette poignée de soldats qui soumit la
Corogne par l'audace de sa contenance ; ceux
qui ont bravé, au travers des flots, les canons

menaçans du Trocadéro? N'étaient-il pas assez
vieux soldats, ceux qui, sous les ordres du
Nestor de nos maréchaux, ont fait en Cata-
logne des marches si difficiles, et livré tant
de combats, quelquefois même sous les yeux
du ministère, assis dans cette enceinte?

Ne courons pas après des améliorations chi-
mériques. Peu de mois suffisent pour former
complètement un soldat français. Contentons-
nous de ce qui est bien, et ne compromettons
pas l'avenir, en faisant des changemens que
l'exemple du passé condamne.

La prolongation du service militaire, en
même temps qu'elle serait nuisible aux particuliers et inutile à l'armée, serait de plus oné-
reuse au gouvernement. Je vais essayer de le
démontrer.

Le but que le gouvernement doit se proposer d'atteindre, c'est de résoudre le pro-
blème qu'un ministre d'autrefois avait posé
de la manière suivante : *Chercher le moyen
d'avoir le plus de soldats possible, au meilleur
marché possible*. Or, exiger huit ans de service
au lieu de six, ne change rien à la dépense de
la solde et des vivres, et presque rien à celle
de l'habillement ; les hommes qu'on entretient
dans ce cas ne sont donc pas à meilleur mar-

ché, ils peuvent même coûter plus cher ; car
au bout de huit ans, beaucoup auront renoncé
au désir de rentrer dans la vie privée ; ils auront perdu l'habitude du travail, oublié le
chaume paternel pour la caserne, et pris la résolution de faire le métier toute leur vie de
ce qui n'était qu'une obligation temporaire.
Alors, vous aurez des rengagemens que vous de-
viez au contraire éviter ; vous aurez des hommes
qui concevront une ambition de parvenir que
votre système d'organisation ne saurait satisfaire ; vous aurez de vieux soldats mécontens
et dérangés comme ils le sont presque tous,
moins dociles pendant la paix, moins ardens
dans les batailles, et dont la caducité sera une
plus grande charge pour l'Etat ; car les ressources allouées aux invalides deviendront insuffisantes.

Mais notre armée n'est pas assez forte, nous
dit-on, et nos réserves n'ont rien produit au
moment du besoin.

J'accorde, si l'on veut, ces deux assertions :
mais je déclare en même temps que je ne vois
rien de plus sûr, ni de plus disponible dans la
réserve que l'on nous propose. Elle sera surtout moins aguerrie que celle qu'on veut supprimer. Les soldats qui auront été désignés

et qui ne partiront pas, seront toujours in-
quiets, toujours à l'affût des événemens, et
prendront, par habitude prolongée de la vie
de famille, plus d'éloignement encore pour le
service qui les menacera. Plusieurs formeront
des établissemens, contracteront des liens,
quoi que vous fassiez, deviendront fixés, deviendront pères. Quand vous voudrez les appeler, vous trouverez mille obstacles à lever,
mille chaînes à rompre, et il faudra employer
toutes les forces de l'administration pour
l'exécution d'une mesure qui blessera tous les
intérêts.

C'est avec une intime conviction, que je vous
ai présenté les inconvéniens du projet qui vous
est soumis. En les examinant et en les discutant, il s'est offert à ma pensée un autre
moyen d'obtenir une armée nombreuse, sans
fatiguer le Trésor ni les particuliers, et d'a-
voir une réserve réellement utile, et toujours
prête à marcher au premier signal.

Ce moyen est simple et facile, il a déjà été
proposé par des officiers de mérite. Ses résultats ne sont point douteux ni problématiques;
car, depuis un siècle, la puissance la plus militaire de l'Europe, par ses habitudes et par
les nécessités de sa position, la Prusse, l'a mis

en pratique. Frédéric-le-Grand, ce prince qui fonda sur l'armée toute sa puissance, l'a maintenu et l'a perfectionné. La plupart des petits princes de l'Allemagne ont établi leurs armemens sur les mêmes bases ; récemment le roi des Pays-Bas vient aussi de les adopter, et en recueille déjà les fruits.

Ce moyen consiste à tenir en temps de paix la moitié de l'armée en congé. Décidez que sur les six ans que les conscrits devront servir, ils en passeront trois sous les drapeaux pour y recevoir successivement toute l'instruction nécessaire, afin de défendre glorieusement leur pays, et trois sous le toit paternel, où ils reprendront les habitudes du travail, exerceront les métiers et cultiveront les arts auxquels ils se seront déjà voués. Ainsi quand leur tâche sera finie, ils pourront rentrer dans la société, avec l'assurance d'y porter des moyens d'existence, et de ne pas tomber à la charge du gouvernement. Si ce projet, auquel la force des choses nous ramènera tôt ou tard, était adopté, ils nous suffirait de porter la conscription annuelle à une levée de 50 mille hommes, et nous aurions ainsi une armée de 300 mille combattans, dont l'État ne paierait que la moité. Au premier signal de guerre, un

simple ordre du ministre, un seul coup de
tambour, ferait rejoindre les 150 mille
hommes déjà encadrés, déjà habillés, déjà
armés et instruits, et l'on serait toujours en
mesure de prévenir l'ennemi.

Vous le savez tous, Messieurs, les Français
n'aiment pas le service de garnison pendant la
paix ; et si la guerre venait à éclater, aucun
des soldats en congé n'aurait la pensée de se
soustraire à une obligation devenue sacrée ;
tous se hâteraient d'arriver sous leurs drapeaux ; leurs parens rougiraient de les retenir,
de les cacher ; leurs amis les renieraient, si,
au mépris de leurs sermens, ils devenaient
parjures et lâches.

Je ne vois rien d'aussi assuré dans la réserve
qu'on vous propose, réserve qui équivaudra à
de nouvelles levées, qui éprouvera toujours
quelque résistance, et pour le moins occasion-
nera de grands embarras, surtout si le gouvernement avait besoin de porter de suite ses
forces à l'extérieur.

Je vous ai soumis, Messieurs, avec candeur le résultat de mes réflexions. Aucun de
vous, j'en suis sûr, n'est disposé à supposer à
un membre de l'Opposition constitutionnelle
des intentions peu sincères pour la sûreté de la

France, et pour le bonheur du monarque qui règne sur elle. De pareilles défiances seraient plus que jamais de mauvais goût. Nous sommes tous Français et royalistes. Mais il est permis, sans abjurer ce double titre, de demander hautement qu'on ne sépare jamais les intérêts de nos princes des intérêts de la nation : il est permis de vouloir enfin qu'au lieu de remonter par des voies ardues et périlleuses vers un passé qu'il est impossible d'atteindre, le char de l'État marche tranquille et sans secousse dans la vaste carrière que lui tracent le progrès des lumières et les besoins de notre âge.

Voici les amendemens que je propose :

« Art. 1er. Le gouvernement est autorisé à porter la conscription à 50 mille hommes. Le service des conscrits est maintenu à six ans.

» 2. Pendant la paix, la moitié de l'armée restera dans ses foyers par permission, et suivant l'ordre et les conditions établies par le Roi, et transmis par son ministre de la guerre. »

OPINION

SUR LE BUDGET DE 1825.

[SÉANCE DU 7 JUILLET 1824.]

MESSIEURS,

GRACE à la largesse qui a présidé au réglement des limites de nos attributions parlementaires, et plus encore à la sévérité des interprétations successives qui ont bientôt fixé, dans un cercle étroit, l'accomplissement des fonctions qui nous sont départies par notre loi fondamentale, la Charte française, il ne s'offre à nous, Messieurs, dans chaque session, qu'une seule circonstance où nous puissions un peu errer à volonté dans le champ des observations générales, des conseils, et même de ces idées spéculatives lancées au hasard, comme les semences de la parabole, avec l'espoir que quelques grains pourront tomber dans la bonne terre, et y germer plus ou moins vite pour le bien de tous.

Cette circonstance particulière, cette occasion presque unique, Messieurs, est celle qui se présente chaque année pendant la discussion générale du budget; je suis monté à cette tribune, avec l'intention d'en profiter pour ma part, mais sans m'écarter réellement de ce qui se rattache à l'ensemble de mon sujet. Ce sera à vous de juger, dans votre indulgence, si j'ai parcouru cette carrière d'utilité publique, avec bonne foi, et avec le désir sincère des bonifications successives dont chacun de nous recherche sans cesse la possibilité.

Il nous faut, tous les ans, beaucoup d'argent pour régler nos affaires. Mais, dans cette France, pays si favorisé du Ciel, il paraît que tout est devenu facile. Car, qui eût osé penser, il y a un quart de siècle, qu'une levée directe et indirecte de bien plus d'un milliard serait

chaque années demandée sans inquiétude, et
accordée sans surprise, et sans presque aucune
difficulté ? Mais sur un terrain dont la sève
vigoureuse résiste à toutes les contrariétés,
même quelquefois à la maladresse du cultiva-
teur ; chez une nation qui a pu triompher
promptement des plus funestes orages, il existe
encore, pour l'heureux gouvernement qui préside à ses destinées, un avantage pour le moins
aussi précieux, celui de n'avoir à diriger son
action que sur des hommes du caractère le
plus obéissant, le plus porté à révérer leurs
supérieurs, à s'enorgueillir de leurs talens et
de leurs vertus, et surtout sur un peuple le
meilleur payeur qu'il y ait au monde, toujours résigné à subir jusqu'à de véritables privations pour aider au bonheur commun et à
la gloire du pays. Devant un tel spectacle,
notre premier devoir, Messieurs, est d'en
rendre grâces à Dieu, et le second, de réunir
nos efforts à ceux des dépositaires du pouvoir,
pour rechercher avec zèle tous les moyens
d'améliorer le sort, la félicité d'une nation
aussi digne de notre dévouement et de notre
respect.

Que pouvons-nous faire cette année, dans ce
but ? Examiner scrupuleusement tout ce qui

est soumis à nos investigations, n'adopter qu'avec maturité, ne consentir qu'avec une parfaite conviction.

Vous retracer ainsi des impressions déjà classées dans vos cœurs au premier rang de vos devoirs, serait, Messieurs, méconnaître tous vos sentimens, si vous n'aimiez vous-mêmes à entendre redire fréquemment dans cette enceinte ce qui est également dans la pensée de chacun de vous.

En examinant d'abord la marche de l'honorable rapporteur de la commission, je vais, à côté de lui, parcourir quelques indications sommaires de la série du budget, et j'adopte la même classification pour vous présenter à mon tour des réflexions analogues à son travail ; je reléguerai dans ma seconde partie des observations plus générales.

MINISTÈRE DE LA JUSTICE.

Les Chambres ont souvent reconnu dans les budgets arithmétiques de ce ministère une grande exactitude, et toute l'attention possible pour l'économie ; les réflexions à l'occasion de ce budget ont été principalement renfermées (quelquefois avec une apparente

contradiction) sur le coût de la dépense nécessaire à l'organisation actuelle des tribunaux,
et sur les minces rétributions attribuées aux
magistrats, ce qui présente aux esprits un
vaste champ pour les projets spéculatifs d'un
nouvel ordre de distribution dans cette partie :
l'entreprise est difficile ; mais, pour ma part,
je crois qu'il y a beaucoup à changer dans l'é-
tablissement de l'ordre judiciaire ; il faudrait
mieux payer la dignité et les fonctions des
membres des Cours royales, changer des clas-
sifications inexactes pour la règle des émolu-
mens, et refondre en entier tout ce qui a rapport aux tribunaux de première instance,
surtout reconstituer sur des bases plus larges
et sur un plus haut degré de considération,
l'intéressante magistrature des juges de paix ;
cette institution a été manquée en France dès
son origine ; il faut plus l'honorer, et moins la
payer ou pas du tout. Nous n'aurons de véritables juges de paix que lorsque ces fonctions
seront dévolues par la force des choses aux
plus considérés, aux plus indépendans, aux
plus généreux, aux plus bienfaisans de la
contrée.

MINISTÈRE DES AFFAIRES ÉTRANGÈRES.

Il s'offre peu de choses à dire ici sur un ministère qui est toujours dans les nuages, et de tous côtés entouré de mystères; on peut seulement y apercevoir que la dépense qu'il distribue chaque année tend sans cesse à s'accroître; et sans vouloir prétendre à ce que nos agens à l'extérieur s'exposent à être trop communicatifs, excité par les rapports de nos voyageurs, et surtout de négocians avec lesquels j'ai naturellement plus d'affinités, je me permettrai ici de désirer que nos diplomates puissent devenir un peu plus obséquieux envers leurs concitoyens, et même moins dédaigneux de beaucoup de petites réclamations dont le fond ou les conséquences forment souvent la matière d'un grand intérêt pour leur pays.

Quant à ce qui regarde leur habileté dans les hautes matières diplomatiques, je ne doute pas qu'elle ne puisse être grande; on a soin de l'appuyer presque partout sur l'éclat des noms, et je crois à la puissance universelle des généalogies pour les négociations de toute espèce, depuis que je la vois appelée fréquem-

ment au secours de toutes les affaires en général, même de la conduite de celles qui auraient pu paraître les plus étrangères à leurs
antécédens. D'ailleurs, je retrouve avec plaisir dans cette tendance un témoignage de plus,
et irrécusable pour les plus obstinés, de la
propagation rapide de toute espèce de lumières, dans tous les rangs de la société actuelle.

Ce budget est un peu cher ; mais comment
le discuter avec connaissance de cause ? Où
sont les documens analogues ? Sur quelles
bases devront reposer nos jugemens ?

MINISTÈRE DE L'INTÉRIEUR.

Le budget de l'intérieur est une grande
affaire ; les détails en font frissonner quand
on y veut appliquer son attention, et la première réflexion qui se présente tout naturellement est dans la difficulté de concevoir
qu'on ait eu la pensée de réclamer d'une
seule personne une surveillance et des soins
aussi multipliés ; cet accaparement démesuré
est aussi un effet de cette centralisation contre
laquelle la France réclame sans cesse, et jusqu'à présent sans aucun succès ; cet objet est si

important, que, laissant tout-à-fait de côté le chiffre, comme l'a désigné souvent M. le rapporteur; convaincu d'ailleurs qu'en général nos fonctionnaires publics, surtout les ministres, sont bien rarement, de leur fait, répréhensibles en dilapidations d'argent, parce que, plus ils sont élevés, plus ils participent en matière d'intérêt de cette délicatesse qui appartient essentiellement au caractère français; me réposant sur la Cour des comptes de l'examen des justifications, j'adopte ce que M. le rapporteur nous a dit avec beaucoup de sens et de raison, qu'il est plus important de s'occuper des économies d'État, que d'éparges de bureaux. C'est donc sous ce seul point de vue que je vais placer ici une remarque en partie applicable à la plupart des autres ministères.

Ce qui nous ruine, Messieurs, ce qui rend impossible toute économie de quelque importance dans les dépenses obligées des ministères, c'est la longueur et la multiplication des formes d'où découle invinciblement la multiplicité des employés; de tout temps on s'est plaint en France de cet abus; sous de précédens règnes, un ministre, cité au nombre des habiles, discutant sur la nature du gouverne-

ment de la France, prétendait qu'il n'était
autre chose qu'une bureaucratie ; qu'eût-il dit
dans ce genre devant les combinaisons intéressées du gouvernement de l'empire, car c'est
Bonaparte, bien capable de faire autrement,
qui, par suite des calculs de sa politique intérieure, et pour mettre plus d'individus dans sa
dépendance, accrut de tout son pouvoir le
nombre des emplois, la répartition des con-
trôles, et par conséquent la nécessité pour le
gouvernement d'un nombre infini d'employés :
or, Messieurs, vous le savez tous, vous avez
su continuellement vous en plaindre, nous vivons encore, pour tout le civil, sous le gouvernement de l'empire ; le but de ce gouvernement
fut de centraliser tout dans ses mains, en dépit
des inconvéniens ; c'était un procédé conséquent de défiance universelle, et la précaution
d'un pouvoir incertain et soupçonneux. Cette
conduite, il ne se le dissimulait pas, devait
faire plus de mécontens que d'affectionnés ;
mais il comptait sur sa force matérielle ; elle
était immense ; de long-temps on n'en reverra
une pareille dans une seule main : et pourtant
il a succombé sous le poids des désaffections
plus que sous les coups militaires de ses ennemis ; la force, à quelque dégré qu'elle ait

été réunie, n'a jamais assuré pendant de longs périodes la conservation du pouvoir; ce n'est que l'amour des peuples qui en assure la durée.

Le gouvernement actuel n'a pas besoin d es mêmes efforts ni de la même espèce d'auxiliaires; il peut compter sans mesure sur une nation qui n'a aucun besoin de se livrer à de nouveaux essais, ni aucun désir de courir de nouvelles chances désastreuses : l'autorité du roi et l'obéissance au gouvernement résident dans les cœurs; les ministres ne peuvent emprunter là-dessus d'hésitation ou de craintes, que des rapports fallacieux de quelques subalternes intéressés, qui fondent sur des suspicions qu'ils s'étudient à propager criminellement, l'édifice de leur avancement et de leur fortune personnelle. Le plus grand besoin de la France et du gouvernement est aujourd'hui d'être dégagés de cet énorme fardeau de la centralisation générale de toutes les affaires intérieures, et de tous les intérêts dans les bureaux de Paris. Le premier pas et le plus bienfaisant dans cette carrière, doit être la prompte organisation de municipalités paternelles et agréables aux concitoyens. On s'est accoutumé à répéter que cette loi était trop

difficile à faire ; oui , pour des despotes , mais
non pas pour des Rois de France et pour des
Bourbons. Nous sommes tous ici bien intentionnés , fidèles à nos sermens , et tous , nous
sommes spéciaux pour la matière ; car il n'est
presque pas un de nous qui n'ait été maire ou
municipal ; tous , nous apporterons dans cette
discussion notre expérience et la connaissance
des localités. Mais peut-être conviendrait-il ,
pour aller plus vite et mieux , que ce projet
de loi, avant d'être présenté officiellement, fût
officieusement livré en consultation à l'avis
préalable de la Chambre dans ses bureaux ;
cette précaution est inusitée , diront ceux à
qui je réponds d'avance que cette bienveillante
démarche ne peut entraîner aucune fâcheuse
conséquence , et peut amener plus promptement la réalisation d'un grand bienfait. Messieurs , vous et les ministres réunis dans le
même désir pour des économies et l'accélé-
ration des affaires, ne ferez que des efforts
impuissans tant que vous ne frapperez pas dans
sa racine cette monstrueuse centralisation ;
sans cela tout marchera lentement et dispen-
dieusement comme par le passé. Vainement
vous couperez peu à peu quelques branches ;
c'est l'arbre tout entier qu'il faut faire dis-

paraître pour le bonheur du gouvernement et pour le nôtre.

Après ce long épisode je ne dois plus vous retenir dans le ministère de l'intérieur, il pourra m'offrir le sujet d'autres réflexions pendant la discussion des chapitres ; je le quitte et me trouve transporté dans celui de la guerre, mais je m'incline devant celui-ci ; ce qui le concerne est trop peu de mon ressort et de mes méditations habituelles. Je me fais un devoir d'en abandonner l'examen à des militaires expérimentés ; cette Chambre en renferme un grand nombre. A ce souvenir je sens échapper de mon cœur un regret bien naturel ! Eh ! qui pourrait s'en offenser, quand j'aperçois sur ces bancs, de ce côté, près de moi, une place vide ; vous le savez, c'est le dérangement de sa santé qui l'éloigne de nous, qui est la cause de cette pénible absence. Puissent les eaux du Mont-d'Or le rendre bientôt aux vœux ardens de ses amis, et à l'estime unanime de tous ceux qui ont pu apprécier son louable caractère et ses rares talens.

Je tourne mes regards vers la marine.

Si je cédais, Messieurs, à l'ascendant de mes affections, je vous parlerais longuement de la marine, non pas pour censurer le travail

de son budget, un des plus complets de ceux
offerts par les divers ministères, mais pour
m'affliger, avant tout, de la parcimonie et de
la répugnance qui domine sans cesse toutes
les concessions pécuniaires que l'on fait à ce
département. J'ai de la peine a concevoir qu'en
fixant vos regards sur les grandes destinées que
la mer seule et bien uniquement la mer, peut
offrir aujourd'hui à un peuple producteur et
lancé avec chaleur dans tous les accroissemens
de l'industrie manufacturière, position où la
France se trouve placée chaque jour de plus
en plus, on puisse hésiter sur la conviction
que c'est de la force et de l'accroissement de
protection de notre marine militaire, que peut
dépendre désormais l'agrandissement du travail manufacturier et le bien-être de notre
commerce maritime, si nécessaire au mouvement intérieur et extérieur de toute augmentation de véritable prospérité pour la France.
On s'obstine à ne faire des concessions à la
marine que goutte à goutte, et c'est là une
grande erreur; car de plus en plus, ou il faut
renoncer à la mer, ou il faut s'y montrer puissant et redoutable; et la parcourir sans cette
assurance, c'est plus qu'y renoncer; c'est livrer d'un moment à l'autre vos capitaux, et

une partie de votre population, aux premiers
coups d'un rival plus enhardi par votre faiblesse, plus disposé par cette vue à détruire
toute espèce de germe de rivalité, et à fondre
sur nos navigateurs aussitôt que cette rivalité
lui paraîtra de la plus petite importance. Le
rapporteur semble manifester des doutes sur
l'à-propos, et l'utilité du mode actuel d'organisation de la marine ; je partage ses sentimens
à cet égard; dans la marine comme dans les
autres ministères, il y a beaucoup trop d'employés civils, ils sont à peu près aussi nombreux que les militaires, et, bien plus, ces
derniers sont trop dépendans de l'influence
administrative ; j'ai déjà émis à cette tribune
une opinion motivée et assez complète sur cet
état de choses, elle a peu touché le ministère,
cela ne saurait me faire renoncer à la développer quelque jour avec plus d'extension encore. Mais cet objet important mérite un travail spécial et direct que je renvoie à d'autres
momens.

Je ne dirai plus ici qu'un mot sur cette
demande si souvent renouvelée d'un conseil
d'amirauté ; il est difficile de discuter ce qui
a rapport à cette question, sans connaître
l'espèce d'organisation que les auteurs de ce

vœu voudraient attacher à cette institution préconisée; pour l'assimiler a ce qui se passe chez nos voisins, il faudrait retoucher à presque toute l'existence actuelle de l'ordre des services et des fonctions, et reprendre les applications *ab ovo*; il me paraît certain qu'un conseil d'amirauté à l'anglaise, et un ministre de la marine à la française, ne peuvent exister en même temps; mais si on n'entend donner cette dénomination qu'à une institution mixte, partielle et impuissante par elle-même; cette qualification serait alors déplacée et dangereuse, elle ne servirait qu'à fonder des canonicats couteux et sans utilité réelle, à élever quelquefois autel contre autel au détriment des affaires générales avec plus d'une sorte de désavantages pour l'État. Il serait convenable que ceux qui réclament souvent un conseil d'amirauté voulussent aussi nous expliquer comment ils en conçoivent les attributions et les effets, alors nous pourrons juger sainement de la part que nous devrons prendre au succès de cette demande.

J'arrive au ministère des finances. Ici, je rappellerai ce que n'a fait qu'insinuer le rapporteur; on fait chaque jour quelques pas vers la méthode et l'ordre dans la comptabilité, mais il

reste encore à faire ; il faudrait, surtout, détacher, d'une manière plus absolue, et même
dans deux budgets tout-à-fait séparés, les dépenses fixes et les dépenses du service courant ;
les Anglais nous en donnent chaque jour
l'exemple : ils ont à part leur budget consolidé,
et tout-à-fait séparément celui des dépenses
variables ; nous les imitons quelquefois si mal :
adoptons, du moins, ce qui est facile, quand
ce ne serait que pour y attacher un ordre de
discussion entièrement distinct.

Les propositions importantes que renferme
le budget du ministère des finances, sont presque toutes de nature à mériter de nouveaux
développemens ; et souvent des objections ;
elles amèneront nécessairement des discussions plus ou moins étendues lors du vote partiel des chapitres. Il est préférable aussi de
renvoyer toutes réflexions sur chacun de ses
articles aux époques des débats immédiats et
plus directs ; toute digression prématurée à
cet égard serait sans beaucoup de fruit, et
trop isolée de sa véritable opportunité. Ces
mêmes motifs me portent à franchir aussi le
chapitre des douanes, sur lequel il ne me
manquerait pas de remarques à faire, et même
de nombreuses critiques, sur les abus et le

coût excessif de sa gestion. Je ne veux pas
entreprendre cet examen dans ce moment. Il
me reste encore beaucoup de choses à vous
dire : je passe à ma seconde partie.

Quant à présent, a dit M. le rapporteur
des dépenses, « c'est à l'esprit d'entreprise
» qui germe aujourd'hui partout, c'est au
» crédit qui cherche partout l'emploi de ses
» forces, qu'il faut confier les plus grandes
» améliorations. Il faut les saisir pendant qu'ils
» durent, et tirer d'une richesse hypothétique
» une richesse foncière et éternelle. »

C'est entrer dans l'esprit de ce rapport que
de vous rappeler les égaremens et les bons
effets du crédit, en tâchant de vous désigner
l'à-propos de son bon usage, j'en ai fait la
matière unique de la seconde partie de mon
discours.

Chaque époque a sa tendance dont les esprits
reçoivent un entraînement qui les domine.
Aujourd'hui la principale direction de l'esprit
du siècle est tournée vers l'industrie qui crée
les accroissemens de tous genres de jouissances et de profits pour les particuliers comme
pour l'État. Cet ordre irrésistible des choses
présentes dirige aussi sans cesse toutes les at-
tentions vers ce qu'on qualifie avec assez de

justesse de puissance de crédit. Chacun parle
du crédit à sa manière. Plus d'un croit en tenir
dans ses mains le mystère et en posséder seul
le secret. Des flatteurs sont toujours prêts à en
attribuer la possession exclusive ou à leurs
héros de circonstance, ou à leurs bienfaiteurs,
et tel compilateur maladroit va puiser jusque
dans des conversations ou des discussions de
comité même, le mérite de l'invention. Mieux
est de laisser à chacun le droit plus réel d'avoir
prouvé aux yeux de tous, par d'habiles opérations et de bons raisonnemens, qu'il a su
comprendre plus vite que bien d'autres les
précieux effets et les ressources immenses du
crédit.

Quant à moi, Messieurs, j'ose vous affirmer
que le crédit, pour les États comme pour les
particuliers, n'est ni un mystère, ni un secret,
ni une découverte récente. On en usa plus ou
moins à propos à telle époque ou dans tels
lieux, on sut plus ou moins judicieusement en
tirer parti. Il offrit plus ou moins de moyens
utiles ou étendus, suivant les appuis, les instrumens ou la matière sur laquelle son action
pouvait influer. Si l'on veut résumer en peu
de mots l'histoire de son apparition, de ses
erreurs ou de ses succès, on peut la réduire à

21

ceci. Les particuliers en ont de tout temps
essayé, usé, ou abusé. Les États s'en sont
plus d'une fois bien ou mal servi.

Aujourd'hui la science du crédit a franchi
l'âge de son enfance, dépassé celui de la jeu-
nesse : elle est dans sa maturité, entourée
d'expérience, son utilité est moins appréciée,
mieux conçue; on peut beaucoup en attendre.

Avant de m'expliquer sur les occasions les
plus prochaines de mettre à profit les circonstances favorables du crédit, il m'a paru utile
de retracer ici les époques les plus saillantes
des tentatives faites jusqu'à ce moment avec
son secours. Je les signalerai rapidement.

Il naquit pour tous, le jour où on le dota
d'un signe facile de transmission qui s'est
trouvé dans l'invention des lettres de change.
On attribue cette conception à des juifs; et
tout nous prouve, même de nos jours, que
du moins dans ce genre l'esprit de cette peu-
plade industrieuse n'a pas dégénéré. Auprès
des gouvernemens, il fut appelé beaucoup
plus tard : et en nous renfermant dans la
France, nous n'y voyons d'abord que des ministres prodigues qui l'étouffaient en l'em-
brassant, et le chassaient par des banque-
routes. Laissant de côté des désordres pro-

longés et des essais informes, nous nous hâ-
tons d'arriver à Sully qui en avait presque
horreur. Bon intendant des deniers publics,
simple, économe dans toutes les acceptions
du mot, ce ministre dut beaucoup sa réputation au caractère et à l'esprit pénétrant de
son Roi, et presque tout à cette amitié si
rare surtout dans le cœur des monarques. Il
la méritait aussi par un dévouement héréditaire dans sa famille, et manifesté avec éclat
par des sacrifices, dès son entrée dans la carrière, dans des momens d'adversité; fastueux
pour lui-même au milieu de sa sévérité pécuniaire dans les distributions qui sortaient
péniblement de ses mains, il rassembla un
trésor, sans ajouter aux moyens ni d'en conserver ni d'en accroître les renouvellemens.
Il a laissé, sur les faits passés sous ses yeux,
des Mémoires souvent remarquables par un
ton de naïveté qui semble plus appartenir à
sa manière qu'à sa pensée; mais l'on n'y peut
rien puiser de véritablement utile, ni pour la
science des finances, ni surtout pour celle du
crédit.

Du point où Sully nous avait placés, il faut
franchir l'espace jusqu'à Colbert. Celui-ci,
parti d'un comptoir de négociant, vint, parmi

des décombres, se placer au milieu des affaires
publiques avec les plus solides pensées d'un
véritable homme d'affaires. Un grand Roi re-
connut très-vite un grand homme : il l'appuya
constamment, le combla de ses bienfaits.
Colbert en répandit à son tour sur son pays
d'abondantes émanations. La France lui doit
immensément ; et pourtant Colbert, tout entier à un autre système d'industrie, négligea
les avantages du crédit ; il sembla les méconn-
naître ; il les outragea même quelquefois ;
mais en même temps il faisait pour son avenir
plus que tout autre. Il en étendit, il en créa
la matière ; et aujourd'hui encore, c'est à lui
que nous devons reporter tout le premier mérite des ressources et de l'action qui peuvent
servir parmi nous à l'agrandir et à le consolider.

Après Colbert, il faut tirer un voile sur les
financiers, magistrats, ecclésiastiques, intendans civils et subalternes, qui ont rempli dé-
sastreusement l'intervalle jusqu'à Necker. Le
mérite irrécusable de celui-ci fut d'avoir apporté et mis en pratique au ministère cette
conviction que, pour prétendre à la confiance,
il faut, avant tout, faire connaître sa situation.
Il présenta des comptes, et le public vint lui
offrir son argent. Quelques instans d'une appa-

rente prospérité favorisèrent ses premier essais, grandirent outre mesure sa réputation, l'entourèrent même d'une sorte de popularité depuis long-temps inconnue, et devenue bientôt plus funeste que favorable, tant pour lui que pour ses contradicteurs : elle pouvait égarer les plus fortes têtes ; et Necker se crut un instant une providence qui devait dicter à chacun même, dans leurs opinions les plus opposées, ses demi-sentimens, ses demi-mesures, comme des arrêts suprêmes. Des flatteries et quelques succès l'avaient jeté dans une sorte d'ivresse. Doué d'un grand fonds d'instruction dans plus d'une matière ; empreint à la fois d'une sorte de mysticité du terroir, des premières impressions, de son éducation genevoise, et de toutes les séductions de la philosophie moderne ; écrivain correct, méthodique, et souvent admirable ; homme de bien, mais trop désireux de paraître avant tout un grand homme d'État, ses inventions en matière de crédit furent sans cesse médiocres. Il resta toujours banquier et spéculateur subalterne en finances. Il ne nous a légué que de bons modèles d'exactitude dans les comptes, et, dans sa personne, d'utiles exemples de probité.

Pendant les accès de la révolution, il serait déraisonnable de chercher la trace d'une pratique des idées saines du crédit. On écrivit beaucoup sur cette matière, et la mesure des assignats, qui ne peut encore être jugée de sang-froid par les hommes de l'âge présent, dont la plupart croient ou disent en avoir été victimes, mesure qui fut d'ailleurs bien plus l'effet de la nécessité que le résultat d'un autre calcul, n'en est pas moins un symptôme des études du moment, tournées vers le but de se procurer les ressources du crédit : car la pensée en elle-même prenait sa source dans un point lumineux de la matière, celui de mobiliser ce qui était de sa nature peu maniable, et de mettre plus vite en circulation et en usage particulier, ce qui pouvait seul remplacer les autres moyens d'aller en avant, dont on était absolument dépourvu.

Bonaparte, doué de beaucoup de genres de pénétrations et de supériorités d'esprit, eut pourtant la maladresse de se roidir de bonne heure contre les procédés et les ressources du crédit. Il avait beaucoup l'esprit d'ordre dans la tête, une grande attention d'économie comparativement aux besoins de sa position; mais c'était sur le sabre qu'il avait résolu de fonder l'approvisionnement de ses besoins extraordinaires. Cette méthode est à la longue plus coûteuse que profitable, même dans tout son succès possible : il s'en aperçut trop tard. Il n'était pas disposé alors, comme depuis, à convenir de quelques unes de ses erreurs. Sa situation d'ailleurs le privait de la possibilité de revenir en arrière et de se livrer à de nouveaux essais. Il imposait au dedans : il enlevait ce qu'il pouvait au dehors : il n'y a rien eu dans tout cela d'analogue à des procédés de crédit, et nous sommes arrivés ainsi à la Restauration.

Dès les premiers jours de ce grand changement, le ministre des finances de cette époque vint proclamer et soutenir, dans cette enceinte, que le plus sûr moyen de sortir du labyrinthe où se trouvaient alors nos finances, était de reconnaître sans hésiter toutes les dettes qui pouvaient être suffisamment justifiées, et de payer sans exception toutes celles dans ce cas. Une assemblée, composée des représentans d'un peuple éclairé et généreux, comprit facilement cette maxime honorable et si pleine de bons effets : elle l'accueillit ; et, dès ce moment, le crédit ne fut pas inventé ; mais son précieux soutien se trouva

placé dans la véritable, dans la bonne route.
Il s'agrandit à chaque instant ; il nous pro-
digua chaque jour des secours plus abondans,
et bientôt nous sommes ainsi arrivés dans cette
situation prospère qui nous permet de tout
espérer, et qui a fait apparaître tout à coup
une sorte de prodige inattendu aux yeux de
nos amis et de nos ennemis.

On pourrait peut-être me reprocher de
n'avoir fait aucune mention, dans cette es-
quisse, des essais de crédit pendant cette
échauffourée fameuse qui eut aussi son tour
d'apparition sous la régence, et dont le récit
nous a été transmis avec le nom de système.
Son souvenir vient d'être réveillé récemment
chez nos voisins, par un membre distingué
des États-Généraux de la Hollande, qui a
cité Law avec l'épithète de romancier de la
finance. Je suis loin de penser comme cet
orateur : car, après avoir, plus d'une fois,
examiné l'histoire de ce système, je n'y ai
rien trouvé de romanesque, pas même la
catastrophe.

Le plan en fut d'abord fondé sur des opérations d'outre-mer, plus ou moins chimé-
riques, si l'on veut, parce qu'alors, surtout,
on connaissait moins les meilleurs moyens

de tirer parti de nouvelles colonisations ;
mais, au fond, et tout bien considéré, on
trouve dans ces combinaisons, du même genre
que beaucoup d'autres qu'on promène chaque
jour dans Paris, un procédé qui, renfermé
dans des bornes raisonnables, pouvait dès
lors faire autant de bien qu'il fit de mal. Son
action eut trois ans et quatre mois de durée.
Il jouit de ses perspectives brillantes, et de
ses momens de faveur. L'État obéré, sans
perception, sans revenus, sans crédit, en
obtint un immense prêt à 3 pour 100. Les
personnages les plus distingués prirent part
à cette entreprise, en devinrent même les
administrateurs. Un mouvement général fut
imprimé à toutes les transactions financières
et commerciales. On crut pendant ce temps
avoir trouvé une mine de richesses inépuisables, et cela eût pu être ainsi, si l'on n'eût
exagéré l'application des moyens, et abusé
excessivement de leur étendue. Les mêmes
effets plus ou moins modifiés par les circonstances du moment, ont eu lieu du temps des
assignats. Des événemens de la même espèce
auraient pu se reproduire en Angleterre, avec
les nuances ou le caractère de la situation du
pays, lorsque Pitt, épuisé par les subsides

fournis au continent pour continuer la guerre,
et ne trouvant plus autour de lui aucune ressource suffisante pour persister dans son système de politique, imagina de faire ce qu'on
peut appeler *son va-tout*, en donnant aux bil-
lets de banque un cours forcé, et· mettant
ainsi, tout d'un coup aussi sous sa main, ce
qui peut être considéré comme une mine
inépuisable. Si cette mesure n'eût pas réussi,
s'il eût succombé, Pitt n'apparaîtrait aujour-
d'hui dans l'histoire que comme un fou, un
charlatan; elle a pu triompher par un concours de circonstances favorables; et les résultats ont agrandi sa réputation et consolidé,
en Angleterre, la vénération pour sa mémoire. Bien plus, ce coup de tête, cette
entreprise désespérée, a contribué en grande
partie à tous les accroissemens de prospérités de l'Angleterre, et aidé, plus que toute
autre chose peut-être, à ce miracle de force
et de puissance qu'elle présente aujourd'hui
à tous les regards.

Car c'est moins encore sur les Indes et sur
les Amériques qu'elle a marché en avant,
que sur l'adresse et le talent d'avoir su,
avec du papier, multiplier ses capitaux et
les rendre peu coûteux, après être parvenue

à |se soustraire à l'indispensable nécessité de ces métaux trop lents à rassembler, à passer de main en main, et à circuler avec assez de vitesse et sans frais.

Quand on étudie |avec quelque attention toutes les idées de Law, on y reconnaît sensiblement qu'il avait devancé de beaucoup tous les esprits de son temps dans la connaissance des procédés de crédit et de circulation. On a sans doute perfectionné depuis ces procédés; mais ils ont encore en eux-mêmes le caractère fondamental de ceux du banquier irlandais; et, tout bien considéré, cet étranger, dont la mémoire fut si long-temps maudite, interrogé aujourd'hui plus froidement, et jugé avec impartialité, ne doit point paraître, à des yeux désintéressés, un malhonnête homme; il peut avoir eu réellement de bonnes intentions.

En effet, Messieurs, si de nos jours, comme alors, vous vous jetiez sans calcul et avec excès dans l'opération de crédit la mieux conçue, et si vous dépassiez toutes les bornes, vous seriez précipités également dans quelques catastrophes. Heureusement de tels excès ne sont pas à craindre au milieu d'un public plus éclairé, et à côté de la surveil-

lance journalière de l'opinion et du gouvernement.

En me permettant, sans hésiter, ces rap-
prochemens des essais du crédit et de ses
fautes, je n'ai pas eu, Messieurs, le projet
indiscret d'abuser de votre indulgence et de
vos momens par de vaines narrations; mon
but véritable a été, après vous avoir offert
la filiation de ses procédés jusqu'à ce jour,
de vous placer davantage, s'il est possible,
dans la position d'apprécier avec plus de
fondement et de clarté la nature différente
du crédit vaste et solide dont la France jouit
aujourd'hui; elle ne peut plus le perdre,
parce qu'il repose, comme chez nos voisins,
sur des appuis inébranlables, sur des gages
matériels : un territoire d'une rare fécon-
dité, d'immenses capitaux numéraires, est
déjà un très-riche mobilier industriel.
Tous ces avantages seraient toutefois insuffisans sans la publicité fréquente de l'état
de la fortune publique, et sans la solidarité
nationale qui dérive, et ne peut jamais être
séparée des actes d'un gouvernement représentatif.

Si nous possédons au plus haut degré tous
ces titres, tout cet ensemble de responsa-

bilité, n'est-ce pas un devoir pour le gouvernement du Roi et pour les Chambres,
d'étudier sans cesse tous les momens favorables de mettre à profit une telle position.

Dans ce but, il convient de se convaincre,
avant tout, de cette vérité, que quand on est
entré dans la voie des emprunts et dans le
système du crédit, un État, comme un particulier, s'engage en quelque sorte dans une
carrière de négoce, et tous alors doivent se
préparer également aux chances d'une condition variable, et qu'on essaierait en vain d'assujettir à des principes absolus ou à des calculs
d'une certitude anticipée. Ces calculs doivent
changer, suivant la position où l'on se trouve
au moment où les termes sont assignés.

Quand un État emprunte pendant la paix,
au milieu de l'abondance des produits, de la
certitude des rentrées et de la perspective
d'un accroissement de revenus, il peut être
sûr de trouver des prêteurs à bon marché.
Quand il est contraint de demander de l'argent aux capitalistes en présence d'une guerre,
d'une gêne ou d'une apparence de diminution
dans les recettes, il paie ses emprunts beaucoup plus cher. Or, ce n'est pas en faisant
des sacrifices bénévoles, dans des temps heu-

reux, qu'on doit se flatter d'avance de réduire
pour l'avenir, et dans des circonstances différentes, les exigeances des prêteurs. Ceux-ci
nous traiteront toujours suivant la situation
où ils nous jugeront, quand nous aurons recours à eux. Les sacrifices que nous ferions
maintenant ne pourraient diminuer en rien
les sacrifices qu'il nous faudrait subir à l'é-
poque d'un nouveau traité. Un négociant qui
commande à sa position par son aisance, es-
comptera aujourd'hui à 3 pour 100; et les
mêmes personnes qui auront pris son papier
à ce taux, exigeront 5 et 6 pour 100 dans
huit jours, pour la même signature, si elles
ont appris que les spéculations de l'emprun-
teur sont menacées de quelque danger, ou si
elles aperçoivent de la gêne dans sa marche.
Mais le négociant, à son tour, ne donne sa
signature qu'à de moindres escomptes, s'il la
voit plus recherchée, si ses besoins sont
moins pressans. Un État doit faire de même
quand il est dans une situation heureuse et
dans l'aisance. Il doit alors, ou retirer ses
effets de la circulation, ou les échanger à
des conditions plus avantageuses.

Une différence essentielle entre un négociant et un ministre dans ces affaires de

finances, c'est que le premier, maître de sa réputation et de son avenir, peut cacher ses opérations, et a quelquefois recours à des ruses. Un gouvernement, au contraire, ne doit jamais procéder avec mystère; il doit agir sans détours, sans dissimulation quelconque, avec publicité, et appeler toutes les concurrences, pour ne donner à personne le droit ni le prétexte de lui attribuer quelque espèce d'arrière-pensée, ou ce qu'on peut appeler communément un dessous de cartes.

C'est toujours un devoir pour le gouvernement et pour les Chambres, de penser à des réductions quand le moment paraît favorable, et de réclamer alors, de ses créanciers, des arrangemens plus raisonnables. Il n'existe, contre une telle prétention, aucun antécédent obligatoire, et l'on ne saurait y opposer aucun avenir compensatif. Un État qui ne transige pas pour lui, mais pour tous à la fois, est encore plus obligé qu'un particulier de profiter de toutes les circonstances qui peuvent tourner au bien de tous.

Le cours de la Bourse peut être un signe plus ou moins indicateur. Mais dans la situation indépendante où nous devons être d'un cours de Bourse dominé par le jeu et par des

spéculations particulières, il faut peu s'arrêter
au cours de la Bourse. Il serait temps qu'un
gouvernement qui ne saurait être ébranlé par
les machinations et par les piéges des spéculateurs de la Bourse, cherchât les moyens de
se mettre au-dessus de leurs atteintes, et d'alléger aussi, dans ce but, le tribut que les
habitans des départemens et tous les contri-
buables paient en définitive aux joueurs de
cette Bourse.

Ce n'est pas non plus dans le plus ou moins
de certitude du taux véritable de l'intérêt,
dans les transactions privées dont la mesure
inégale dépend à chaque instant d'une infinité
de circonstances particulières, et souvent contradictoires, qu'il faut chercher la taxation de
l'intérêt entre l'État et ses créanciers ; c'est
dans la situation réelle et les devoirs de chacun
des deux contractans. L'État présente plus de
solidité et d'exactitude qu'aucun autre débi-
teur ; le créancier a joui dans l'origine de tous
les droits de l'exigeance ; il a imposé des conditions dans d'autres momens ; l'État qui se
trouve avoir acquis à son tour des droits à la
confiance, doit prétendre alors à des conditions
plus modérées.

Le gouvernement doit donc s'occuper cons-

tamment de toutes les possibilités de conver-
sions profitables et d'arrangemens amiables;
il est toujours de la plus grande importance,
dans l'intérêt et pour le bien-être général, de
ne pas laisser échapper l'opportunité d'une
réduction dans les charges de la dette publique.
Gardez-vous cependant de croire, Messieurs,
que je viens ici approuver ou regretter tel mode
de réduction déjà présenté, et repousser toute
autre transaction ou condition conciliatoire.
Mais si les avis que j'ai recueillis et ceux qui
me sont parvenus directement sont exacts,
tout me prouve que depuis qu'on a cru voir
l'espérance de cette réduction détruite ou sus-
pendue, le mouvement général des affaires
s'est ralenti et très-sensiblement arrêté. Déjà,
le prix des propriétés foncières qui s'élevait
rapidement penche vers une décroissance. Il
ne serait pas juste que, pour gratifier une
classe circonscrite de citoyens en très-grande
partie agglomérée dans la capitale, l'ensemble
de la population de la France dût en être
plus mal partagée. D'ailleurs, le mouvement
de cette réduction, depuis long-temps en action chez nos voisins, s'opère déjà chez presque toutes les puisssances, beaucoup moins en
droit que nous d'y prétendre, parce qu'elles

22

ne peuvent offrir autour d'elles ni les mêmes garanties dans la nature de leur gouvernement, ni les mêmes ressources dans l'abondance et la certitude de leurs moyens de toute espèce.

Il y a, en outre, nécessité pour le gouvernement, de se soustraire au plus tôt à la dépendance du jeu des spéculations privées et des folies de la Bourse, dont l'action incessante et journalière a capté les esprits, au point d'introduire jusque dans l'opinion générale des croyances et des maximes qui ne servent qu'à fausser sur ces matières le jugement même de beaucoup d'administrateurs bien intentionnés.

Quelques uns croient, et les journaux le répètent chaque jour, que le haut prix de la rente peut seul accroître la valeur des immeubles et restituer des capitaux aux autres industries. Cette doctrine superficielle, trop propagée dans ce moment, ne repose que sur des accessoires imparfaits et sur des effets d'un ordre secondaire qui peuvent tout au plus être appliqués quelquefois à des circonstances isolées.

La valeur des immeubles et l'abondance des capitaux tient à des racines plus solides

et plus étendues; et l'on doit croire avec plus
de raison que la hausse de la rente attire au
contraire à elle une plus grande masse de
capitaux, et retient dans son sein plus de
collocations.

Il faut, pour la meilleure solution, séparer
d'abord les deux extrêmes, et tous les cas
extraordinaires qui viendraient briser les proportions probables dans lesquelles réside naturellement le terme moyen qui doit seul
servir à la fixer.

En discutant ainsi avec impartialité cette
matière qui offre une si grande variété d'as-
pects dont quelques uns parfois semblent destructifs l'un de l'autre, il devient facile de
démontrer que le bien-être général, et surtout son point de vue moral et véritablement
politique, ne doivent pas être placés dans la
hausse ou la baisse du capital nominal des
négociations journalières entre les individus,
mais bien plutôt dans la perspective de l'intérêt constant payé par l'État au titre positif
et inaltérable du gage authentique.

Quoi qu'aient pu dire des contradicteurs,
c'est principalement le décroissement dans la
mesure de l'intérêt dont le type est essentiellement placé dans les conditions tracées par

le gouvernement qui propage plus vite, et d'une manière plus durable, ce même adoucissement dans tous les marchés relatifs aux transactions commerciales et de toute autre espèce.

Je sais les raisonnemens qui ont été plus d'une fois offerts au public, en faveur de cette thèse erronée dans sa base, que les capitaux ne manquent nulle part en France, ni au commerce, ni à l'agriculture, mais bien les débouchés.

Messieurs, quand, ce qui n'est malheureusement pas vrai, les capitaux seraient suffisans dans notre pays pour toutes les industries, il n'en résulterait pas moins que si ces capitaux devenaient plus abondans et plus à portée de seconder l'effort de tous les travaux par l'abaissement de leur coût et leur bon marché, toutes les industries alors seraient plus favorisées et prospéreraient davantage.

Répètera-t-on aussi cette pitoyable complainte que la production surabonde et dépasse toutes les consommations possibles. Ah! Messieurs, un véritable blasphème en économie politique est de se plaindre de l'abondance des produits. Jamais, dans une société civilisée, les hommes ne doivent inculper la

surabondance de toute espèce de productions.
Il peut exister momentanément des engorge-
mens partiels, des placemens ou des directions mal combinées, des désappointemens ou
des pertes privées : mais la masse profite toujours de toutes les abondances quelconques ;
ces abondances amènent, il est vrai, des réac-
tions, des changemens dans l'ordre précédem-
ment établi pour le siége et le courant des
débouchés accoutumés ; mais le ravalement
des prix, effet de l'abondance, introduit des
nouveaux venus dans la classe des anciens
consommateurs, communique, répand le goût
et les besoins par imitation et par habitude,
tant au dedans qu'au dehors ; le champ de l'exploitation s'agrandit, le fabricant qui sommeil-
lait dans sa routine et dans la tranquille jouissance de son débit plus ou moins assuré, après
avoir un instant souffert et crié du changement inopiné du train de sa carrière uniforme
et paisible, se réveille devant le nouvel aspect
qui s'offre à ses yeux ; il perfectionne ses ma-
chines, il met plus de soin dans ses travaux,
plus d'activité, plus de zèle pour plaire aux
consommateurs, et pour en multiplier le nombre ; chacun de son côté s'en trouve mieux,
et plus de bras sont en activité.

Tel est, Messieurs. l'effet plus ou moins promptement infaillible et définitif du bas prix des capitaux, du bon marché des produits; et, si l'on veut, de l'état quelquefois stationnaire causé incidentellement par des surabondances momentanées.

Ce qui fait trop promptement illusion à des observateurs peu patiens, dans toutes ces questions d'économie politique si souvent controversées, si facilement transformées dans des points de vue opposés, c'est qu'elles sont presque toutes inépuisables dans leurs effets, tantôt fugitifs, tantôt inaperçus sous leurs métamorphoses innombrables, avant qu'on n'en puisse saisir le véritable et dernier résultat.

Et ce qui divise aussi les esprits dans le jugement de ces phénomènes, si variés et si difficiles à réduire dans des termes fixes, c'est qu'on a eu tort de vouloir constituer en corps de science positive, un ensemble fragile, qui ne doit en recevoir ni le caractère ni la dénomination, et qui ne peut être, en lui-même, qu'un recueil d'observations continuelles, utiles pour servir de guide momentané, mais dont les applications variables nécessitent chaque jour de nouvelles méthodes, parce que chaque jour le théâtre des événemens, le champ des opérations se présentent sous de nouvelles formes, et réclament d'autres procédés.

Voilà pourquoi, dans le commerce en général, et même dans l'exploitation bénéficiante de la plupart des industries (mettant de côté la portion qui appartient uniquement au secret de l'art), les savans, les théoriciens, se sont le plus souvent ruinés, et les simples praticiens presque toujours enrichis.

Ayez un peu de confiance, Messieurs, dans les paroles de celui qui ne fut qu'un simple praticien; les capitaux ne seront jamais trop abondans pour la plus grande utilité de l'agriculture et du commerce; le bas prix des produits peut causer quelques souffrances momentanées, mais il contribue bientôt à faire naître de plus nombreux et plus durables débouchés. Quant aux entraves à la circulation, aux exportations, cela peut dépendre de temps en temps de mauvaises conceptions ou mesures administratives, sans que l'on puisse s'en autoriser pour méconnaître les principes et les effets primitifs de l'ordre naturel des choses dans le mouvement général des intérêts d'une nation et de son territoire.

Soyez donc convaincus que le plus désirable pour notre pays, dans la position satisfaisante où se trouvent les affaires de l'État, et au moment où son crédit repose sur les bases les plus solides, est de ne pas s'exposer à un changement d'aussi favorables circonstances, avant d'en avoir profité pour réduire le fardeau de ses charges, le poids de sa dette.

Rentrer maintenant dans la discussion de quelques autres articles du budget, serait, Messieurs, trop abuser de l'attention que vous avez bien voulu m'accorder. Mon but principal, dans ce moment, a été de vous soumettre des réflexions générales; pendant la discussion des articles, je me propose de prendre part plus directement à la discussion de chacun d'eux, et de voter quelquefois contre l'une ou l'autre des dispositions qu'on vous propose.

Aujourd'hui, j'ai rempli la première tâche que je m'étais imposée; j'en abandonne le résultat à votre impartial jugement.

SESSION DE 1825.

OPINION

SUR LE PROJET DE LOI RELATIF À L'INDEMNITÉ
AUX ÉMIGRÉS.

[SÉANCE DU 18 FÉVRIER 1825.]

MESSIEURS,

Quand le feu Roi Louis XVIII, de vénérable mémoire, annonça que le moment était arrivé de fermer les dernières plaies de la révolution, un peuple dont le caractère est généreux et bon, accueillit avec joie ces paroles royales; parce que la première pensée, la pensée unanime qu'elles firent naître dans tous les cœurs français, fut de se résigner aux plus grands sacrifices pour consoler toutes les infortunes, et pour resserrer, sur le sol de la France, les liens de concorde et de mutuelle affection.

On ne voyait, on ne devait voir dans une telle mesure qu'un acte à jamais mémorable de munificence nationale, conseillé par une politique éclairée, et fait pour amener d'abondantes compensations et des résultats bien supérieurs au sacrifice. J'aimais à me peindre ainsi cet événement, et j'y applaudissais sans réserve.

Mais les applications restreintes de la loi qu'on nous présente, et bien plus encore le but exclusif qu'on veut atteindre, sont venus troubler ma satisfaction, et changer toutes mes pensées.

S'il ne s'agissait, dans ce projet de loi, que de consoler les malheurs de tant de Français, autrefois plus ou moins fortunés, et tout-à-coup devenus victimes des violences qu'enfantent les discordes civiles; de tous ceux qui ont été jetés dans la détresse, dans la misère, n'importe sous quel prétexte, n'importe sous quelle bannière; quelle est la

voix barbare qui oserait s'élever ici, et sur
le sol de la France, pour repousser la plus
grande des jouissances, celle de rendre au
bonheur ceux que l'adversité a meurtris de
ses coups ? quel est celui qui trouverait dans
son âme le courage d'un refus devant ces
mots : « J'étais heureux, opulent ; la révolu-
lution m'a tout ôté ; tous, vous en condamnez
les excès ; rendez-moi du moins une partie
de mon ancienne existence. »

A Dieu ne plaise que je porte atteinte au
sentiment naturel que ces simples paroles ne
peuvent manquer d'inspirer ! Je voudrais,
au contraire, étendre le cercle des réparations assez loin pour ne laisser après nous
aucun regret, aucun germe de discorde.

Dans la situation heureuse où nous étions
enfin placés, dans le calme des passions hai-
neuses engendrées par la révolution, nous
nous félicitions de pouvoir parler désormais
des événemens de cette grande époque comme
de faits historiques déjà loin de nous : et voilà
que tout-à-coup nous sommes rejetés dans
l'arène des partis.

En discutant le projet de loi qui nous occupe, les orateurs de cette Chambre sont
forcés de reproduire des souvenirs doulou-

reux pour les sincères amis de leur pays.
Cette triste nécessité ne vient pas de nous :
le sujet de la discussion nous l'impose, en
dépit de toutes les répugnances. La mesure
qu'on vous propose dérive directement de
la révolution : comment discuter les conséquences sans examiner le principe ?

D'ailleurs, ceux qui doivent payer les indemnités demandées, si l'on méconnaît leurs
sacrifices, ont bien droit d'en relever le mérite, et de renvoyer l'origine des malheurs
qu'eux aussi ont partagés, à ces classes qu'on
représente comme seules à plaindre.

Heureusement il existe en France, dans
cette assemblée même, des hommes qui peuvent parler de la révolution avec impartialité, parce que, pour la part qu'ils y ont prise,
ils sont sans crainte et sans reproches.

Les émigrés ne sont pas, tant s'en faut, les
seuls qui aient souffert des atrocités révolutionnaires. Plusieurs d'entre nous ont vu plus
d'une fois leur fortune engloutie dans ce
gouffre. Ils ont envisagé la mort de plus près,
ils ont langui dans les cachots bien plus long-
temps que la plupart des émigrés ne sont
restés sous la bannière des Princes.

Lorsque des hommes passionnés par intérêt retracent notre révolution sous de fausses couleurs, ils imposent à ceux qui sont désintéressés dans le blâme comme dans les récriminations, le devoir de rétablir les faits et le véritable caractère de cette révolution. Le plus sûr moyen de préserver nos enfans des mêmes malheurs, c'est de les leur raconter sans exagérations, avec cette sincérité qui peut seule mettre sous leurs yeux un tableau instructif et de grands exemples.

La révolution française ne peut pas être rangée dans la classe de ces commotions accidentelles et passagères dont l'histoire nous retrace le souvenir. Elle fut une de ces grandes catastrophes qui ont plus ou moins d'analogie entre elles, et dont le long cours des siècles offre à peine trois ou quatre exemples.

La révolution d'Angleterre n'appartient pas à ce même ordre d'événemens. Elle rentre, par la nature des discordes et des rivalités personnelles qui subsistèrent quarante-huit ans dans ce pays, et finirent par y changer la forme du gouvernement, dans une catégorie particulière. Plusieurs faits analogues se sont reproduits, il est vrai, dans les deux pays; mais en Angleterre ce furent surtout les haines religieuses qui nourrirent et

aggravèrent les dissensions au milieu de l'in-
différence de la masse, où de sa participation
momentanée au triomphe des différens partis.
Tandis qu'en France, quoi que puissent dire
quelques contradicteurs sans bonne foi, le
premier mouvement fut général et spontané.

Quelques auteurs de Mémoires ont voulu
rattacher ce grand événement à des intrigues
obscures, à des vengeances privées, à des
coteries inconnues. La risée publique a fait
justice de leurs écrits. Plus tard, des historiens sans caractère, dégradant leurs talens,
ont fait et refait leurs travaux suivant les vues
intéressées de l'autorité triomphante. Ils ont
obtenu les faveurs du présent, ils subiront le
mépris de l'avenir.

Cette révolution française est trop féconde
en grands résultats pour qu'on ne mette pas
un grand prix à la bien juger. Déjà la postérité semble nous annoncer par deux écrits ré-
cens l'arrêt qu'elle portera sur cette époque
mémorable.

Il n'appartenait qu'à deux jeunes gens,
étrangers par leur âge aux événemens de la
révolution, de les apprécier avec une justice
si impartiale, et, avec tant de candeur, qu'ils
marchent toujours environnés de l'assentiment

des témoins de ces scènes terribles, à quelque parti qu'ils aient appartenu.

Désormais on se tourmenterait en vain pour travestir ce qui commence à être si bien connu. Le mensonge ne prévaudra pas auprès de nos successeurs pour lesquels il n'y aura plus de secrets ; et le mieux serait pour nous de céder de bonne grâce à la vérité qui nous presse.

La révolution a gravé son ineffaçable empreinte dans nos mœurs, dans nos habitudes, dans les besoins et les sentimens de cette génération pleine d'avenir, qui nous envahit quoi que nous puissions faire, qui va bientôt nous remplacer dans la gestion des intérêts de la société, et présider à ses destinées.

Il ne manque pas, je le sais, d'hommes assez téméraires pour vouloir faire rétrograder les idées dominantes, changer des sentimens déjà vieillis au fond des cœurs, et détruire des habitudes qui sont devenues le besoin le plus cher de l'existence sociale. Mais ceux qui tentent ces efforts sous nos yeux ne doivent pas oublier qu'on ne trouble pas impunément l'ordre moral des sociétés ; que la violence produit des fruits amers, et que l'énergie d'une réaction est toujours proportionnée à la compression qui l'a précédée.

23

Messieurs, nos vingt-cinq années de révolution n'ont pas été, comme le répètent de dangereux déclamateurs, une continuité de désordres et de crimes. Ces folles accusations ne sauraient atteindre la nation française. Elle fut, dans tous les temps, plus estimable que de tels accusateurs.

Les époques de révolution sont fécondes en désordres et en crimes ; mais en France , les crimes ne furent pas de si longue durée. Et quelques uns de ceux qui , dans leur soif de vengeances, ont peut-être contribué plus d'une fois à faire éclater les orages, ont pu juger, en revenant parmi nous , si cette progression croissante de prospérités qu'ils furent forcés d'admirer , et dont ils s'apprêtent aujourd'hui à recueillir les fruits, auraient pu naître d'un état permanent d'immoralité et de fureurs. Il n'y eut sans doute dans cette longue période, que trop de jours de malheurs et de sang ; mais ce n'est pas à ceux qui les virent de loin qu'appartient le droit exclusif de les déplorer sans cesse : c'est bien plutôt à nous qui , demeurés en France , avons été en butte à tous ces excès, et qui les avons réprimés. Les chefs révolutionnaires ont été punis par l'indignation nationale ; et vouloir associer au-

jourd'hui la France entière à ces hommes
odieux, c'est diminuer la portion d'horreur
qui doit peser sur leur mémoire.

Repoussons le dégoût de remuer sans cesse
leur affreuse cendre, et le tort de calomnier
en masse le peuple français : nos rois l'ont
retrouvé digne d'eux et de lui-même. S'il eût
été révolutionnaire dans son essence, on ne
lui aurait fourni que trop de motifs de déployer ce caractère par des défiances et des
rigueurs non méritées. Heureusement les
Français n'ont aujourd'hui d'autre passion
que celle du travail, et de cette noble indépendance personnelle qui en est la suite bienfaisante. Des dispositions aussi générales,
aussi complètes de sa part, sont le plus sûr
appui de la sécurité publique, la meilleure
garantie de l'ordre, et le gage certain du
bonheur du monarque, comme de la durée de
son autorité.

Le moment où l'on appelle la bienveillance
publique sur de grandes infortunes, est mal
choisi pour renouveler les reproches et accumuler les récriminations. Il eût été plus sage
de profiter de l'occasion pour cicatriser un
plus grand nombre de blessures, et faire de
la loi proposée un objet de satisfaction géné-

rale et de reconnaissance pour toutes les victimes. Je vais vous citer des réparations aussi
fondées en droit que celles présentées dans
l'exposé des motifs comme seules nécessaires.

Un écrivain célèbre et, depuis, l'habile
orateur du gouvernement ont fondé tour à
tour le principal motif de l'application exclusive qu'ils veulent attribuer aux fonds que
l'on vous demande, sur les avantages qui résultent pour la société en général du principe
de l'inviolabilité des propriétés immobilières,
sur la consécration nouvelle de ce principe
conservateur. Ils vous ont répété que ce n'est
que dans le respect de ce principe que pouvait
se trouver la plus forte garantie de l'ordre
social.

Je ne partage pas entièrement leur opinion
sur ce point. Il est suivant moi quelque chose
de plus fondamental, de plus sacré encore
pour la conservation de l'ordre public, et du
respect dont il faut l'entourer : c'est la répartition constante et impartiale de la justice distributive et d'une égale équité envers tous les
membres de la société. Or, quand on affecte
de qualifier, avant tout, de justice, l'indemnité dont nous nous occupons aujourd'hui de
fixer la distribution, on ne devrait pas perdre

de vue qu'il ne peut y avoir de justice absolue dans une mesure exceptionnelle; et que
si l'on nomme justice ce qui n'est destiné qu'à
satisfaire une classe particulière, on se met
alors en injustice flagrante vis-à-vis de tous ceux
qui peuvent faire valoir des droits d'une nature aussi sacrée, et également respectable.

On s'empressera de me répondre qne mes
observations peuvent être fondées, mais qu'il
est impossible de réparer tous les malheurs
causés par la révolution; que la masse des
richesses disponibles de la France suffirait à
peine pour satisfaire les innombrables réclamations qui s'élèveraient.

Je conviens que parmi les réparations, il
en est qu'il faut se condamner à repousser en
masse. Toutes les pertes au nom desquelles on
réclamerait, ne sont pas de nature à être soumises à une évaluation quelconque : il en est
ainsi de celles occasionnées par le maximum.
Le commissaire du gouvernement a très-bien
caractérisé ce qui appartient à cet état de
choses; ce sont de ces calamités générales qui
ont dépouillé chaque individu suivant le degré
de sa fortune du moment, que tous ont subies
plus ou moins, transmises et rendues tour à
tour, sans qu'aucune volonté ait pu s'y sous-

traire. Je range dans la même classe l'échange
forcé de l'argent, l'emploi plus ou moins heureux du papier-monnaie reçu en paiement. Ce
sont là des malheurs hors de toute justifica-
tion complète ou précise; ils sont devenus
irréparables.

Mais le commerce français, les négocians et
manufacturiers, cette portion si précieuse de
la société, par les services qu'elle lui rend
chaque jour, ont fait d'autres pertes que celles
du maximum. On leur extorqua plus d'une
fois, par des réquisitions directes et forcées,
des marchandises, des navires, des armes, des
lettres de change sur l'étranger, sans aucune
compensation ni paiement. On a aussi enlevé
des approvisionnemens, coupé des bois pour
le service de la marine et des armées, de
préférence chez ceux qui étaient dans les prisons, menacés par les assassinats révolutionnaires. Ces pertes sont d'une espèce assez matérielle pour être pleinement constatées et
évaluées : elles sont par là susceptibles d'être
indemnisées; et vous le devez d'autant plus,
Messieurs, que c'est surtout au dévouement
courageux de ces victimes qu'il faut attribuer,
plus qu'à toute autre cause, la cessation des
scènes révolutionnaires.

On s'est trop accoutumé à croire et à répéter qu'à cette époque la vertu et le courage s'étaient réfugiés exclusivement dans les
camps. Je suis loin de vouloir contester à nos
militaires leurs droits à l'estime et à la reconnaissance nationales : leurs victoires furent
notre salut et notre consolation.

Mais ces hommes qui portaient sur l'échafaud la dignité de leur caractère d'honneur et
de probité ; qui, avant de sortir de la vie, lan-
çaient sur leur passage ce noble dédain, cette
explosion de mépris qui finit par exciter une
salutaire compassion, le remords et jusqu'à
la terreur dans l'âme des terroristes eux-
mêmes ; c'est à cette classe de victimes, et à
l'indignation que leur belle contenance pro-
voqua parmi la multitude, jusques-là trop in-
différente, que l'on dut le châtiment des
assassins, la fin des massacres, et le retour
de l'ordre public.

Les armées avaient constamment les yeux
tournés vers les ennemis du dehors : ce n'est
pas le courage militaire qui a seul contribué
à nous sauver ; c'est bien plus le courage
civil qui au-dedans de la France arrêta le
torrent dévastateur, et qui le premier ren-
versa le monstre.

Honorons avant toute chose cette fermeté
indomptable de caractère qui a ses racines
dans l'âme, et qui n'a pas besoin d'être excitée
par la fermentation du sang et par la chaleur
momentanée de quelque passion; le courage
civil est si rare parmi les hommes de notre
époque, même dans cette France féconde en
toute autre espèce de courage et de dévouement! Le courage civil n'est pas seulement une belle qualité; c'est une vertu dont
les bons exemples propagent le plus grand
bonheur des sociétés, en y faisant honorer
sans partage le culte vénérable des devoirs et
des droits.

Ce ne sont pas des indemnités que réclame
la mémoire de ces hommes de bien dont la
mort héroïque traçait jusque sur l'échafaud
la condamnation des assassins : ce sont des
autels qu'il faut leur dédier dans nos cœurs,
pour en fixer profondément le respect et en
perpétuer le souvenir.

C'est au même titre que vous devez un
hommage à ces persécutés qui, en rentrant
chez eux au sortir des prisons, n'y trouvèrent
que la dévastation et la ruine. Le commerce
avait été presqu'entièrement dépouillé pendant ces époques de ravages, il serait impos-

sible de compenser le quart des pertes qu'il
éprouva. Je ne me hasarderai pas à le demander, mais en admettant les négocians
pour une part quelconque dans votre loi
d'indemnités, vous leur donneriez un témoignage public d'estime dont ils sont plus
jaloux que de la réparation pécuniaire al-
louée aux hommes mieux placés qu'eux pour
solliciter et recevoir.

Après les malheurs des commerçans et des
manufacturiers, il en est d'un autre genre que
vous ne pouvez refuser d'adoucir. Je veux
parler des dévastations d'un grand nombre de
départemens qui furent le théâtre de la guerre,
soit durant les époques attribuées plus particulièrement à la révolution, soit depuis, pendant les invasions dont ils ont été assaillis,
et qui furent toutes des conséquences directes de la révolution. Cette espèce d'indemnités est d'autant juste et plus digne de vous
occuper, qu'à différentes époques, le Trésor
a perçu des impositions expressément destinées à cet usage, et dont l'emploi a été en
grande partie détourné ou dénaturé. Je sais
que les particuliers ont été admis nominati-
vement à justifier leurs pertes et à en recevoir la compensation. Mais aussi de quelles

réductions n'ont-ils pas été victimes! Les
difficultés renaissantes, les lenteurs, les fins
de non-recevoir, les déchéances nées, non pas
de la loi, mais des prescriptions ministérielles, en ont jeté un très-grand nombre
dans la détresse et le désespoir.

D'ailleurs, l'indemnité départementale dont
je parle, ne s'applique pas aux réclamations
personnelles qui ont déjà été faites, mais à
celles que les communes et les départemens
en masse ont tant de fois présentées inutilement, et qu'ils persistent à renouveler. Ce
n'est pas au moment où nous nous résignons à
de bien plus grands sacrifices, qu'on peut méconnaître et repousser des demandes fondées
sur des malheurs aussi réels, et partagées par
un si grand nombre de citoyens peu fortunés.

Les habitans de Lyon, ceux des communes
de la Vendée, ont droit aussi d'être admis
à ce partage. Les premiers pourront justifier
de la destruction de leurs maisons. Quant à la
masse des cultivateurs vendéens, ils n'ont
point eu de châteaux vendus; mais on brûla
leurs chaumières relevées depuis à la sueur
de leurs fronts : ne serait-il pas juste qu'ils
participassent pour une part nominative à
l'indemnité proposée?

Toutes les guerres traînent à leur suite des calamités : et la guerre civile a cela de plus désastreux et de plus affligeant, que l'étranger n'entre point en partage des maux qu'elle entraîne. Cependant, il faut l'avouer, la guerre civile est la guerre des hommes forts, et le plus souvent celle des hommes de bonne foi, même lorsqu'ils se trompent. Si les français d'outre-Rhin ne nous avaient fait la guerre que par eux seuls, et uniquement pour leur roi, je les trouverais excusables.

Les habitans de la Vendée défendaient sur le sol natal leurs croyances et leurs libertés telles qu'ils les avaient reçues de leurs pères. Ils n'ont pas eu besoin, pour dévouer leurs biens et leurs vies, de l'alliance intéressée de soldats étrangers : ils n'eussent pas permis qu'on traçât sous leurs yeux le démembrement de la France ; ils n'eussent pas aidé à la prise de possession de Valenciennes par l'Autriche, et de Dunkerque par les Anglais : ils étaient décidés à mourir plutôt que de se soumettre à des doctrines que leurs cœurs repoussaient. Mais ils eussent brisé leurs armes avant de les faire servir à détacher un seul fleuron de la couronne de France, et à faire déchoir nos rois de ce rang de grandeur et

de puissance, monument de leur orgueil et
de notre gloire. Les Vendéens n'ont jamais
cessé d'être Français! Le feu les aura-t-il
déhérités du partage que leur aurait assuré
la vente du manoir dont ils défendaient les
débris fumans?

Je serai constamment inébranlable dans la
fidélité au poste où ma conviction m'aura
placée : mais il fut toujours au-dessous de
mon caractère de n'être qu'un homme de
parti. Les belles actions firent sans cesse
tressaillir mon âme, en quelque lieu et sous
quelque drapeau qu'elles aient jeté leur éclat.

>=⚙=<

BEAUCOUP de français auront peine à comprendre comment la grande promesse de fermer les plaies de la révolution, peut se trouver
réalisée en satisfaisant quelques prétentions
particulières. Encore cette indemnité partielle
que la loi a le tort de motiver sur des principes
de justice absolue, est loin d'être répartie
d'une manière équitable entre les hommes
qu'on admet seuls à y prendre part, comme

ayant été seuls grièvement blessés par notre
révolution. Mais des personnes de cette classe
qui, par d'autres effets de cette révolution,
auront reçu des libéralités, recueilli des héri-
tages, acquis en un mot une fortune plus brillante que toute leurs perspectives d'autrefois,
recevront un accroissement considérable de
richesses comme un baume pour des blessures guéries et fermées depuis long-temps,
tandis que le grand nombre, resté dans la
gêne ou dans la pauvreté, ne pourra prétendre qu'à des compensations médiocres. Et
quand bien même on consentirait à rétablir
l'ordre naturel, à donner la plus grande part
aux plus appauvris, et la moindre à ceux qui
ont déjà, il y a d'autres points de vue sous
lesquels la loi qu'on nous propose doit être
envisagée.

Les plaies morales, Messieurs, sont dans
l'ordre social, d'une nature bien plus grave
que les plaies guérissables par l'argent. Les
longues discordes entre les enfans d'une même
patrie ne peuvent s'éteindre aujourd'hui que
dans l'oubli réciproque du passé. La réunion
de tous les esprits et de tous les cœurs dans
les principes d'une sociabilité plus douce, et
d'une véritable communauté d'intérêts, pré-

sente un but infiniment supérieur à tout intérêt pécuniaire.

M. le Commissaire du gouvernement, trop
éclairé pour ne pas sentir le danger de réveiller des passions assoupies, a cru devoir
plaider tour à tour, et pour ceux qui n'avaient
pas quitté leur pays pendant la tempête, et
pour ceux qui coururent au-dehors pour la
conjurer à leur manière, et suivant leurs opinions. Il a cherché à montrer à la fois, que
le devoir et l'honneur pouvaient se rencontrer
dans ces deux situations si contraires. Sa position et les conclusions qu'il avait à proposer,
devaient l'entraîner à des conséquences d'a-
doption, en faveur de ceux du dehors; et il
l'a fait avec toute la mesure possible. Mais de
nombreux écrits, et même des voix élevées
dans cette enceinte, n'ont pas hésité à se prononcer pour l'émigration. Serait-ce l'orgueil
de triomphes peu connus pendant la guerre,
et si multipliés depuis la paix qui exciterait
les émigrés à proscrire toute autre manière de
voir que la leur? Bien libre à eux de tirer
vanité de leur émigration. Mais cette immense
portion de Français qui n'abandonnèrent point
leur patrie dans ses malheurs et dans ses combats, ceux qui terrassèrent les factieux du dé-

dans, ceux qui ont vaincu les ennemis du dehors, ne sont pas disposés à céder à d'autres le mérite de ce qu'ils ont fait et souffert.

Vous le savez, Messieurs, il exista constamment dans les dogmes, dans les lois, dans l'esprit de tous les peuples anciens et modernes, un certain nombre d'idées admises comme doctrines, comme un de ces devoirs sacrés qui lient étroitement l'individu aux lieux de sa naissance, à la terre dépositaire de son berceau. On peut restreindre plus ou moins l'idée de la patrie; en fixer plus près de soi les limites; adopter sous ce nom une zône plus ou moins étendue; une province, une ville, le canton où l'on reçut le jour, où l'on prit soin de notre enfance; où l'on conserve l'idiome dans lequel nous avons balbutié nos premières paroles. On peut même s'armer et combattre pour les intérêts et les opinions de cette localité contre un ordre de choses quelconque. De pareilles luttes sont funestes, sans cependant être autre chose que des dissidences parmi des nationaux, qui amènent des décisions par les armes entre des citoyens du même nom, et ayant vécu sous le même gouvernement. Avant la victoire chacun des deux partis peut soutenir qu'il ne fait pas la

guerre à son pays : la victoire seule absout le
vainqueur de ce reproche. Le Vendéen se
crut autorisé à ne voir sa patrie que dans la
Vendée; le Basque n'a jamais donné ce nom
qu'à ses montagnes, qu'aux lieux où l'on
parle sa langue, qui furent le refuge de l'indépendance de ses ancêtres, et plus d'une
fois le théâtre de leur résistance victorieuse.

Mais aller sur la terre étrangère pour y
forger des armes et enlacer sa colère, sa vengeance, avec celle de l'ennemi du dehors, avide
de nos dépouilles, c'est l'action d'un fils dénaturé ! Quels élémens de malheurs et de dis-
solution ne fermenteraient pas sans cesse dans
un pays où l'on aurait effacé dans les cœurs
le respect pour la terre natale ; où l'on banni-
rait du souvenir et de la langue ce doux nom
de patrie, ce mot heureux dont le retentisse-
ment remplit tout à coup les âmes bien nées
de je ne sais quel charme délicieux qui élève
les cœurs, qui redouble les forces et ras-
semble tous nos sentimens dans une extase
d'amour, de vénération et d'hommages répétés
un jour par la postérité !

Que deviendrait notre France, si nous pac-
tisions ouvertement avec l'oubli d'un tel devoir; si, non contens d'excuser cet oubli, nous

le récompensions expressément ? Soyons in-
dulgens pour les individus, mais absolus sur
le principe ; tenons compte des circonstances
et des engagemens d'affection ou de famille
qui entraînent les hommes, presqu'à leur insu,
dans un parti ou dans un autre.

Le for intérienr nous dit alors à tous qu'il
faut pencher vers les interprétations favorables, et absoudre plutôt que condamner :
car beaucoup d'entre nous seraient embar-
rassés, si en mettant sous leurs yeux la position d'un très-grand nombre d'émigrés, on
leur demandait de répondre avec candeur à
cette simple question : Qu'eussiez-vous fait à
leur place? Quand il s'agit de consoler le
malheur, les cœurs français sont toujours
disposés aux résolutions généreuses; mais
c'est là qu'il faut s'arrêter : rien au monde
ne doit faire consentir à fouler aux pieds un
principe sacré, un dogme saint que nous devons transmettre intact à nos derniers neveux.
Ce dogme saint, c'est le devoir d'amour et de
respect envers la patrie, c'est l'horreur pour
la guerre faite avec l'ennemi du dehors. Le
renom tragique de Coriolan, au milieu des
Volsques, traverse les siècles entourés de
réprobation et de blâme : et la magnanimité

24

de Camille, déchirant sans hésiter son décret d'exil, pour voler au secours de sa patrie, pour chasser les Gaulois de Rome, vient consoler les grandes âmes,

Les hommes sages de tous les pays, tous ceux qui savent rester étrangers à des passions, à des calculs de parti, ne voient plus dans l'explosion révolutionnaire subie par la France, qu'une grande crise devenue inévitable pour tous, par le changement qu'une suite de siècles avait opéré dans les besoins, dans les mœurs, dans l'état général de la société; ces hommes sages n'ont pas la faiblesse, et bien moins encore, comme d'autres, l'hypocrite affectation de redouter la renaissance de ces momens tumultueux, de ces désordres subits, quand les causes n'existent plus.

Et tout esprit bienveillant doit rester attaché aux grands résultats moraux et matériels que nous avons recueillis de cette révolution; résultats qui ne sont plus contestés que par des passions individuelles, ou par des calculs de fortune personnelle, fondés sur des calomnies.

Lorsqu'il s'agit d'adoucir des infortunes, de consolider par des actes de générosité nationale l'union parmi les concitoyens, la France

doit toujours être considérée comme assez
riche pour payer, même par des sacrifices,
les conséquences réparatrices d'un tel bienfait.

L'essentiel est que la répartition en soit
faite avec équité sur toutes les victimes trop
malheureuses des excès révolutionnaires, et
qu'on en évite l'accumulation dans un trop
petit nombre de mains.

Séparons aussi ces actes consolateurs de
tout reproche trop généralisé, et lancé sans
discernement, comme sans justice, contre la
révolution. Surtout ne cessons jamais de condamner le principe de toute association avec
les ennemis du dehors : que de telles apos-
tasies restent pour toujours classées au rang
des plus grands délits contre la patrie commune, pour le maintien de sa sûreté, de son
honneur.

Et vous, Princes de l'auguste famille de nos
Rois! vous qui tenez avec raison à grand honneur de placer au premier rang de vos titres
ce beau nom de Fils de France, dont nous
aimons à vous appeler par exception les Enfans,
n'oubliez pas que nos cœurs vous recueillirent,
et vous arrachèrent en quelque sorte des mains
de nos ennemis et des vôtres, au milieu de
leurs dédains et de leurs tergiversations à

votre égard. Vous ne leur devez pas de reconnaissance. Tous les Français leur doivent
d'autres sentimens qui se nourrissent dans
leurs cœurs pour en échapper quelque jour.
Princes, n'ayez jamais confiance dans l'étranger. Détournez votre pensée de ces crimes
horribles qui se sont reproduits si rarement
dans le long espace des siècles. Tous les
Français ont juré de défendre votre trône et
leurs Rois. Fiez-vous à leurs sermens, et re-
poussez loin de vous ceux qui osent vous
dire que les sincères amis de leur pays ne
sont pas aussi les plus dévoués à leur Roi, et
les plus solides appuis de sa couronne. C'est
surtout parmi eux que vous trouverez de véritables Français prêts à vous offrir et leur
fortune et leur vie. La pureté de tels sentimens est trop exposée à s'altérer parmi des
Cosaques et des Hulans. N'oubliez pas que ce
Prince venu de nos Pyrénées, un de ceux qui
ont le plus illustré votre race, Henri IV, à la
bataille d'Ivry, criait à ses troupes : « Frappez,
frappez fort sur l'étranger, et épargnez les
Français! »

Oui, Messieurs, mon cœur est rempli de
ces deux sentimens : haine à l'ennemi étranger, réconciliation entre tous les Français.

Mais la loi qu'on nous propose, loin d'offrir à mes yeux la réunion de ces deux principes inséparables, me paraît au contraire tendre à les détruire sous une fausse apparence de justice et de réparation.

On a dit que c'était un grand exemple qu'il fallait donner pour prévenir le renouvellement d'une spoliation politique. Où peut désormais subsister ce danger? La confiscation est abolie par nos lois et par la Charte; et, quant à la confiscation des biens de ceux qui porteraient un jour la guerre dans leur pays, si, contre toute apparence, un tel malheur se reproduisait, croit-on que le gouvernement et les administrés qui en seraient victimes, ne se trouveraient pas bien vite d'accord pour recréer une législation exclusive, qui ne serait réellement qu'une mesure naturelle de représailles.

Non; ce n'est pas dans ces vues qu'est le véritable caractère de la loi. Il est dans ces mots: Récompense pour les émigrés; punition pour tous ceux qui n'ont pas quitté la France.

Oui, Messieurs, cette loi, sous l'aspect et avec les développemens dont on l'a revêtue, n'est autre chose qu'une mesure de châtiment contre tous les Français qui sont restés dans leur patrie, et qui l'ont défendue.

D'ailleurs, comment vous proposez-vous de décider cette question, quand un si grand nombre de membres de cette Chambre, intéressés dans son résultat, et devant en profiter directement ou indirectement, sont à la fois juges et parties? Par quelle nouvelle doctrine justifierons-nous aujourd'hui le spectacle inouï que nous allons donner à la France et au Monde, de juges prononçant dans leur propre cause?

Je ne vois qu'un moyen d'éviter un pareil scandale, et de faire entrer la participation de la Chambre dans les bornes que lui prescrit sa composition actuelle : c'est que la loi proposée soit réduite à un article unique, énonçant la somme totale des indemnités que la France consent à payer, en réparation des maux causés par la révolution à toutes les classes de citoyens que cette révolution a manifestement et personnellement lésées. Un conseil formé par le Roi, parmi des magistrats d'un rang élevé, accueillerait les réclamations de tout genre, vérifierait les titres des réclamans, émigrés ou non, et distribuerait entre eux l'indemnité votée par la Chambre, qui

serait alors absoute du reproche de s'en être
attribuée une partie.

Ce moyen serait de beaucoup préférable;
et dans la classe même des émigrés, la partie
la plus nombreuse, celle qui, par la médio-
crité de sa position présente, a plus de droits
à être indemnisée, y trouverait la garantie
d'une répartition qui serait plus équitable
qu'elle ne le sera d'après la loi qu'on nous
propose et les combinaisons ministérielles.

Car les ministres se sont gardés d'établir
aucune espèce de différence entre les diverses
classes d'émigrés; ils n'ont pas même distingué ceux qui, sans faire de nouvelles dettes,
de ces dettes qui sont si imparfaitement payées
aux créanciers liquidés par l'État, partirent
lorsqu'on leur dit qu'il fallait se battre, n'em-
portèrent que leur épée, combattirent tant
qu'on leur fournit du pain et du fer, et furent
abandonnés dans la détresse quand leur bras
n'était plus utile.

Quels furent la plupart de ces braves restés
au drapeau jusqu'au dernier moment? De
pauvres gentilshommes de province, sans fortune alors comme à présent, qui auront à
peine quelque moyen de fonder sur cette loi
de très-petites réclamations.

Et ces simples soldats qui abandonnèrent plus que la fortune, en s'arrachant à des caresses de famille si cordiales, si vives parmi les pauvres ! Il en est parmi ces militaires fidèles à leurs premiers engagemens, qui n'auront aucune réclamation à présenter. Ils n'avaient d'autre patrimoine, d'autre légitime qu'un sang généreux qu'ils répandirent pour les princes auxquels ils s'étaient dévoués.

Ce n'est pas à eux, c'est aux rejetons de ces familles opulentes, qui ont retrouvé par alliance et par héritage de si grandes richesses, que sera dévolue légalement la plus grande partie de l'indemnité. Beaucoup d'entre eux promenèrent, pendant l'émigration, dans les plaisirs et dans les cours étrangères, leur inutilité et leurs vaines menaces : ils abondent aujourd'hui dans les palais ; ils priment chez les ministres. Des courtisans vont recevoir presque tout ; et ceux qui furent véritablement les soldats de la cause Royale, presque rien.

Et vous, nobles de provinces, qui avez perdu à proportion plus que tous les autres, calculez bien l'exiguité de la part qui vous est faite ; et jugez si le rejet de la loi ne vous laisserait pas à tous égards dans une position plus satis-

faisante pour vous-mêmes : car vous conser-
verez la gloire du dévoûment désintéressé,
au lieu de quelques oboles qu'on va vous
offrir comme par grâce.

Vous qui n'avez pas changé vos noms propres,
et qui pouvez citer des ancêtres, souvenez-
vous que vos pères, plutôt que de perdre le
droit d'être fiers de toute leur vie, se seraient
résignés à n'avoir pour toute fortune que la
cape et l'épée.

Bayard paraissait peu dans les cours pendant la paix. Il n'était auprès des princes qu'à
la guerre et dans les combats, et Bayard refusa sa portion du sac de Brescia. Il expira
glorieux et fidèle sur le champ de bataille,
en laissant peu de richesses à ses héritiers;
mais entendez de toutes parts ces acclamations
unanimes : « Honneur à Bayard, le chevalier
sans reproche !.... »

Sans renoncer à une indemnité plus équitablement répartie, vous qui, sans avoir eu
de grandes propriétés, avez plus perdu que
tant d'autres, rejetez aujourd'hui cette loi
qui vous délustre en quelque sorte, et qui n'a-
doucira guère votre situation. Voyez-la traîner
à sa suite, pour prix de cette faveur devenue
ainsi comme salaire, un code d'illusions pour

la multitude, d'embûches pour les désarmés,
c'est-à-dire pour tous ceux qui ne sont pas
initiés dans les manœuvres ténébreuses de
tant d'opérations confidentielles, préparées à
l'avance, une loi enfin que beaucoup d'entre
vous repoussaient l'an passé, lorsqu'elle pouvait peut-être se trouver défendue par plus
de perspectives d'utilité ou d'à-propos. Aujourd'hui bien plus qu'alors, le signe du
marché de votre consentement se trouverait
empreint sur chaque pièce de monnaie que,
pour prix de cette concession, vous iriez recevoir en partage.

Quant à moi, je saurai vaincre dans cette
occasion le penchant qui m'entraîne naturellement vers tout ce qui présente un caractère
de générosité. Je dirigerai exclusivement ma
pensée sur les véritables résultats définitifs
de la loi présentée.

Au lieu de justice, je n'y trouve que partialité et exclusions impolitiques : au lieu
d'espérances, de satisfaction générale, je n'y
aperçois que de plus nombreux motifs de reproches et de récriminations. Au lieu d'une
mesure réconciliatrice, je n'y vois que la renaissance de haines intestines et d'accusations
réciproques. Enfin, cette loi ne me paraît

propre qu'à satisfaire quelques familles, en mécontentant l'immense majorité dans tous les partis.

Devant un avenir aussi funeste, je ne dois écouter que ma conscience, mon honneur et celui du plus grand nombre de Français.

Je vote contre la proposition.

FIN.

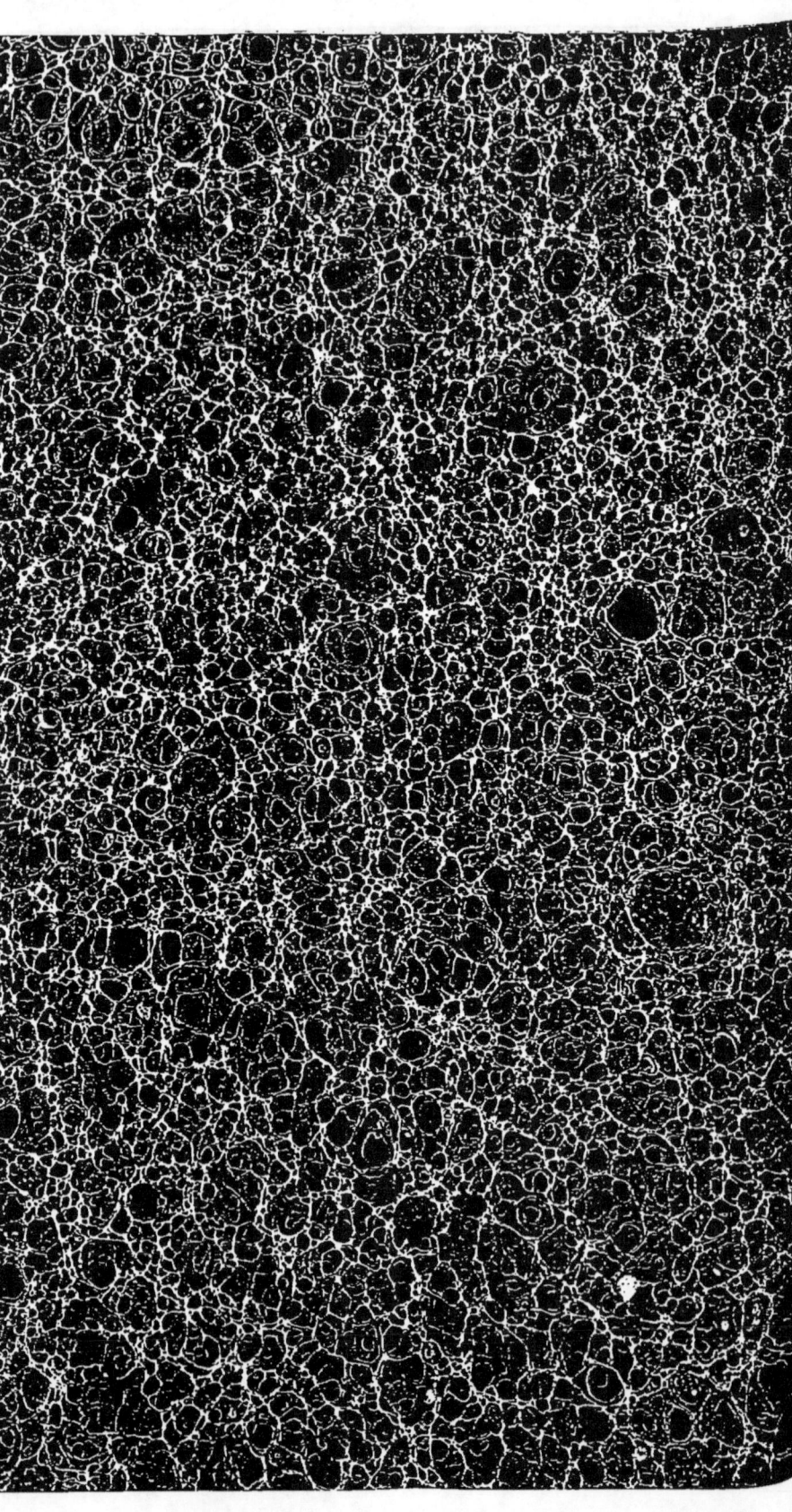

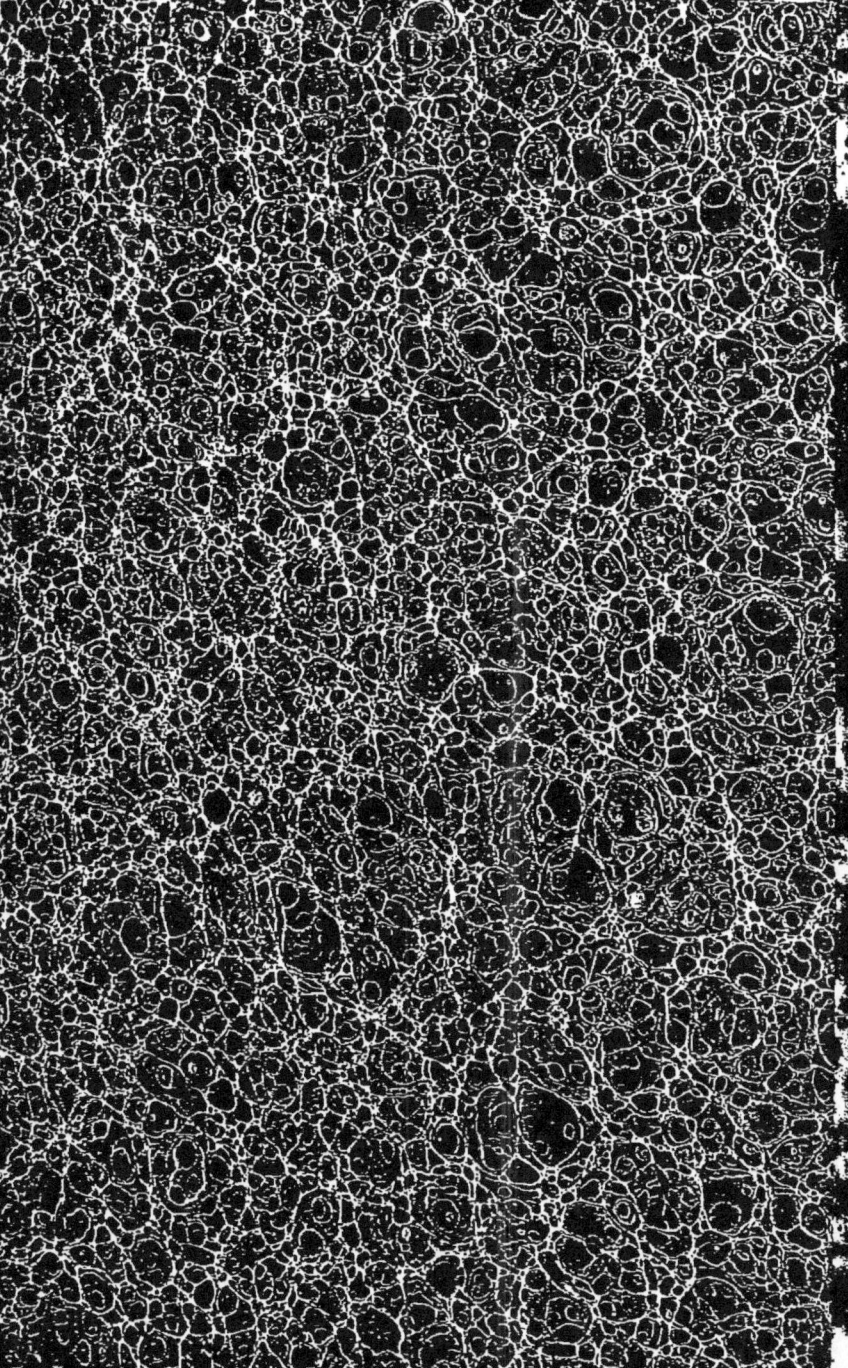

www.ingramcontent.com/pod-product-compliance
Lightning Source LLC
Chambersburg PA
CBHW070549030726
47505CB00001B/220